KB168257

사랑할때
알았더라면
좋았을 것들

살며, 생각하며, 배우며

사랑할 때
알았더라면
좋았을 것들

이인 지음

한국경제신문

|

아, 사랑을 배웠더라면

'연애시대'가 온 걸까요? 사랑노래로 세상이 들썩이고 영화와 연속극에선 불꽃놀이처럼 환상적인 장면이 쉴 틈 없이 터져 나오는 요즘입니다. 침을 꼴깍 삼키게 만드는 영상과 누가 봐도 부러운 연애 이야기가 넘쳐납니다. 하지만 정작 사랑을 잘하고 있느냐고 물었을 때 선뜻 고개를 끄덕일 사람은 많지 않습니다. 현실과 동떨어진 채 그저 새콤달콤한 사랑타령을 벌일 뿐이죠.

우리는 오늘도 연애 문제로 끙끙대고, 커피숍과 술집에서 서로서로 상담을 해줍니다. 애인이 없어도 고민이지만 연애 중이라 해도 마음은 널뛰기를 하듯 싱숭생숭하기만 하죠. 그 사람이 진짜 나를 좋아하는 건지 내 어디가 마음에 든다는 건지 알쏭달쏭하고, 내가 싫어지면 어떡하나 걱정이 앞서곤 합니다. 마음에 드는 사람이 있더라도 그 사람과 어떻게 하면 가까워질 수 있을지, 내 마음을 어떻게 표현해야 좋을지 발을 동동 구릅니다. 좋아하는 사람을 아직 찾지 못한 이들은 사막에서 오아시스를 찾는 나그네처럼 언제쯤 애인이 나타날지 두리번거리며 메마른 시간을 견디곤 하죠.

사랑, 누구나 할 수 있고 모두가 원하지만 누구나 잘하지 못하며 모두가 성에 차지 않습니다. 사랑 덕분에 즐겁고 설레기보다는 오히려 사랑 때문에 삶이 아프고 가슴이 찢어질 때가 얼마나 잦은지요?

사랑만큼 짜릿짜릿하고 두근거리는 사건도 없지만 또 이만큼 힘들고 허덕이게 하는 감정도 없습니다. 사랑은 언제나 고통과 함께 찾아옵니다.

사랑 때문에 아플 때, 사랑을 배우지 못했다는 생각이 문득 머리를 스칩니다. 지금껏 징글징글하게 많은 것을 듣고 외우며 살아왔지만, 사랑을 배우지는 못했습니다. 그래서 누군가를 사랑할 때 섣부르고, 함께할 때 서두르며, 이별할 때 서투르죠. 인간들도 풀어놓기만 하면 알아서 짝짓기를 할 수 있는 종족이라고 믿는 걸까요? 사랑만큼 중요한 게 없는데도 왜 우리는 공들여 배우지 못했을까요? 대부분이 뒤늦게 가슴 치면서 후회합니다. 아, 사랑을 미리 배웠더라면……

이미 흔해빠진 말이 되어버렸지만, 그래시 디욱 우리는 사랑을 진지하면서도 차분히 살필 필요가 있습니다. 설레고 아파하고 들떠 하면서 삽질하게 만든 '얄밉고 고얀 그놈'을 우리는 찬찬히 따져보고 생각해야 하죠. 사랑에 정답은 없겠지만 고민하고 노력할수록 더 뜨겁고 아름다워질 '가능성'이 열리기 때문입니다.

그런데 사랑을 배우려고 해도 어떻게 해야 하는지 아득하기만 합니다. 시중의 연애 책들은 남성과 여성을 반으로 나눈 채 성별에 따른 심리만을 늘어놓기 때문에 아무리 읽어도 별 도움이 되지 않습니다. 남자와 여자라는 틀에 딱 맞아떨어지는 사람은 아무도 없는데다 사랑은 심리를 헤아리는 성별 역할극이 아니거든요. 얄팍한 연애서를 읽어 그대로 할 수 있다면 우린 이미 '연애의 달인'이 되었겠죠. 설익은 경험들을 마구 늘어놓고 어쭙잖게 충고하는 연애상담이 아니라 인간은 왜 사랑을 하며, 사랑이란 무엇인지 파고들어갈 때, 진정한 사랑이 시작되고 튼실한 열매를 맺을 수 있습니다.

그래서 이 책은 다른 방법으로 사랑에 다가갑니다. 철학과 문학,

사회학과 경제학, 여성학과 뇌과학, 심리학과 정신분석학, 진화심리학과 인류학으로 사랑을 바라봅니다. 사랑에는 수많은 모습과 미묘한 감정들이 있어서 다루기가 만만치 않으나 그 복잡함 때문에 함께 나눌 주제가 많아지고 이야기가 풍성해지네요.

이 책은 사랑의 나라로 여행가는 기분이 들도록 짜여 있으며, 각 주제는 독립되어 각각의 '풍경'을 보여줍니다. 익숙한 듯, 낯선 풍경들과 마주치면서 사랑을 제대로 공부하는 '여행'이 되었으면 합니다. 삶의 힘이 불끈 솟아 어제와 다른 오늘을 꿈꾸는 당신을 위해 풋풋하면서도 열기 넘치는 사랑의 여행으로 초대합니다. 사랑을 배우고 싶은 그대여, 사뿐사뿐 오소서.

1 두려움,
또 다른 나를 만나는 것 · 012

사랑은 지구 밖에 새로운 지구가 나타나는 일처럼 엄청난 사건이죠. 낯선 또 하나의 우주가 그렇게 열립니다. '당신'의 출현은 '나를 중심으로 세상이 돌아간다'고 믿었던 세계를 무너뜨립니다.

2 방황,
참 마음대로 안 되는 게 사랑 · 032

내 마음이 내 마음대로 된다면 이미 '도인'입니다. 그 수준에 이르지 못했기에 우리는 방황할 수밖에 없습니다. 진절머리 날 만큼 헤매고 신물 날 때까지 아파보는 일이 우리에게 필요합니다. 그것이 내 삶의 소중한 체험입니다.

3 욕망,
진짜 원한다면 괜찮아 · 052

만일 새로운 식당에 간다면 여러분은 여주인에게 이렇게 요구할 겁니다. "추천 좀 해주세요." 이는 다음과 같은 뜻입니다. "내가 이 중에서 뭘 욕망해야 하죠? 그걸 알고 있는 것은 바로 당신이잖아요."

상대와 가까워지면 가까워질수록 결코 하나가 될 수 없다는 외로움을 만나게 됩니다. 사랑은 차이의 체험입니다. 너는 나와 다르구나, 라는 깨달음이이야말로 사랑이 우리에게 주는 선물입니다.

니체는 "삶이여, 다시 한 번"이라고 썼습니다. 고통으로 얼룩진 인생이었지만 그럼에도 니체는 삶 자체를 긍정하려 했습니다. 우리도 외쳐야 합니다. "사랑이여, 다시 한 번."

우리는 자궁이라는 '완벽한 세계'를 그리워합니다. 그래서 사랑에 빠지면 생각이나 욕망뿐 아니라 몸짓과 몸놀림까지 진짜 아기처럼 됩니다. 애인에게 "아기야", "베이비"라고 하는 데는 나름 이유가 있는 셈이죠.

데이트할 때 떨리는 마음으로 손을 잡듯, 남자와 여자는 서로를 깊이 끌어안아야 합니다. 역할극이 아닌, 자신을 드러내야 합니다. 서성대지 말고 서로의 삶으로 뛰어들어 녹아들어야 합니다. 이것이 우리가 꿈꿔야 하는 사랑입니다.

여성학자 보부아르는 스스로를 정당화할 수 없는 여자들이 종교와 나르시시즘, 그리고 사랑을 통해 자신을 정당화하고자 한다고 했습니다. 혹시 '연애를 위한 연애'를 하고 있진 않은가요.

우리는 몇 날 몇 시에 누구를 만나 사랑해야 한다고 '명령'을 받거나 어떻게 사랑하라는 '숙명'을 타고 나지는 않았죠. 누구를 만나 사랑하는 일은 늘 우연입니다. '우연의 사랑'을 '운명의 사랑'으로 바꿔보세요.

1_ 두려움,
또 다른 나를 만나는 것

"내가 얼마나 사랑했는지 알지? 나 진짜, 내 모든 걸 줬다고. 근데 어떻게 나한테 이럴 수가……."

여자01이 울먹인다. 떨리는 목소리. 치밀어 오르는 감정을 간신히 억누르는 중이다. 여자02가 어깨를 두드려준다.

"다 알아. 그동안 네가 얼마나 힘들었니? 잊어. 매달리지 말고 잊어버려."

지난 1년 가까이, 여자02는 여자01의 하소연을 숱하게 들어주어야 했다. 남자친구가 얼마나 힘들게 하는지, 그녀가 이 사랑을 지키고자 얼마나 애쓰는지, 그러느라 자존심이 얼마나 상해야 했는지. 그때마다 여자02는 맞장구를 쳐줄 수밖에 없었다.

"……다시 시작할 거야. 그래야지."

술잔을 들어 잘 마시지도 못하는 소주를 넘긴 여자01이 또 한숨을 쉰다.

"그런데 내가 그럴 수 있을까? 새로운 사랑을 다시 시작할 수 있을까?"

여자02는 격려해주고 싶다. 당연하지. 잘될 거야. 그런데 왠지 그 말이 목에 걸려서 나오지 않는다. 앞으로 잘될 거야. 그 말을 한두 번 한 것이 아니었다. 벌써 세번째다. 2년 전 가을에도 여자01은 연인과의 이별을 슬퍼하며 눈물을 흘렸다. 4년전 겨울에도 사랑에 실패한 여자01은 친구들 앞에서 흐트러진 모습을 보였다. 그때마다 여자02는 친구의 어깨를 다독이며 말했다. 다 잊어. 다음번엔 정말 좋은 사람 만날 거야. 남 이야기만은 아니다. 여자02 역시 몇 차례 사랑에 실패한 경험이 있고, 그때마다 친구들로부터 그 비슷한 격려를 들었다.

"자, 한잔 해."

여자02가 잔을 들었다. 여자01도 힘겹게 술잔을 들었다. 그러나 입에 가져가지 않은 채 힘없이 떨구고 만다.

"왜 이러는 걸까."

여자01이 우울하게 중얼거린다.

"뭐가 이렇게 힘든 거지? 난 말이야, 사랑이 두려워."

사랑 속에서 방황하도록 선고받다

이별을 하고서 사랑이라면 진저리난다던 우리는 어느새 누군가를 다시 만납니다. 사랑이 싫다며 얼굴을 찡그리다가 다시금 새로운 사랑에 빠집니다. 다시 누군가를 사랑할 수 없으리라며 두려워하다가도 언제 그런 걱정을 했느냐는 듯 사랑의 연못에 퐁당 빠지곤 합니다.

　인간은 평생 사랑 속에서 방황하도록 선고받았다고 프랑스의 문예이론가 롤랑 바르트는 말했습니다.

> 방황. 비록 모든 사랑이 유일한 것으로 체험되며, 또 사랑하는 사람이 먼 훗날 다른 곳에서 사랑을 반복하리라는 생각을 거부한다 할지라도, 그는 때로 마음속에서 사랑의 욕망이 확산되어 가는 것을 보며 놀란다. 그러면 그는 자신이 이 사랑에서 저 사랑으로 죽을 때까지 방황하도록 선고받았음을 알게 된다.
>
> 롤랑 바르트, 『사랑의 단상』

두려움,

그렇습니다. 다시는 사랑을 못 하리라 생각하다가도, 어느 순간 안에서 꿈틀대는 사랑의 욕망에 우리는 놀랍니다. 뼈다귀 하나에 꼬리를 흔드는 강아지마냥 헤프게 사랑에 빠져서는 깨소금을 달달 볶습니다. 하지만 언젠가는 된서리가 들이닥치기 마련이죠. 사랑의 열매는 달콤하게 익기도 전에 우수수 떨어져버리고, 그 자리에 슬픔의 소슬바람만 싸늘하게 불어대곤 합니다.

사랑과 이별 사이를 왕복달리기 하듯 헐레벌떡 뛰는 내 모습을 되돌아보면 왠지 얄궂다는 생각이 듭니다. 운명처럼 만났다며, 그 사람은 이전의 사람들과는 다르다며, 우리 둘은 '제법 잘 어울리는 수준'을 넘어 뭔가 대단한 짝이라는 걸 뽐내고 싶어 간질거렸던 입으로 어느덧 그 사람을 헐뜯고 연애를 저주하는 나를 발견하게 되니까요.

이별보다 슬픈 일은 '반복'입니다. 조금만 기억을 더듬으면 얼마 전에도, 몇 년 전에도, 그 이전에도 비슷하게 들뜬 감정이 있었습니다. 그 결과로 남은 것은 언제나 똑같은 상처와 후회였지요.

뭔가 이상하지 않나요? 시계추처럼 사랑과 이별 사이를 왔다 갔다 하면서도, 도대체 왜 이러고 있는지 자신을 이해할 수 없으니.

이와 같은 '연애의 이상함'을 사회심리학자 에리히 프롬도 지적한 바 있습니다. 『사랑의 기술』에서 그는 "사랑처럼 엄청난 희망과 기대 속에서 시작되었다가 반드시 실패로 끝나고 마는 활동이나 사업은 찾아보기 어렵다"고 했습니다. 프롬은 이렇게 주장하고 싶었을 것입니다. 다른 사업이나 활동을 실패했을 때는 깐깐하게 그 원인을 따지고 실패를 반복하지 않으려 노력하건만, 어째서 사랑은 그렇게 하지 않느냐고. 문제는 상대들에게만 있지 않다고. 그런 상대를 자꾸 고르는 '나'에게 있다고.

사랑은 괜찮은 상대를 만났을 때 후다닥 상승하는 감정이 아니라 사랑을 할 줄 아는 '능력의 문제'라고 프롬은 정의합니다.

사랑은 '기술'이라는 것, 사랑에 실패했으면 왜 어긋나고 말았는지 그 이유를 가려야 한다는 것, 그리고 자신의 문제들을 고쳐내면서 거듭나야 한다는 것. 한마디로 사랑은 저절로 할 수 있는 본능이 아니라 익히고 배우는 기술이자 능력이라는 주장입니다.

한 차례 이별을 경험한 뒤, 다른 사람을 만나서 새로운 사랑을 시작했다가 예전과 엇비슷하게 끝나고 만 경험이 있나요? 문제는 '나'에게 있습니다. 내가 사랑을 잘할 줄 모르거나 사랑 자체를 잘 모르고 있기 때문입니다. 프롬의 주장대로라면, '사랑의 기술이나 능력'이 모자라기 때문입니다.

사랑이 끝나고 아파하는 사람은, 또다시 사랑에 빠지는 사람은, 재차 이별을 경험하는 사람은, 단언컨대 다른 누구도 아니라 '나'입니다. 후회의 쳇바퀴를 굴리는 건 다람쥐가 아니라 '나'입니다. 물론 상대에게도 허물이 있겠지요. 그러나 그런 상대를 만나 사랑을 속삭인 건 누가 시켜서 한 일이 아닙니다. 그 사람이 좋다고 만나서 같이 시간을 보낸 건 바로 '나'였고, 그 '나'가 문

두려움,

제인 겁니다.

지나간 상대방을 원망하고 욕하기는 쉽습니다. 하지만 지금까지 헤아릴 수 없이 많은 사람이 내 곁을 스쳐 지나갔을 텐데, 왜 특별히 그 사람을 원하고 또 원망하게 되었을까요?

나에게 묻고 나를 들여다봐야 합니다. 손바닥도 마주 쳐야 소리가 납니다. 사랑이 연거푸 실패하는 까닭은 상대들뿐 아니라 내게도 있습니다. 오히려 '나'에게 더 큰 문제가 있고, 그에 대한 답도 '나'에게 있습니다.

사랑이 누군가를 골라잡는 문제라면 좋은 사람과 엮이자마자 만사가 술술 풀릴 테지요. 하지만 현실은 그렇지 않습니다. 사랑은 술래를 잡기만 하면 흥겹게 마무리되는 놀이가 아니니까요.

사랑은 '선택'의 문제가 아닙니다. 내가 어떤 '존재'냐의 문제입니다. 그래서 사랑을 잘하기 위해서라도 내가 어떻게 생겨먹은 존재인지 알아야 합니다.

그렇지만 평소엔 '나'를 알기가 몹시 힘듭니다. 인생의 목표 가운데 가장 어려운 일 중 하나는 내가 나를 아는 일이거든요. 인생은 어떤 면에서 끙끙대며 자신을 알아가는 과정이기도 합니다.

이토록 알기 어려운 '나'이지만, 홀로 된 어느 순간엔가 내 생각과 욕망, 내 삶과 내 관계를 되짚을 수 있는 시간이 열립니다. 이별이 바로 그렇습니다. 이별은 나를 고민할 수 있는, 아프지만 소중한 기회가 되죠. "몹쓸 놈(년)"이라고 욕을 퍼부을 에너지를 고

스란히 자신을 돌아보는 데 써야 합니다. 그래야 우리는 달라질 수 있습니다. 어쩌면 그 덕에 이 오랜 헤맴을 끝낼 수 있을지 모릅니다.

두려움,

'나'라는 지구와 '너'라는 지구

그렇다면 '나'는 어떤 존재일까요? 내가 어떤 존재인지 알기 위해서라도, 잠시 어린 시절로 눈을 돌릴 필요가 있습니다. 어린 시절을 반추하며 지금의 나를 생각할 때, 내가 어떻게 변하고 만들어졌는지 알 수 있으니까요.

어린아이들은 자기밖에 모릅니다. 자기 것을 누군가에게 나눠주지 못합니다. 나눔과 배려를 가르치기 위해서 부모와 교사가 숱하게 가르치지만, 아이는 언제나 '나'를 중심으로 판단하고 생각합니다. 아이는 '나'로부터 거리를 두고 돌아볼 힘이 없습니다. 엄청나게 거대한 자의식에 사로잡혀 있죠.

자의식은 내가 나를 나로서 의식하는 생각입니다. 이 자의식 때문에 '나'라고 의식할 수 있지만, 자의식에만 붙들리게 되면 '나'를 위해서만 아등바등할 뿐 타인의 처지를 헤아리지 못하죠.

젖먹이에게는 '나'라는 의식이 없습니다. 그저 생명운동의 존재일 따름이죠. 그러다 어느 순간부터 언어를 배우고 말을 하게 되고 엄마아빠의 보살핌 속에서 '나'라는 의식이 생겨납니다. 자의식이 생겨나는 것이죠. 이처럼 '나'를 중심으로 세상을 관찰하고 판단하면서, 자의식과 더불어 '자아중심성'이 뿌리를 내리게 됩니다. 자아중심성은 '나'로서 살아가기 위해 반드시 있어야 합니다. 그러나 이것은 '아집' 또는 '왜곡된 고정관념'으로 변질되기 쉽습니다. 이는 그 사람의 삶을 옥죄는 올무가 되곤 합니다. 어린아이뿐 아닙니다. 자아중심성에 붙박여 남을 배려하지 못하고 고집만 센 '어른이'들이 세상엔 얼마나 많은지요. 지금은 아닐지라도 우리 모두는 자아중심성에 갇혀 있던 죄수들이었습니다.

이런 자아중심성이 꺾이고 무너지는 순간이 찾아옵니다. 바로 사랑의 순간이죠. '나'를 중심으로만 살던 인간에게 어느 날 또 다른 '나'가 나타납니다.

지구 밖에 새로운 지구가 나타나는 일처럼 엄청난 사건이죠. 낯선 또 하나의 우주가 그렇게 열립니다. 당신의 출현은 '나를 중심으로 세상이 돌아간다'고 믿었던 세계를 무너뜨립니다. 사랑하는 사람에게 "자기야"라고 부르는 건 나름 이유가 있는 셈입니다. '자기'가 하나 더 생겨났으니까요.

그래서 사랑은 '코페르니쿠스의 전회'와 비슷합니다. 천동설이 지동설로 바뀌듯, 나는 사랑을 통해 전혀 다른 세상을 바라보며 새로이 살아가게 되죠. 사랑하기 전까지 '나'를 중심으로만 살던 사람

두려움,

이, 이제 나 밖의 '다른 나'를 생각하고 그와 '함께하게' 됩니다. 자전과 공전이 통째로 달라지죠.

그렇다고 상대가 달이 되거나 해가 되어선 안 됩니다. 달이 된다면 그 사람은 나에게 얽매일 테고, 태양이 된다면 내가 그 사람을 맴돌 테니까요.

사랑은 또 다른 지구의 탄생입니다. 그래서 서로 끌어당기면서도 충돌하지는 않을 만큼 알맞은 거리를 유지하며 존중하는 관계를 지켜나가야 합니다. 그래야 사랑의 우주가 펼쳐집니다.

인식론에서 '코페르니쿠스의 전회'를 이루었다고 평가받는 칸트는 당시 윤리론에서 대세였던 공리주의와는 맞지 않는 주장을 폅니다. 『도덕형이상학을 위한 기초 놓기』에서 칸트는 이렇게 말했습니다.

'너는 너 자신의 인격과 다른 모든 사람의 인격에 있어서 인간성을 언제나 목적으로 대하고 어떤 경우에도 한갓 수단으로 사용하지 않도록 행위하라.'

우리는 플라토닉 러브만 할 순 없습니다. 상대의 외모에 혹하고 상대의 재주를 좋아하고 상대의 솜씨에 끌리며 때로 그것들을 이용하죠. 그러나 조건에만 이끌린다면 우리는 상대를 한갓 수단으로만 사용하고 마는 꼴입니다. 상대를 수단으로만 사용하는 관계를 사랑이라 생각할 사람은 아무도 없을 겁니다. 사랑의 관계는 상대를 수단으로도 대하되, 동시에 언제나 '목적'으로 대해야 합니다. 상대 또한 나를 수단으로만 아니라 목적으로도 대해야 하죠. 서로가 서로에게 수단이 아니라 목적이어야 합니다. 그것이 사랑입니다.

일상에서는 흔히들 타인을 수단으로 씁니다. 동료나 친구나 가족은 다 소중한 사람들이지만 내 수단이기 일쑤죠. 업무든 쾌락이든 신분상승이든 또는 무엇인가를 위해서든 그들을 수단으로 사용하지요. 연인도 수단처럼 사용되곤 합니다. 천동설에 세뇌된 사람이 지동설을 이해하기 쉽지 않듯, 아무리 뜨거운 사랑을 해도 자아중심성은 단박에 허물어지지 않습니다. 오히려 자아중심성은 끈덕지게 남아 상대의 자유를 짓뭉개며 내 수단으로 써먹으려 듭니다. 나의 '자아'는 사랑으로 열린 '둘의 나'를 '하나의 나'로 합치려 들죠. 그래서 자아중심성에 틀어박힌 사람을 만나면 관계가 힘겨울 수밖에 없습니다. 나를 목적으로 대해주지 않고 오로지 수단으로 써먹으려고만 하니까요.

두려움,

너는 나를 색다르게 물들인다

사랑은 인격과 인격으로서 어우러진 목적의 관계입니다. 성숙하지 못한 만남은 사랑이랍시고 어설프게 시늉하고 얼렁뚱땅 꾸며봤자 곧 들통 나기 마련입니다. 멋진 외모와 말솜씨, 주변의 맛집을 알아두는 센스만으로는 절대 사랑에 성공할 수 없습니다. 서로를 목적으로 대하는 일은 매우 어렵습니다. 아프게 배우고 차갑게 고민하며 뜨겁게 실천하는 성숙한 사람만이 상대를 목적으로 대할 수 있지요.

성숙이란 나를 넘어서는, 사회를 움직이는 힘들에 대한 이해입니다. 아울러 다른 사람에 대한 헤아림입니다.

우리는 우리가 어떻게 생겨먹은 존재인지 이해할 때 성숙해질 수 있습니다. 나 아닌 타인을 사회관계망 안에서 한 개의 부속품이 아니라 '내가 어떻게든 관계 맺어야 할 존재'로 인식할 때 성숙해질 수 있습니다. 이처럼 성숙한 인간이 되어 또 다른 나를 받아들이고 함께할 수 있을 때, 비로소 우리는 사랑을 하게 됩니다.

……나아가 생물학은 우리가 인지적 영역을 넓힐 수 있음을 보여준다. 이런 일이 일어나는 경우란 예컨대 이성적인 사고를 통해 새로운 경험을 하게 될 때, 낯선 이를 나와 같은 이로서 마주할 때, 더 직접적으로는 사람들 사이의 생물학적 일치를 체험할 때 등이다. 사람들 사이의 생물학적 일치 때문에 우리는 타인을 볼 수 있고, 또 우리 곁에 타인이 있을 자리를 비워둔다. 이런 행위를 가리켜 사람들은 사랑이라 부르기도 하고, 좀 약하게 표현하면 일상생활에서 내 곁에 남을 받아들이는 일이라고 부르기도 한다.

움베르토 마뚜라나·프란시스코 바렐라, 『앎의 나무』

'낯선 이를 나와 같은 인간으로 마주하며 나의 곁에 너의 자리를 비워둘 때, 비로소 우리는 성숙한다.'

칠레의 신경생물학자 마뚜라나와 바렐라는 주장합니다. 혼자라면 변변찮았을 인간이, 다른 인간들과 어울리며 개인보다 큰 사회를 만들어내는 까닭도 사랑 때문이라고. 또 그들은 이야기합니다.

'나만을 위해 살던 내가 너라는 또 다른 나를 경험하고, 차가운 이성으로 받아들이면서 함께할 수 있을 때, 우리는 인지적 영역을 넓히면서 어른이 되어간다'고.

사랑은 호락호락하지 않습니다. 나를 끊임없이 비우며 상대의 자리를 마련하고자 절절한 마음으로 땀 흘려야 하는 노동입니다. 연애의 선수 같은 것은 존재할 수 없습니다. 하룻밤 쾌락을 위해 '너'를

두려움,

수단으로 써먹으려는 꼼수가 때로는 먹힐지 모릅니다. 그러나 상대를 나의 수단으로 대하는 순간, 나 또한 상대의 수단이 되어버립니다. 상대를 내 외로움이나 성욕을 푸는 수단으로 쓸 때, 그것은 사랑이 아니라 '둘의 자위'일 따름입니다. 누가 되었든 별 상관이 없기 때문에 상대를 바꿔가며 사랑이라 불리는 자위를 하는 꼴이죠.

사랑은 나를 넘어서 또 다른 나를 만나는 일입니다. 그래서 상대의 자리를 내 안에 열어두어야 합니다. 그렇지 않으면 흘레를 마치자마자 제 갈 길 가는 들짐승들처럼 또 다른 누군가를 찾을 수밖에 없습니다. 그러니 아무리 많은 사람을 만나더라도 외로울 수밖에 없지요.

그리하여 사랑을 '정말로' 할 때 모든 인간은 화들짝 놀라게 됩니다. 애를 먹고 애를 끓게 됩니다. 서로가 서로에게 자리를 장만해주면서 동시에 서로를 목적으로 대하는 일은 만만치 않습니다. 누군가를 사랑한다고 자아중심성이 없어지는 건 아니니까요. 타인이 있을 자리를 비워두려면 스스로 자아중심성을 깨뜨려야 합니다. '이기주의'와 맞서 싸워야 하죠. 나에게 반란을 일으켜야 합니다. 그동안 내 삶을 지배했던 '자아'에 저항해야 합니다. 그래야 사랑을 할 수 있습니다.

사랑의 적은 경쟁자가 아니라 바로 이기주의입니다. 이렇게 말할 수 있겠습니다. 내 사랑의 주된 적, 내가 쓰러뜨려야만 하는 것은 타인이 아니라 바로 나, 차이에 반대되는 동일성을 원하는 차이의 프리즘 속에서 걸러지고 구축된 세계에 반대하여 자신의 세계를 강요하려 하는 '자아'입니다.

알랭 바디우, 『사랑예찬』

자아를 이겨내는 건 매우 힘겨운 일입니다. 그러나 우리는 참사랑을 바라기에, 상대가 쉴 곳을 내 안에 마련하게 됩니다. 나로만 똘똘 뭉쳐진 마음에 구멍이 나면서 세상으로 열립니다. 그리고 '너'가 들어옵니다. 너는 나를 색다르게 물들이고, 나는 이전과는 전혀 다른 나로 무르익어갑니다. 사랑이 기적을 일으키는 순간이죠. 기적은 물이 포도주로 변하는 일이 아니라 나밖에 모르던 인간이 누군가를 헤아리는 인간으로 성숙하는 일입니다.

두려움,

사랑과 좋아함, 그 거대한 차이

사랑을 두고 이러쿵저러쿵 말은 많이 하지만, 정작 그것이 무엇인지 우리는 잘 모릅니다. 마이클 샌델의 『정의란 무엇인가』에 정의가 무엇인지 딱 부러지게 나오지 않듯, 사랑이란 무엇이고 어떻게 해야 한다고 쐐기 박을 수 있는 사람은 아무도 없을 것입니다.

옛날에도 마찬가지였습니다. 고대 그리스에서는 사랑이라는 감정을 큐피드의 장난(에 의한 결과)으로 생각했지요. 번개가 치는 게 제우스가 성을 내기 때문이듯, 사랑에 빠지는 것은 큐피드가 쏜 화살에 맞았기 때문이라는 것이죠. 있지도 않은 인격신들을 들먹이며 '알 수 없는 현상'을 풀어내는 건 인간이 오랫동안 해오던 방법이고 지금도 '종교'라는 꼴로 그 자취가 남아 있습니다.

이성과 합리성만으로 인간과 사랑을 다 설명할 수 없기에 우리는 때때로 신화와 종교를 통해 인간과 사랑을 들여다봅니다. 플라톤의 『향연』에는 오랜 세월 인류사회에 드리운 신화가 나옵니다. 소크라테스를 비롯하여 당시 내로라하는 학자들이 모여 사랑을 이야기하는 가운데, 아리스토파네스는 이렇게 말합니다.

> 이 생명체가 한 몸으로 이루어져 있어, 둥그런 몸과 원형의 옆구리를 지니고 있었다는 사실이라네. 그들은 네 개의 손과 네 개의 다리를 지니고 있고, 완벽하게 둥그런 목 바로 위에 완전히 서로 똑같은 두 개의 얼굴이 반대로 놓여 있고, 그 위에 하나의 머리가 붙어 있다네. 그들의 귀는 네 개이고 수치스러운 부분도 두 개인데, 그 나머지 것들도 모두 지금까지 살펴본 것들로부터 상상할 수 있을 것이네.
>
> 플라톤, 『향연』

본디 하나였던 인간이 반으로 쪼개졌기 때문에 인간은 평생 자신의 반쪽을 찾아다닐 수밖에 없다는, 유명한 신화입니다. 영화 〈헤드윅〉에서도 이 신화를 영상으로 만든 장면이 나오죠. 그런데 이 신화는 인도에서 탄생하여 훗날 그리스로 전해진 것이죠. 다른 지역의 신화를 그리스인들이 쉽게 받아들인 것은, 사람이 숙명적으로 사랑을 찾아 헤매는 이유를 이 신화가 나름 잘 설명해주기 때문일 것입니다.

애인을 가리켜 '내 반쪽'이라고 하는 우리네 언어 풍습을 보세요. 자신의 반쪽 찾기가 사랑이라는 신화는 오래전부터 지구마을에 널

두려움,

리 퍼져 있습니다. 지구동네 어디든, 사람들은 자신의 잃어버린 반쪽을 찾아 평생 헤덤비며 살아가죠.

그러나 소크라테스는 '반쪽이의 신화'를 믿지 않았습니다. 그 신화를 믿으면 자신이 반편이라는 이야기밖에 안 되니까요. 소크라테스는 지혜로운 여사제 디오티마에게 배운 사랑을 사람들에게 알려주면서 사랑을 두고 벌어진 설왕설래의 장면을 마무리 짓습니다.

> 사랑은 이 세계의 지상적 아름다움에서 출발하여 저편의 아름다움을 목표 삼아 사다리를 오르듯이 끊임없이 한 단계씩 올라가는, 다시 말해 하나의 아름다운 육체에서 출발하여 두 개의 아름다운 육체로, 두 개의 아름다운 육체에서 아름다운 자기 함양의 노력으로, 아름다운 자기 함양의 노력에서 아름다운 인식에로, 그리하여 그러한 인식들로부터 저 더 높은 단계의 인식에로까지 올라가는 것을 의미한답니다.
>
> 플라톤, 『향연』

디오티마에 따르면, 사랑은 '두 사람이 만나 아름다운 존재로 발돋움하도록 애쓰는 노력과 인식'입니다. 사랑을 통해 나는 '두 개의 아름다운 육체'로서 '더 높은 단계의 인식'에로까지 올라갑니다. 두 사람이 함께 자기수양을 하면서 아름다운 인식을 통해 더불어 탈바꿈하는, 이것이 바로 사랑입니다. 그래서 소크라테스는 말했습니다.

"나 자신은 사랑에 관한 모든 것을 존중하고, 특별히 수행의 대상으로 삼으며, 다른 사람들에게도 그렇게 할 것을 권장하고 싶다."

소크라테스가 죽은 지 엄청난 시간이 지났음에도, 사랑을 가늠할 잣대는 여전히 뚜렷하게 세워지지 않은 것 같습니다. 그래서 우리는 자신의 감정이 사랑인지 아닌지 헷갈리곤 하죠. 어수선함 속에서 여러 욕망이 치솟았다가 꺼지며 나를 멀미나게 합니다. 혼란을 끝내기 위해서라도 우리는 '사랑과 좋아함을 구별할 기준'을 마련해야 할 것입니다.

사랑은 내가 아름다워질 수 있는 존재라는 깨달음입니다. 또한 아름다운 존재가 되고자 사랑하는 사람과 함께 걸어가는 과정입니다. 당신의 사랑 덕분에 내가 아름다운 존재임을 깨닫듯, 나의 사랑 덕분에 당신 또한 아름다운 존재로 성장하도록 돕는 과정이 사랑이죠. 사랑은 상대와 내가 행복하기를 바라면서 같이 더 깊은 존재가 되기를 힘쓰는 '노력'입니다.

'사랑과 좋아함'이 다를 수밖에 없는 이유가 여기에 있습니다.

좋아함은 본능의 차원에서 생겨나는 끌림입니다. 상대의 겉모습이나 재주, 돈, 맵시, 직업, 성격 같은 것에 홀리는 마음입니다. 그를 갖고 싶어하는 감정이요 하나가 되고 싶다는 단순한 감정이죠.

물론 사랑에도 이런 감정이 있습니다. 하지만 그게 전부는 아닙니다. 그 이상의 특별함이 있습니다.

사랑에는 좋아함의 바탕에 관심과 믿음, 존중과 배려, 의지와

두려움,

책임이 더해집니다. 그리하여 끝없이 가꾸어가는 '둘의 과정'이 됩니다.

사랑은 좋아함처럼 그냥 주어지지 않습니다. 더불어 공들여야 합니다. 사랑에는 눈물겹도록 지극한 정성이 들어가야 합니다. 그 덕에 우리 삶은 보다 살맛 나고 행복해집니다.

내가 정녕 그 사람을 사랑한다면, 온 마음 다해 자신을 드러내며 사랑해야 합니다. 그 사람을 아끼는 만큼, 위하는 만큼, 신비롭게도 내가 아낌을 받고 다독임을 얻습니다. 꿍꿍이 없이 자존심을 꺾으며 자신을 낮출수록, 신기하게도 내가 높아지고 자긍심이 탄탄해집니다. 그럴수록 '아름다운 자기함양'이자 '아름다운 자기인식'이 이뤄지죠. 이것이 바로 사랑의 힘입니다.

2 — 방황,
참 마음대로 안 되는 게 사랑

여자04가 간만에 여자03을 만났다. 1년여 만에 보는 여자03의 표정이 한눈에 보기에도 우울하다. 눈 밑에 그늘이 져 있다. 이런저런 이야기를 나누다가 자연스레 '요즘 만나는 사람'으로 주제가 옮겨졌다.

"만나는 사람 있니?"

여자03의 질문에 여자04가 고개를 저었다.

"새로운 사람을 다시 만난다는 게 쉽지 않네. ……너는 어때?"

"있어."

"정말? 잘됐다. 어떤 사람이니?"

"좋은 사람."

여자03이 커피 잔을 내려놓았다. 달그락.

"그런데 유부남이야."

남자에게는 아이까지 있다고 했다. 남자의 아이와 아내를 생각하면 이런 자기 자신이 끔찍하게 싫지만, 너무 사랑하기에 헤어질 수가 없다고 여자03은 말했다.

'원치 않는 결혼을 했고 부인을 사랑하지 않는다'고 주장하는 남자는 '결혼이라는 제도 때문에 이렇게 괴로워해야 하는 게 억울하다'고 울먹였다고 한다. 인정받지 못하는 사랑 때문에 괴롭기는 여자도 마찬가지였다.

"······이혼 안 한대?"

"할 거래. 그런데 당장은 걸리는 게 너무 많다고, 조금만 기다려달라는 거야."

여자04는 머릿속이 복잡해졌다. 실은 불과 얼마 전, 그녀도 이와 그다지 다르지 않은 상황에 빠졌던 적이 있다. 여자03이 간만에 여자04를 만나 스스럼없이 이런 하소연을 할 수 있는 것도, 여자04의 그런 과거를 알고 있기 때문일 터였다.

"참, 생각하면 우스워."

"뭐가?"

"이러면 안 된다는 거, 나도 잘 알고 있거든. 이러지 말자고 스스로 채찍질도 많이 했어. 그런데 결국은······."

여자03이 고개를 저었다.

"그러게. 내 마음이 내 마음대로 안 되네. 왜 사랑이란 자기 멋대로 굴러가는 걸까?"

내 안의 수많은 '나'들

자주 밤을 새웠고, 해가 뜰 기미가 보이면 두꺼운 이불을 이마까지 끌어올려 억지로 잠을 청했다. 주변에는 사랑에 빠진 사람들이 많았다. 그러나 그들이 믿고 있는 사랑이 대상을 향한 것인지 아니면 자기 자신을 향한 것인지는 알 수 없었고, 그들이 불분명한 사랑 때문에 겪는 고통들이 이해되지 않았다. 가끔 바퀴벌레가 방바닥 위를 서성거렸고 그러면 아무렇지도 않게 집어 창밖으로 던졌다. 그렇지만 가끔 잠이 오지 않는 밤이면 침대 밑에, 창틀 사이마다, 책장의 뒷면마다, 그리고 등줄기를 타고 바퀴벌레들이 마구 돌아다니는 모습을 생각했고, 몸서리를 쳤고, 겁이 났지만, 그것이 바퀴벌레 때문인지, 아니면 자기 자신을 향한 것인지는 알 수 없었고, 그래서 잠은 더욱 오지 않았다.

한유주, 「지옥은 어디일까」, 「달로」 중에서

방황,

밤이 깊어 잠을 자려고 하지만 도통 잠이 오지 않을 때가 있습니다. 생각해보면 이상합니다. 자려고 기를 쓰는데도 당최 잠이 오지 않으니 말입니다. 자자고, 자야 된다고, 내일 일찍 일어나야 한다고 스스로를 다독이며 누워도 마찬가지. 오히려 이런저런 잡생각만 무성해져 이리저리 몸을 뒤척이다 신경질이 나곤 하지요.

불을 켜고 음악을 틀어놔도 왠지 오슬오슬한 기운만 더해가고, 온몸의 솜털이 곤두섭니다. 벌새의 날갯짓처럼 바삐 하루를 보냈건만 밤이면 마음의 추가 기우뚱하면서 어리둥절한 기분에 빠지기도 합니다. 뭔가가 가슴을 콕콕 찌르며 나를 다그쳐, 여린 마음은 속절없이 상처만 입고 결국엔 안으로 문을 걸어 잠급니다.

낮 동안 딴딴했던 자아가 흐물흐물해지면서 밤이면 여러 변화가 생깁니다. 이상야릇한 기분이 온몸을 칭칭 감기도 하고, 괜스레 울적해지기도 하고, 가끔은 눈빛이 희번덕거리게도 되지요. 몸이 배배 꼬이기도 하고 마음이 뒤숭숭해집니다. 예전에 만나고 헤어졌던 사람들의 얼굴이 새록새록 떠오릅니다. 미처 다 끊어지지 않은 미련들을 가슴속 후미진 곳에서 꺼내 들춰보며 아련한 기분에 잠깁니다. 뜻대로 안 되는 현실에 분해하며 툴툴거리기도 합니다.

멍울 많은 가족관계, 꼬이기만 하는 연애, 욕심을 따라가지 못하는 헐거운 주머니, 운을 핑계 삼지만 세상을 마음껏 열어가기엔 모자라는 능력, 하품만 나오는 일상까지. 평상시와는 다른 생각들이 스멀스멀 기어나오면서 낮 동안의 '나'와 딴판인 '나'로 바뀔 때면,

그만 불안해지고 맙니다. 이제껏 공들여 탄탄하게 쌓아온 내 안의 온갖 모습이 서로 자리를 차지하려고 다투기 시작합니다. 숨어 있던 이리떼가 으르렁거리며 위협하기도 하고, 누렁소가 느긋하게 워낭 소리를 내며 금빛 게으른 꿈을 꾸기도 하고, 조르바가 뛰쳐나와 덩 실덩실 춤을 추기도 하고, 억울한 낮꽃의 장화와 홍련이 어깨에 걸 터앉기도 합니다.

'나'는 수많은 '나'들로 이뤄져 있지요. 밤이 되면 그 많은 '나'들 사이에서 춤판이 열리고 싸움도 벌어지며, 낮 동안 썼던 탈이 부서 집니다.

얼마든지 밤을 즐겁게 지낼 수도 있겠지만 때로는 스쳐가는 호젓 한 바람 한줄기에 마음이 와장창 무너집니다. 내가 미치도록 미워지 기도 하고, 지난날 아픔이 떠올라 눈동자가 그만 부들부들 경련을 일으키기도 합니다.

'미칠 것만 같은' 밤. 옛 이야기 속 열녀들이 대침으로 허벅지를 찔렀다고 하는 그 심정이 헤아려지는 밤. 술기운에 기대어서 밤을 넘기고자 술잔으로 손을 뻗습니다. 맨정신으로 견디기 힘드니까요. '낮의 나'는 나름 똑똑하고 괜찮은 사람입니다. 그러나 '밤의 나'는 미욱하기 그지없는 사람입니다. 다음 날이면 후회할 게 뻔한 일로 뛰어드는 머저리입니다. 그러나 후회도 잠시, 얼마 지나지 않아 비 슷한 일이 되풀이되지요.

이성이 저무는 을씨년스러운 시간이 찾아오면, 늦은 봄날의 공원

방황,

에 나온 강아지마냥 뛰어다니던 '나'는 늦가을 도살장에 끌려간 송아지 같은 '나'가 되어 고통스러워합니다. 남들 앞에서는 다부진 표정으로 '나는 잘 지낸다'고 큰소리를 치지만, 외로움이 휘몰아치는 밤을 말짱한 정신으로 보내기란 쉽지 않지요. 더 씁쓸한 사실은 아무리 술을 마시고 아무리 취해도 외로움이 가시지 않는다는 점입니다. 이럴수록 삶의 기쁨은 앙상해져만 간다는 점입니다.

다시금 땅거미가 지고 어스름이 깔립니다. 내 안의 뭔가가 걷잡을 수 없이 일렁이고, 알 수 없는 시림에 가슴이 허전해지면서 눈물이 차오르곤 합니다. 어서 잠이 들어 '나'를 잊고 의식을 잃고 싶지만 좀처럼 잠은 오지 않습니다. 대신에 온갖 잡생각과 침 삼키는 소리만 텅 빈 방에 울려댑니다.

세상은 어둑어둑해오고 차디찬 바람은 모질게도 내 옆구리를 훑습니다. 뼈에 저미는 외로움과 나에 대한 못미더움으로 나는 허물어집니다. 그렁그렁하던 눈에서 눈물이 흐릅니다. 꺼이꺼이 목 멘 울음이 쏟아집니다. 세상을 덮어버리는 어둠. 내 곁엔 아무도 보이지 않고 홀로 있음만이 느껴지는 새벽은 그렇게 찾아옵니다.

우린 모두 빨간 구두를 신고 있다

J, 가끔 우리는 이게 절벽인 줄 알면서도 그 위에 서서 뛰어내리고 싶어한다고 당신은 제게 말했습니다. 가끔 우리는 이것이 수렁인 줄 알면서도 눈 말갛게 뜬 채로 천천히 걸어들어 간다고. 가끔 머리로 안다는 것이, 또렷하게 알고 있다는 것이 이렇게 속수무책일 때가 있다고, 또 이렇게 하면 그와 끝장이 나는 줄 알면서도 우리는 마지막 말을 하고야 만다고 그대는 제게 말했습니다.

공지영, 『빗방울처럼 나는 혼자였다』

기억 속에 꽁꽁 숨겨두었던 비밀의 방으로 통하는 문이 덜컥 열리면서 한 줄의 현이 바르르 떨립니다. 누구에게나 그랬던 적이 있지요. 이러면 안 되는 줄 알면서도, 후회할 걸 뻔히 알면서도, 이대로 가다가는 끔찍한 결과밖에 없을 것임을 알면서도, 우리는 그것을 하고야 맙니다.

방황,

나는 나로 살지만 나는 내 마음대로 안 됩니다. 내 삶이 내 뜻과 다르게 돌아갈 때가 얼마나 많은지 모릅니다.

내가 아니며 내가 알지 못하는 것을 철학에서는 '타자'라고 하는데, 그렇다면 나는 나에게 '타자'가 아닐까요? 내 마음을 내가 모를 때가 얼마나 많은지요. 내가 내 뜻대로 되지 않을 때가, 이런 내가 남처럼 느껴질 때가 얼마나 많은지요. "나도 모르게……"라는 말을 우리는 평소 얼마나 자주 쓰는지요.

내가 낯설게 여겨질 때, 나는 비로소 나를 고민하기 시작합니다.

내가 나에게 타자이듯, 사랑이라는 감정도 늘 '타자'로 다가옵니다. 사랑이라는 이 흔한 감정이 왜 우리에게 생기는지, 우리는 잘 모릅니다. 사랑은 언제나 낯설고 뭐라 말하기 어려운 무엇입니다. 사랑할 때는 그 기분에 취해 있어 잘 모릅니다. 그리고 시간이 한참 지나 뒤돌아보면 어느새 까마득한 일이 되어 사랑이 뭔지 알 수 없어집니다.

사랑에 빠져 있던 때를 떠올리며 우리는 이렇게 자문해봅니다.

"그게 정말 나였을까?"

"그게 사랑이었을까?"

가수 양희은이 노래한 〈사랑, 그 쓸쓸함에 대하여〉의 다음과 같은 노랫말이 조금도 낯설지 않은 것은 그래서일 겁니다.

도무지 알 수 없는 한 가지, 사람을 사랑하게 되는 일이처럼 인간에게는 자신이 어찌하지 못하는 '맹목적인 반복의 자동성'이 있다고 슬로베니아의 철학자 슬라보예 지젝은 말했습니다. 『이데올로기라는 숭고한 대상』에서 지젝은 주장합니다. 죽음충동을 피하거나 덮으려고 하지 말고, 도리어 이 자체를 맞닥뜨려야 한다고. 어디에 놔두어도 북쪽만을 가리키는 나침반처럼, 남들에게 말쑥하게 보이고자 아무리 자신을 꾸며도 그 가면을 찢고 나오는 무엇이 바로 죽음충동입니다. 죽음충동은 인간의 존재 조건입니다. 그 모습이 조금씩 다를 뿐, 누구나 이를 가지고 있습니다.

일상을 살다 보면, 이성으로 도저히 다스려지지 않는 충동들과 마주할 때가 있습니다. 높은 건물 옥상에 올라가 까마득히 아래를 내려다보며 왠지 뛰어내리고 싶은 기분이 들 때, 어렵게 이룩한 일들을 하루아침에 깡그리 뒤엎어버리고 싶은 충동이 꼼지락댈 때, 해야 할 일이 밀렸건만 온종일 뒹굴뒹굴 텔레비전이나 보면서 될 대로 돼라고 시간을 허비할 때, 이러면 안 되는 줄 알면서도 손이 멈추지 않고 자꾸 야식을 먹을 때, 쇼핑몰을 전전하며 이 물건 저 물건 정신없이 사들일 때, 이제 재미는커녕 괴로운 지경인데도 컴퓨터게임을 멈추지 못하고 밤을 새울 때, 더 이상 마시면 정신을 잃을 것 같지만 그럼에도, 아니 그렇기 때문에 더욱 열심히 술잔을 입에 가져갈 때……

이처럼 우리에게는 '미치고 싶을 때'나 '미친 것 같은 때'가 맹목적으로 반복됩니다.

방황,

안데르센의 동화 〈빨간 구두〉 속에서도 굽이치는 죽음충동을 엿볼 수 있습니다. 빨간 구두를 신은 주인공이 멈출 수 없도록 춤을 추게 되어, 나중에는 끝내 자신의 발목을 자른다는 섬뜩한 동화죠. 발목이 잘리고 나서도 빨간 구두는 저 혼자 춤을 추어 으스스함을 더합니다. 목발을 한 내 앞에서 미친 듯이 춤을 추는 빨간 구두!

〈빨간 구두〉의 주인공처럼, 우리도 빨간 구두를 신고 살아갑니다. 우리는 원치 않아도 빨간 구두를 신고 태어나죠. 그래서 빨간 구두가 충동하는 대로 춤을 춰야 하고 무언가를 해야 합니다. 빨간 구두는 '내 것이지만 내 안의 나를 넘어서는 무엇'입니다. 도저히 다스려지지 않는 무엇, 툭하면 나를 밀어붙이며 움직이는 무엇인 거죠. 그 사람을 사랑하면 안 되는 줄 알면서도 빠져드는 심리, 이렇게 가다가는 그도 나도 끝장나리란 걸 알면서 더욱 그에게 얽매이는 심리가 바로 여기서 연유합니다.

사랑이 삶의 유일한 이유라며 목숨까지 걸겠다고 떠벌이지만, 알고 보면 빨간 구두를 신고 벌이는 몸부림일 때가 많습니다. 혹시 우리는 우리를 지배하는 빨간 구두와 맞닥뜨리기가 두려운 건 아닐까요. 그래서 이것을 사랑이라고 둘러대는 건 아닐까요. 맞습니다. 감정과 이성의 엇갈림, 내 마음과 내 뜻의 엇나감, 인간에게 도사린 낯섦, 이 긴장감을 견디기가 힘들기에 우리는 서둘러 '사랑'이라는 보자기를 씌웁니다. 사랑이라는 예쁘장한 포장으로 빨간 구두를 감춥니다.

우리는 자유롭게 사랑한다고 말하고 싶지만 빨간 구두를 신었기에 어쩔 수 없이 사랑을 할 수밖에 없는 곤경에 빠져 있습니다. 본능대로 움직이는 동물이 아니라 주체로서 살아가는 인간이라면 누구나 삶의 내부로부터 빚어지는 이 곤경을 견뎌야 하지요.

그가 명백하다고 표현하는 것은 그 자체로 주체성의 차원에 관련되는 원초적인 곤경이고 주인의 자세에 의해 숨겨진 원초적인 곤경이다. 이러한 곤경, 즉 니체의 이해범위를 벗어나고 행동하는 삶의 내부로부터 위태롭게 되는 히스테리적인 연극의 진정한 핵심에 대한 프로이트의 명칭이 죽음 욕동이다.

슬라보예 지젝, 『사랑의 대상으로서 시선과 목소리』

방황,

사랑하는 인간은 이성의 존재가 아니다

감정과 이성 사이에 균열이 있음을 뇌과학자들은 밝혀냈습니다. 인간의 뇌는 삼중으로 되어 있는데, 그 세 층은 같이 있지만 다른 영역입니다.

가장 안쪽엔 파충류의 뇌라 불리는 뇌간이 있고, 그 다음엔 포유류의 뇌라 불리는 변연계가 있으며, 마지막 바깥쪽엔 인간의 뇌라 불리는 신피질이 있습니다.

인간은 신피질이 커지면서 다른 동물들과 다르게 이성으로 판단하고 추리하고 분석하고 추상하는 능력이 발달하였습니다. 그러나 뇌의 진화는 정해진 수순대로 착착 진행되는 대신 우연히 갑작스레 이루어졌습니다. 그래서 변연계와 신피질 사이에는 간극이 존재합니다. 감정을 다루는 변연계와 이성을 다루는 신피질이 삐끗하는 이유입니다. 변연계와 신피질은 서로 원활히 소통되지 않습니다. 그래서 인간은 자신의 느낌과 감정을 늘 '해석'해야만 합니다. 이러니 오해가 생길 수밖에 없습니다. 내 마음인데 나도 모르는 겁니다. 변연계에서 일어나는 감정들이 신피질의 논리로는 이해가 안 되니까요.

변연계와 신피질은 두뇌 안에 같이 있지만 독립되어 있습니다. 그래서 인간은 발걸음을 옮기듯 자신의 감정을 움직일 수 없습니다. 누구를 사랑할지 누구를 싫어할지, 어떤 것에 끌리고 어떤 것을 밀어낼지는 의지로 조절이 안 되죠. 감정은 이성으로 잘 길들여지지 않습니다. 감정은 지배받지 않는 '우리 인의 야성'입니다. 또한 이것들은 독립되어 있으면서도 어느 정도 엉켜 있는데, 그래서 적절한 교육을 받고 마음가짐을 가다듬으면 감정에 영향을 미칠 수 있습니다. 그러나 감정이 완벽하게 '통제'되고 '결정'되지는 않습니다. 감정은 이성의 종이 아니거든요.

바로 이 때문에 이성적으로 따지면 결코 할 수 없는, 가슴 철렁 내려앉는 짓을 '이성의 존재' 인간은 종종 저지르곤 합니다. 제아무리 똑똑하고 드높은 의지가 있다 해도, 감정이라는 녀석은 이성의 그물로 잡히지 않습니다. 아무리 애를 써도 감정은 미꾸라지처럼 빠져나가기 마련입니다. 반대로, 이성은 되레 감정의 도구처럼 쓰이곤 합니다. 인간은 자신이 저지른 잘못을 반성하기보다는 합리화합니다. 어리석게도 인간은 자신을 '합리화'하면서 훗날 후회할 짓을 저지르고 맙니다.

인간은 이성의 존재이기는 하지만 이성의 존재라고만은 할 수 없죠. 우리는 이성의 힘이 얼마나 무르고 여린지 잘 알고 있습니다. 밤

방황,

이면 동물의 울부짖음이 내 안에서 울려 퍼지고 날카롭고 단단하던 이성의 갑옷을 찢고 뛰쳐나오곤 하니까요. 뭔가 내 안에서 들끓고 있지만 좀처럼 표현할 수 없어 답답할 때가 곧잘 있지요. 이게 뭔지, 어떻게 표현해야 할지 몰라서 마구 지껄이고 몸을 이리저리 놀려보지만 아쉬움과 갑갑함은 수그러들지 않죠.

인간은 이성으로서의 의식으로만 구성된 존재가 아닙니다. 지금 이 글을 읽고 생각하는 '나'는 '의식으로서 나'일 뿐 '전체로서 나'가 아닙니다. '의식으로서 나'를 흔히들 '자아'라고 하지요. 데카르트는 "나는 생각한다. 고로 존재한다"라고 말했는데, 그가 말하는 '생각하는 나'가 '자아'입니다.

그런데 나는 생각으로서만 존재하지 않습니다. 자아는 나의 한 부분일 따름이죠. 다른 부분에는 변연계로서 나, 무의식으로서 나, 몸으로서 나가 있습니다. 우리가 꾸는 꿈을 생각해보세요. 우리는 우리 마음대로 원하는 꿈을 꾸지 못합니다. 이성적으로 피하고 싶은 꿈을 피할 능력도 없습니다. 그래서 꿈은 내 안의 무의식이 자아에게 말을 거는 일이라 할 수 있습니다. 무슨 꿈을 꾸었는지를 통해, 우리는 '의식으로서 나'가 아닌 '무의식으로서 나', '몸으로서 나'가 어떤지 알아낼 수 있는 것입니다.

병도 몸이 자아에게 주는 경고입니다. 고통이 느껴질 때에야 의사에게 가서 "제 어디가 아픈가요?" 묻는 것만큼 서글픈 일이 없습니다. 그만큼 내가 나로부터 소외되어 살았다는 뜻이니까요.

나에 대해서 모른 채 어찌 남을 알 수 있겠습니까. 첫 단추를 잘못 꿰면 나머지 단추들도 엇나갈 수밖에 없습니다. 나는 이 세상에서 처음으로 만나는 '나'라는 존재와 관계 맺기를 잘해야 합니다. 그래야 다른 누군가와도 잘 지낼 수 있습니다. 나를 아는 만큼 남과 소통할 수 있고, 소통해야 사랑할 수 있지요. 그러니 사랑을 하고 싶은 사람은 자신을 잘 알아야 합니다. 더불어 그동안 머물렀던 자리를 박차고 나와 다른 사람의 삶에 다가가려고 애써야 합니다.

내가 누구인지 알아야 합니다. 그리고 사랑이 뭔지 알아야 합니다. 이런 앎을 통해 사랑할 힘이 생겨날 때, 서로의 감정을 헤아리며 사랑의 보금자리를 장만할 수 있죠.

많은 여자들이 자기 자신과 적절한 관계를 맺는 법을 모른 채 남자를 찾는 실수를 저지른다. 이 남자 저 남자를 만나면서 무언가 그들이 놓치고 있는 것을 찾아다닌다. 그러나 이는 자신 내부에서 찾아야 한다. 스스로를 사랑하지 못하는 사람을 만족시킬 만큼 사랑해줄 사람은 없다. 허무한 마음으로 사랑을 구걸해봐야 남는 것은 공허뿐이다. 사람은 삶을 통해 자신의 내부에 존재하는 가치관, 행복해질 권리, 인생에 대한 자세 등을 표출한다. 생각이 변하면 인생도 바뀐다는 것을 잊지 말자.

로빈 노우드, 『너무 사랑하는 여자들』

방황,

나는 '나'들을 두루 아우르며 삶을 이끌어가야 합니다. 자아는 '낯선 나들'에 질겁하여 이를 감추려 하는데, 그럴수록 삶의 응달은 넓고 짙어집니다. 남들에게 보이는 모습에만 신경 쓸수록 그 안에 짓눌린 감정으로서 나, 무의식으로서 나는 소외되고 외로워집니다.

미련한 사랑도 값진 경험이 되는 이유

'신피질과 변연계 사이의 어긋남을 예술은 훌륭하게 이어준다'고 뇌과학자들은 이야기합니다. 시를 예로 들어보죠. 이성으로 접하면 시는 잘 와 닿지 않습니다. 그런데 어느 순간, 우연히 접한 시 한 편이 내 안의 막힌 구석을 뻥 뚫어줄 때가 있습니다. 이야말로 시가 변연계와 신피질을 이어주기 때문이라고 뇌과학자들은 풀이합니다. 평소에 잘 이해가 되지 않는, 종잡을 수 없었던 감정과 정서를 시는 언어로 '해석'하죠. 시를 읽으며 나는 이성이 아니라 감성으로서 '나'를 만납니다. 이때 가슴이 뻥 뚫리거나 짜릿해지는 것입니다.

미술이나 음악, 춤도 마찬가지입니다. 말이나 글로는 표현할 수 없는 내 안의 무엇들을 붓질로, 몸짓으로, 소리침으로 나타낼 때 예술이 탄생합니다. 어떤 예술가가 대단하다는 것은, 그가 사람 안에 숨어 있는 정서와 감성을 그만큼 잘 건드리며 '공감'을 불러일으킬 줄 안다고 이야기할 수 있습니다.

방황,

뇌의 변연계와 신피질 사이에 간극이 있는 것은 인간의 공통된 특성이기에 우리는 누구나 예술가가 될 수 있습니다. 예술가는 특별한 사람이 아닙니다. 이성만으로 다스려지지 않는 감성과 감정, 정감과 정서에 더 정직하고 민감하게 반응할 줄 아는 사람이죠. 누구라도 자기 안의 알 수 없는 느낌과 충동들에 솔직해지고, 그것을 표현하면 예술이 되는 것입니다.

우리의 삶도 예술이 될 수 있습니다. 사랑이 그 지렛대 구실을 할 수 있습니다. 사랑이라는 지레를 통해 무거워진 의식으로서 나를 잠깐 잊고 무의식으로서 나, 감정으로서 나, 몸으로서 나를 만날 수 있습니다.

사랑을 하면 내가 모르던 나의 모습을 알게 됩니다. 내게 이런 욕심이 있었나 싶어 식은땀이 나기도 합니다. 느닷없는 시샘과 의심이 돌개바람처럼 불어오기도 합니다. 평소의 나와는 다른 모습이 내 안에 있음에 새삼 놀라기도 합니다.

내 안에 이런 모습이 있었나 싶어 손발이 오그라들고, 이래서는 안 될 것 같아 감정을 지그시 덮으려고도 해보지요. 그러나 얼마 안 가 그것들을 마주하고 껴안는 순간이 옵니다. 자신에게 정직해지는 시간이죠.

사랑은 내가 무엇을 원하는지, 내가 어떤 사람인지를 솔직하게 드러내 보여줍니다. 그래서 사랑을 깊게 하면 할수록, 나는 나를 더 깊이 알게 됩니다. 사랑은 나를 알아가는 여행이죠. 당신이라는 타자와 함께 나를 찾아 떠나는 여행, 이것이 사랑입니다.

그러나 세상의 모든 여행이 다 좋을 수 없듯, 빨간 구두를 신고 누군가를 사랑하는 일이 행복한 것만은 아닙니다. 때로는 내 뜻대로 되지 않아 지워지지 않을 흉터를 남길지도 모릅니다. 빠져 있을 때도 힘들고, 끝나고 나서도 상처가 심한 악연이 얼마나 많은지요. 사랑은 우리에게 늘 상처를 줍니다. 그래서 우리는 사랑 앞에서 어쩔 수 없이 주춤거리게 됩니다.

그렇지만 '시행착오'를 통해 인간은 성장합니다. 그래서 갈 데까지 가볼 필요가 있을지 모릅니다. 앞날이 어떻게 될지는 아무도 모릅니다. 비록 남들의 눈엔 '미련한 사랑'으로 비칠지 모릅니다. 그러나 우리는 어리석음을 겪으며 성숙합니다. '미련한 사랑'마저도 내 삶에는 값진 경험입니다. 사랑과 인생이 쉽게 술술 넘어가기만 한다면 무슨 재미가 있을까요. 넘어지고 엎어져도 다시 일어나 사랑하는 과정이 우리네 인생입니다.

내 마음이 내 마음대로 된다면 이미 '도인'입니다. 그 수준에 이르지 못했기에 우리는 방황할 수밖에 없습니다. 그렇다면 진절머리 날 만큼 헤매고 신물 날 때까지 아파보는 일이 필요합니다. 그것이 삶의 소중한 체험이 됩니다. 누구나 사랑 안에서 잘못을 저지르며 타인과의 관계를 배우고 나를 알아갑니다. 나중에 돌이켜보면 왜 그랬나 싶도록 이리석은 짓일 테지만, 모든 배움은 숱한 실수를 통해서 간신히 얻어지는 성과입니다. 지난날의 어리석음은 나의 성숙을

방황,

위해 꼭 필요한 '통과의례'일지 모릅니다.

　인생이라는 머나먼 길을 헤쳐나갈 때 사랑은 반드시 건너야 하는 징검다리입니다. 사랑이라는 다리는 인생에 수없이 나타나는데, 이 다리를 건너고 나면 그 이전과 이후가 분명히 달라집니다. 사랑이라는 다리 앞에서 움츠리거나 머뭇거리지 마세요. 용기를 내어 그 다리를 건너가세요. 진짜 사랑, 예술적인 사랑을 만날 가능성이 열립니다.

3_ 욕망,
진짜 원한다면 괜찮아

여자05는 처음부터 남자01의 눈에 들어오지도 않았다. 저런 애가 있구나 하는 정도. 수업을 한 과목 같이 듣기는 했지만 대화는 커녕 인사를 나눈 적도 없었다.

그러던 어느 날 저녁, 남자01이 일일주점에서 우연히 발견한 여자05는 남학생들 사이에 둘러싸여 있었다. 술기운 때문이었을까. 불현듯 사나운 불길 같은 뭔가가 남자01 안에서 일어났다. 여자05는 웃고 있었지만, 남자01의 눈에는 그녀가 남학생들에게 갇혀 구해달라는 것처럼 보였다. 가슴에 불이 번졌다.

그날 이후 남자01은 여자05를 향해 열정적으로 다가갔다. 마치 예전부터 그녀를 간절히 원했던 것처럼. 평소 여자05와 가까운 사이던 여자06에게 밥을 사주며 자신에 대해 잘 말해달라고 부탁하기도 했다.

일은 순조롭게 진행되었다. 여자06의 말솜씨가 좋았는지 여자05도 남자01에게 호감을 나타냈다. 자고로 연애에 성공하려면 목표물의 언저리부터 먼저 공략해야 한다는 진리를 남자01은 새삼 깨달았다.

그런데 얼마 뒤, 그들은 헤어지고 말았다. 이유는 단 하나, 여자05에 대한 남자01의 진심이 그다지 크지 않았기 때문이다.

남자01은 과연 여자05를 좋아했을까?

방자는 왜 춘향을 욕망했을까

"문제는." 내가 끼어들었다. "자기 자신조차도 그 필요성을 느끼지 않다가 광고를 보고 나서야 필요하다고 생각하는 거야. 자기에게 필요한 거라면 자기가 먼저 알아야 하잖아. 그런데 광고가 먼저 가르쳐주고 있어. 자기 욕망의 출발이 자기 자신이 아니라 광고라면 나란 뭐야? 결국 나 자신은 껍데기일 뿐인 거잖아?"

이만교, 『결혼은, 미친 짓이다』

내 욕망이 정말 내 것인지 긴가민가할 때가 많습니다. 별 필요가 없건만 TV 광고에 혹해 그것을 사기도 하고, 처음엔 별로 관심도 없었는데 남들이 좋아하니까 덩달아 어떤 연예인을 좋아하게 되기도 하지요. 이처럼 나의 욕망은 내 것이 아니라 타인의 욕망입니다. 프랑스의 정신분석학자 자크 라캉의 말마따나 우리는 타인의 욕망을 욕망합니다.

욕망,

우리의 욕망이 우리 것이 아니라는 것을 잘 보여주는 것이 바로 TV입니다. 대중매체는 사람들에게 어마어마한 입김을 불어넣죠. 영화 〈트루맛쇼〉에서 잘 담아내었듯 'TV의 욕망을 대중이 욕망하는 시대'입니다. 어느 식당이 맛있다고 하면 갑자기 군침이 돌면서 언젠가 거기서 꼭 먹어봐야겠다는 욕망에 붙들리죠. 그렇기에 권력은 사람들의 욕망을 주무르고자 늘 방송에 손을 뻗칩니다.

'욕망의 사회성'은 대학과 학과에서도 잘 나타납니다. 저마다 생김새가 다르고 재주도 다르고 사는 곳도 다를 텐데, 다들 몇몇 대학만을 욕망하며 그중에서도 법대와 경영대, 의대를 가려고 하죠. 이유는 단 하나입니다. 사회가 그것들을 추켜세우니까. 남들이 다 욕망하기 때문에 나도 욕망하게 됩니다. 날 때부터 자신이 하고자 하는 바를 정하는 사람은 없습니다. 욕망은 타인과 관계를 맺고 사회를 알아가면서 생기고 자라납니다.

나는 내 욕망을 모릅니다. 이게 모든 문제의 시작입니다. '내 욕망은 타자의 욕망'이라는 '불편한 진실'을 자크 라캉은 이렇게 설명합니다.

자, 상황이 복잡해져서 – 여기부터가 제가 만든 우화입니다 – 메뉴가 한자로 적혀 있다고 칩시다. 그러면 우리는 우선 여주인에게 번역을 부탁하겠지요. 그녀는 '왕만두'니 '춘권'이니 하는 식으로 번역을 해줄 겁니다. 만일 중화요리집에 처음 간 것이라면 번역도 소용이 없을 테니 결국 여러분은 여주인에게 이렇게 요구할 겁니다. "추천 좀 해주세요." 이는 다음과 같은 뜻입니다. "내가 이 중에서 뭘 욕망해야 하죠? 그걸 알고 있는 것은 바로 당신이잖아요."

자크 라캉, 『세미나 11』

시계를 거꾸로 돌려 어릴 때로 돌아가 보세요. 부모나 친척들로부터 "넌 커서 뭐가 되고 싶니?"라는 질문을 받은 어린아이는 꿀 먹은 벙어리가 될 수밖에 없습니다. 왜냐하면 세상이 어떤지, 어떤 직업들이 있는지, 내가 뭘 잘하는지, 아직 알지 못하니까요. 아이는 커가면서 TV에서 본 어떤 이미지나 부모가 평소에 읊조리던 직업들을 욕망하게 됩니다. 그리고 '이것이 나의 꿈'이라고 말하게 됩니다. 이처럼 우리는 어려서부터 남들의 욕망을 욕망하며 자랍니다. 그래서 우리의 삶은 대개 엇비슷합니다. 우리의 욕망은 정말 우리가 바라는 게 아니라 세상의 욕망이니까요.

영화 〈방자전〉에서 방자는 왜 성춘향을 가지려고 했을까요? 방자가 연애술을 배우며 털어놓았듯 "춘향이가 예뻐서라기보다는 이몽룡이 욕망하는 대상이었기 때문"입니다. 세상이 욕망하기 때문에 자신도 그 욕망에 빠져들죠. 다른 사람들이 성춘향을 욕망하지 않았다면 방자 또한 그녀를 탐내지 않았을 겁니다.

누군가를 좋아함은 이처럼 투명하지 않습니다. 그 사람을 왜 좋아하는지 곰곰 생각해본들 깔끔한 답은 나오지 않습니다. 서로 정을

욕망,

주고 오순도순 사랑하고 살면 좋겠지요. 그러나 좋은 관계란 말처럼 호락호락하게 이뤄지지 않습니다. 한 사회의 구성원으로서 사람은 끊임없이 사회적 욕망에 사로잡히기 때문입니다. 그래서 친구의 애인이나 대중매체에 나오는 연예인들의 사랑 놀음에 나의 상대를 견주면서 불만족을 느낄 수밖에 없는 것입니다.

"나는 내 자유와 행복을 찾아 스스로 움직인다"고 믿고 싶은 이에게 "당신의 욕망은 남들의 욕망"이라는 말처럼 김빠지는 것도 없을 것입니다. 정신분석학은 내가 욕망하고 내가 고르는 것 같지만 알고보면 나의 선택은 내 것이 아니라고 주장합니다. 기분이 썩 좋지만은 않은 이야기입니다. 그러나 세상의 진실은 언제나 거북하기 마련이죠. 조금 더 열린 마음을 가지면 '나의 욕망과 나'란 관계를 더 정확하게 돌아볼 수 있지 않을까요.

욕망을 키우는 변수, 삼각관계

연애타령을 밑천 삼아 돌아가는 TV 연속극 대부분에서 삼각관계가 다뤄지는 것을 봐도, 그것만큼 조마조마하면서도 찌릿찌릿한 게 없는 모양입니다. 두 사람이 벌이는 사랑 자체도 그토록 달뜨면서 아슬아슬한데, 여기에 다른 사람이 끼어드니 얼마나 애가 타고 흥분되겠습니까. 삼각관계는 당사자들도, 보는 사람도 손발에 땀이 나도록 조바심을 내며 빠져들게 만드는 마력(?)이 있는 것 같습니다.

일상에서도 삼각관계가 드물지 않더군요. 삼각관계란 한 사람을 놓고 두 사람이 엎치락뒤치락 애정경쟁을 벌이는 상황만을 이야기하는 게 아닙니다. 꼭 애정관계가 아니더라도, '셋 이상의 사람이 서로 영향을 주고받는 관계'는 모두 그렇게 부를 수 있겠지요. 이를테면 어느 모임 안에서 누군가와 맞수처럼 판이 짜이고, 누군가 그 둘을 평가하면서 빚어지는 야릇함도 삼각관계의 일종이죠. 예능 프로그램 〈무한도전〉에서도 노홍철과 하하는 유재석을 두고 티격태격

욕망,

묘한 삼각관계를 벌입니다. 이처럼 누군가를 의식하면서 자신을 뽐내고 상대를 시샘하며 밀쳐내는 모습을 통틀어 삼각관계라 할 수 있습니다.

두 사람만의 관계라면 미우나 고우나 둘이서 줄다리기를 하겠지요. 그렇지만, 사실 두 사람만의 관계란 세상에 흔치 않습니다. 우리가 사회 속에서 산다는 건 이미 '나와 너 사이에 수많은 남들이 들어와 그들에게 에워싸여 있다'는 이야기거든요. 나와 너 사이엔 누군가 스며들 수밖에 없고, 다른 사람이 끼어들면서 감정의 작대기는 엇갈리게 됩니다. 그러느라 사랑의 실뜨기는 이리저리 비비 꼬이지요. 둘만이 부딪쳐서 생기는 불똥에 비하면, 세 사람이 부대끼면서 튀기는 불꽃은 그야말로 더 어릿어릿 아찔합니다. 홍상수 영화에서 자주 나오듯 '세 사람이 술자리를 가질 때'면 더욱 야릇한 욕망들이 사람과 사람 사이를 감돕니다.

막상 삼각관계에 처하면 어이가 없어 발끈하지만, 뜻밖에도 삼각관계의 팽팽한 엉킴은 제법 오래갑니다. 삼각관계에 놓인 사람들은 입으로는 힘들다고 하면서도, 혹시 그 모든 걸 즐기는 게 아닐까요? 싫다면 삼각관계라는 매듭을 풀고 나오면 그만이건만 그렇게 하질 않거든요. 입으론 괴롭다고 하면서도 스스로 한 모서리로서 역할을 톡톡히 하며 삼각관계를 더 튼튼하게 만드는 데 이바지하니 말입니다. 그래서 '연애의 선수들'은 자기 짝이 있더라도 스리슬쩍 제3의 인물을 자신의 연애 속으로 끌어들이곤 합니다. 그래야 연애가 재밌어지니까요.

삼각관계는 모두를 '괴롭게 만족'시키는 놀이일 수 있습니다. 또 다른 경쟁자라는 변수가 생기면 나의 연애는 더 짜릿해집니다. 끼어든 변수는 자신을 변수라고 생각하지 않고 오히려 나를 변수로 여깁니다. 이에 나는 울컥하지만, 놀랍게도 그 변수 덕에 나는 그 사람이 더 좋아지고 더 놓칠 수 없게 됩니다. 다른 누군가도 그 사람을 욕망한다는 사실에 찌증이 나는 한편 왠지 모르는 만족감이 생깁니다. 덕분에 그 사람을 원하는 나의 욕망이 더 한층 차오르게 되죠.

자칫 밋밋해지고 밍밍해질 수 있는 그 사람과의 관계가 삼각관계에 들어서면, 연애는 더 촉촉해지고 찰랑찰랑해집니다. 어찌할 바를 몰라 하는 그가 밉고 이렇게 안달하는 내 모습에 부아가 나지만, 그보다는 이 사람을 뺏기지 않고자 (또는 뺏고자) 정성을 쏟고 더 잘하게 됩니다. 그러면서 내 안에 차곡차곡 쟁여놓았던 기운들이 터져 나옵니다.

사람은 쉽게 얻는 것에는 쉽게 심드렁해집니다. 삐걱거림이 일어나고 고비가 있어야 더 갖고 싶어지고 더 달려들게 됩니다. 로미오와 줄리엣도 집안이 뜯어말리지 않았다면 그 정도로 거세게 불타오르지는 않았을 것입니다. 성춘향과 이몽룡도 신분이 달랐다는 사실 때문에, 그리고 변학도가 얽혀들었기 때문에 애탐과 애끓음이 더욱 솟구쳤습니다.

우리도 마찬가지입니다. 그냥저냥 술술 풀려나가면 '별 재미'가

욕망,

없습니다. 연애란 즐거움을 얻으려는 하나의 놀이와 같습니다. 그럭저럭 편하게 서로의 마음을 주고받는 연애는 금세 식고 맙니다.

또 연애를 하면 누군가에게 자랑하고 싶어집니다. 그래서 친구들에게 선을 보이곤 하죠. 누군가를 가졌다고 남들에게 뻐기고 싶어서입니다. '누군가 나를 욕망하고 있다'는 걸 남들에게 알리고 싶기 때문입니다.

삼각관계라는 들불이 지나고 나면, 떠난 사람이든 남는 사람이든 그 속은 숯검정이 되기 일쑤입니다. 그럼에도 (삼각관계가 자아내는 그 홧홧함을 느끼고 싶기 때문인지) 사람들은 애인 있는 사람의 옆구리를 찔러도 보고, 애인이 있음에도 살그머니 곁눈질을 합니다. 남이 욕망하면 덩달아 욕망하게 된다는 심리, '반대와 금지'가 있어야 머리에 쥐나도록 원하게 된다는 인간의 씁쓰레한 심리를 삼각관계는 적나라하게 보여줍니다.

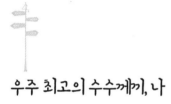

우주 최고의 수수께끼, 나

내가 왜 이러는지 알 수 없을 때가 있습니다. 곰곰이 나를 살피면 뜻밖에도 야릇해지는 낯섦. '무엇을 하고 있으며 그것을 좋아한다'고 생각하지만 속마음은 딱히 그렇지 않을 때가 많지요. 있으면 좋고 없으면 말 정도건만 겉으로는 '그게 없으면 안 된다'고, '당신 없으면 못 산다'고 우네부네 난리를 피우곤 합니다.

'나'라는 존재는 수수께끼입니다. 나는 이름, 성별, 국가, 나이, 인종 등등의 여러 꼬리말들로 설명됩니다. 하지만 그게 '진짜 나'냐고 물을 때 선뜻 그렇다고 대답할 사람은 없습니다. '나'라는 존재는 훤히 보이지 않습니다. 나조차 나를 모르죠. 시간이 흘러 나를 알아간다 해도 '나'가 깔끔하게 밝혀지지는 않습니다. 그래서 거울 속에 비친 나의 모습이 종종 낯설게 보이죠. 이게 나란 말이야?

우리는 다른 사람들의 욕망에 따라 힘들게 학벌, 돈, 차, 상표, 집, 직장, 애인 따위의 간판들을 얻어냅니다. 그러나 정작 나를 잘 모르

욕망,

기에, 그런 딱지들을 몸에 덕지덕지 붙이고 거들먹거려도 헛헛함을 떨쳐버릴 수 없습니다. 진정 내가 원하는 게 그것이라고 하기엔 뭔가 부족함이 있기 때문이죠. 내가 욕망한 게 이거 맞나, 하는 불안감.

스스로가 낯선 만큼 사랑도 낯설어집니다.

어느 날 갑자기 '어떤 사람'이 유난스레 돋보입니다. 그리고 별 고민 없이 그를 욕망하게 됩니다. 사랑에 실패하고 눈물짓던 때는 잊고 다시 그에게 빠져듭니다.

"그 사람은 예전의 찌질한 인간들과는 달라."

그렇게 생각하며 새로운 사랑에 가슴 부풉니다. 그러나 그것도 잠시뿐입니다. 상대를 알아갈수록, 상대와 깊어질수록, 보이지 않던 간극은 조금씩 벌어지고 그 틈으로 이별이 움틉니다. 새로이 다가왔던 그 또한 내 욕망을 채워줄 수 없었던 것입니다. 열렬히 욕망하며 함께하고 싶은 상대였지만, 가까워지자 허전함이 새록새록 돋아납니다. 아무리 다정하고 따뜻해도 그 사람만으로는 내 욕망의 불을 꺼뜨릴 수 없습니다.

"욕망은 결핍"이라고 라캉은 말했습니다. 이는 일찍이 아우구스티누스의 주장이었는데, 라캉은 이를 보다 정교하게 설명하죠. 라캉에 따르면, 인간에게는 생물체로서 욕구(need)가 있는데, 이 욕구 가운데 사회에서 이뤄지는 만큼이 요구(demand)입니다. 그러나 요구가 아무리 채워져도 결코 메워지지 않는 모자람이 남습니다. 이게 욕망(desire)이죠. 출출해져서 호두과자를 먹습니다. 출출함이라는 욕구에 대해 호두과자라는 요구를 들어주지만 뭔가 아쉬움이 남으니, 이 녀석의 정체가 욕망입니다.

관계에 대한 욕구도 마찬가지입니다. 실제로 곁에 누군가가 있어 요구를 채우더라도 욕망은 남게 되죠. 욕망은 결코 채워지지 않는 내 안의 아궁이와 같습니다. 아무리 땔감을 넣어 아궁이를 달궈도 욕망은 만족을 모릅니다. 그저 뻥 뚫린 채 다른 걸 더, 더, 더 원하지요.

유행하는 옷이나 가방에 지름신이 강림하여 물건을 구매했던 경험이 있을 겁니다. 그러나 그 즐거움은 며칠을 못 갑니다. 처음 샀을 때의 만족감은 얼마 가지 않아 온데간데없이 사라집니다. 장 속에 처박아둔 채 거들떠보지도 않게 되죠. 그러고는 "입을 옷이 없다"고 볼멘소리를 합니다. 옷장을 열어보면 한때 나를 달구었으나 이젠 입고 싶지 않은 옷들이 한가득입니다. 그 옷들은 더 이상 내 욕망의 대상이 아닙니다. 내 아궁이에 들어가서 재가 되어버렸으니까요.

뭔가 진짜 갖고 싶어서 침이 마를 정도로 욕망하더라도, 나는 그 들뜸과 들썩임이 좋아서 그걸 좋아한다고 믿는지도 모릅니다. 무언가를 좋아하기보다는 무언가를 좋아하는 '느낌'을 좋아하는 것이죠. 아니면 무언가를 좋아한다는 그 몸놀림이나 욕망 자체를 좋아하는 것일 수도 있지요. 그렇다면 욕망은 욕망 자체를 욕망한다고 할 수 있습니다.

나는 욕망하기를 욕망하는 욕망을 갖고 있지요. 이렇게 보면 내

욕망,

가 왜 이리도 욕망에 휘둘리는지 언뜻 이해가 됩니다. 욕망의 수챗구멍이 입 벌리고 있으면 무엇을 갖더라도 마음에 차지 않고, 자꾸만 뭔가를 빨아들이게 되죠. 안으로 들어오는 모든 게 욕망의 대상이었지만 그것들은 내게 진짜 만족을 주지 못 하고 아래로 빠져나갑니다.

우리의 심리구조엔 어쩔 수 없는 틈이 있습니다. 그렇기에 아무리 좋은 사람을 만나도 완전히 만족할 수는 없습니다. 주변 사람들이 부럽다고 추켜올리면 잠깐은 어깨가 으쓱할지 몰라도, 가슴 한구석의 뻥 뚫린 구멍으로 이내 바람이 솔솔 불어오게 되죠. 얄궂은 욕망의 속성 때문입니다. 사귀고 싶은 사람과 만나더라도, 시간이 흐를수록 아쉬움이 근질근질 시작됩니다. 그래서 바람을 피우게 되고 한눈을 팔게 되죠. 친구들에게 타박을 받을지라도 내 안의 욕망은 결코 잠들지 않습니다.

욕망은 순수하지도, 쌈박하지도 않다

'나 스스로 욕망한다'고 나는 믿고 싶습니다. 그러나 욕망은 늘 나를 비웃으며 애먹입니다. 욕망은 순수하지도 쌈박하지도 않습니다. 내가 무엇을 좋아할 때, 그냥 끌리는 것이 아닙니다. 어떤 금기가 있어 금기를 넘고 싶다는 생각에 욕망이 불거집니다. 남들이 다 좋다고 하니까 덩달아 욕망할 때도 있습니다. 지난날 어떤 결핍의 경험이 그것을 원하게 만들기도 합니다. 갖지 못하기에 더 갖고 싶어집니다. '간'만 보았기에 더 애간장이 녹습니다.

루이스 브뉘엘 감독의 마지막 영화 〈욕망의 모호한 대상〉에서 여주인공은 남주인공에게 "당신이 나를 가지면 당신은 더 이상 나를 사랑하지 않을 거예요"라며 '욕망의 이뤄짐'을 뒤로 미룹니다. 두 배우가 한 여자를 연기하면서 한 배우는 옆구리를 간질이고 다른 배우는 손길을 뿌리칩니다. 그렇게 남자를 밀었다가 당겼다가 도로 밀어내죠.

욕망,

영화는 이렇게 묻습니다. 사랑이란 이런 욕망의 운동이 낳는 환상이 아닐까? 보고 싶다고 앙탈부리며 사랑한다고 알랑거리고 그러다 싫어지면 또다시 다른 사람과 똑같은 일을 벌이는 '욕망의 되풀이'를 우리는 사랑이라고 부르는 건 아닐까? 그 사람을 욕망하기보다, 어쩌면 누군가를 욕망하는 '나의 모습'을 나는 욕망하는 건 아닐까?

보고 싶다고 사랑한다고 노래를 부르다가 막상 그 사람을 만나면 시들해질 때가 있습니다. 이럴 때면 '내가 정말 그 사람을 좋아했는지' 헷갈리지요. 그 사람이 없으면 죽을 것 같았는데, 언젠가부터 그 사람이 있으면 죽을 것 같은 나날이 이어지기도 합니다.

그런가 하면 무엇이 내키지 않는다고 꺼려진다고 손사래를 치면서도 속에서는 살금살금 욕망의 덩굴이 자라날 때가 있습니다. 내숭 떠는 게 아니라고, 난 당신이 정말 싫다고, 튕기는 거 아니라고, 우리 사이 진짜 끝났다고, 아니오 아니오 목청껏 외쳤지만 돌아서면 나는 왜 그 사람을 마다하는지 또렷하지 않을 때가 있습니다. 싫다고 쌀쌀맞게 말한 뒤 마음의 문을 걸어 잠그지만, 그에 대한 마음을 싸그리 걷어내지만, 뭔가 없어졌다는 자취가 가슴속엔 남기 마련이지요.

날 귀찮게 하고 찝쩍이는 그 사람이 싫지만, 얄망궂게도 뒤돌아서면 생각나고, 애써 감출수록 그에 대한 생각은 불쑥불쑥 고개를 들이밉니다. 내 마음을 내가 몰라 어리둥절해지죠. 싫다고 하지만 정작 왜 싫은지는 뚜렷하게 밝혀내기가 쉽지 않습니다. 여러 이유를 갖다 붙여보지만 '싫다는 욕망'을 지키고자 끌어다 쓴 핑계일 때가 많습니다. 그래서 처음에는 "싫어"라는 욕망이 이겼을지 몰라도 "좋아"라는 욕망은 깡그리 사라지지 않고 으슥한 곳에 남아 있다가 슬그머니 기어 나옵니다. 그럴 때마다 싫다고 한 나는 곧잘 어안이 벙벙해지거나 쑥스러움에 빠집니다.

이런 일이 거푸 벌어지는 까닭은 한 가지, 의식으로서 내가 나를 다 알지 못하기 때문입니다. 나는 하나가 아닙니다. 조금만 샅샅이 나를 살펴보세요. 여러 만남과 여러 사건을 통해 가려졌던 '나'들이 드러나곤 했던 경험들을 말입니다. 어떤 때는 앞뒤 모르고 까불어대다가 어떤 모임에서는 조용해지는 내 변덕스러운 행동도 그 때문입니다.

의식의 거죽에서도 온갖 '나'들이 틈만 나면 다투거나 어깨동무하면서 나를 꾸려갑니다. 물론 자아는 나의 몸과 그 안에서 벌어지는 갖가지 욕망을 묶어내려고 애씁니다. 하지만 이따금 술에 취하거나 충격을 받아 정신 줄을 놓는 순간이면 '나'들을 엮었던 끈이 풀립니다. 그러면 잘 몰랐던 '나'들이 쏟아지죠. 화가 날 때 나는 전혀 다른 사람이 되곤 하는데, 이때 튀어나오는 상스러움은 돌연한 행동이 아니라 본디 내 안에 똬리를 틀고 있던 내 모습입니다. 그런 께름칙한 모습들이 내 안에서 튀어나올 때마다 자아는 까무러치며 '나'들을 허겁지겁 주워 담습니다. 얼굴은 빨개질지 몰라도 마치 아무 일

욕망,

없던 것처럼 시침을 떼곤 하죠.

　내 안에는 나조차도 알 수 없는 수많은 욕망이 자아를 비집고 나오려고 와글거리고 있습니다. 하나의 욕망이 사라지면 또 다른 욕망이 고개를 듭니다. 우리가 상대를 좋아하다가도 미워하고, 원하면서도 원망하는 이유입니다.

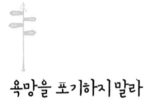

욕망을 포기하지 말라

도대체 뭘 원하는지 우리는 알 수 없습니다. 그래서 자꾸만 이것저것을 가지려 하고 이곳저곳을 기웃거리며 고개를 두리번거릴 수밖에 없습니다. 욕망은 완전히 채워지지도 사위지도 않습니다. 그렇다면 둘 중 하나겠죠. 종교인들처럼 수양을 통해 욕망을 다스리거나 아니면 진짜 자신이 바라는 걸 욕망하거나!

라캉은 "자신의 욕망을 포기하지 말라"고 가르칩니다. 여기서 '자신의 욕망'은 무언가를 더 갖고 싶다거나 돈을 더 벌고 싶다는 종류의 것이 아닙니다. 남들 눈에 어떻게 비칠지 염려하는 게 아닌, 남들이 다 하니까 따라서 하는 게 아닌, '진짜 나 자신이 원하는 바'입니다.

우리는 우리가 뭘 바라는지 알지 못합니다. 의식으로서 나는 결코 내 욕망을 알 수 없죠.

"자신의 욕망을 포기하지 말라"는 것은 내가 아직 모르는 내 안의

욕망,

엄청난 욕망, 나를 뒤바꿀 수 있는 무의식을 저버리지 말라는 뜻입니다. 이것이 라캉 정신분석학의 윤리이기도 하지요.

내 욕망의 표출은 곧 나의 모습이지만 그것들만으로는 나를 다 설명할 수 없죠. 현실에는 언제나 '나머지'가 있을 수밖에 없습니다. 이 나머지를 말끔하게 풀어내고자 욕망은 솟구치죠. 내가 누구인지 알 수 없음을 거름삼아 욕망은 우거집니다. 욕망의 용솟음을 따라 '존재하는 나'와 '욕망하는 나'가 하나 되길 바라며 '진짜 내 모습'이 되고자 달음박질치다 보면, '의식으로서 나'만이 아니라 '무의식으로서 나'를 만나게 됩니다. 라캉이 무의식의 주체를 중요하게 여기는 이유가 여기 있습니다.

사랑은 미처 몰랐던 무의식과 욕망을 만나는 사건입니다. 사랑을 통해 우리는 날것 그대로의 욕망을 만나게 됩니다. 민망한 모습일 때도 있지만 그것이 나의 욕망이고 내 모습입니다.

얄밉고 속 좁고 암상스럽고 어린애처럼 유치한 모습들은 어른들 안에도 늘 있습니다. 그동안 자아가 억압하고 있어서 미처 알지 못했을 따름이죠. 내 안의 다른 얼굴들과 욕망을 있는 그대로 마주하고 부둥켜안을 때 인간은 성숙합니다. 지금보다 훨씬 자유롭고 느긋한 사람이 되죠. 이처럼 사랑은 수많은 지층을 뚫어서 밑바닥에 석유처럼 잠긴 무의식을 뽑아내는 시추작업입니다.

철학자 스피노자는 『에티카』에서 말합니다.

"인간은 신체의 행동 대부분이 오로지 정신의 의지와 사고의 기능에 의해서 규정된다고 확신한다. 하지만 사실은 그렇지 않다. 신체 능력의 한계를 명확하게 규정한 사람은 없다."

한마디로 우리는 자신을 너무나 모른다는 주장이죠.

우리는 자신을 알아야 합니다. 인간으로 태어났다면 살면서 반드시 해내야 하는 숙제, 자신을 아는 일입니다.

고대 그리스 델포이 신탁에는 '너 자신을 알라'는 글이 적혀 있습니다. '너 자신이 얼마나 못났는지 주제를 알고 분수를 알라'는 핀잔이 아닙니다. '너 자신이 미처 모르고 있는 훌륭함과 아름다움을 알아야 한다'는 뜻입니다. '네가 스스로를 알면 너는 얼마든지 멋지고 대단한 사람이 될 수 있다'는 귀띔이죠.

영화 〈빠삐용〉에서 빠삐용은 자신이 미처 몰랐던 자신을 알게 되면서 변합니다. 세상이 짜놓은 욕심의 허방에서 허우적거리며 도둑질이나 하던 빠삐용은 붙잡히고 나서야 삶을 그렇게 허투루 흘려보내서는 안 된다는 걸 깨닫습니다. 그래서 빠삐용은 새로운 삶을 살고자 끝없이 탈옥을 시도합니다. 비록 아무도 살지 않는 외딴섬이지만 이제는 감시를 받지도 않고 편하게 살 수 있었으나 빠삐용은 끝내 친구 드가를 놔두고 망망대해로 몸을 던집니다.

우리는 때때로 자신을 돌아보며 자신이 바라던 삶은 이런 모습이 아니었다고 푸념합니다. 그렇지만 진짜로 자신이 뭘 바라는지는 잘 모르겠다며 새로운 도전은 어려워하지요. 이렇게 삶이라는 어려움 앞에서 우리는 한없이 작아집니다. 하지만, 바로 '이 어려움'이 인간

욕망,

과 세상의 특성이며, 이 어려움에도 포기하지 않고 극복하려는 안간
힘이 인문학 속에 깃든 '용기'입니다. 세상엔 지름길이 없으며 인생
엔 하나의 정답이 있지 않습니다. 어떤 선택을 하던 자신을 믿고 용
기내야 하지요.

'의식으로서 나'가 그어놓은 빗금을 '무의식으로서 나'는 뚫고 나
갑니다. 나는 얼마든지 지금과는 다른 사람이 될 수 있습니다. 그럴
수 있는 힘이 내 안에 있습니다.

내가 내 욕망을 포기하지 않아야 하는 이유입니다.

4_환상,
아플수록 깊은 착각

상담사 말씀해보세요. 무슨 일로 오셨지요?

남자02 제가요, 지금 여자친구를 정말 좋아하는 건지 잘 모르겠어요. 좋아하기는 좋아하는데, 여친을 좋아하는 건지 아니면 여친의 외모를 좋아하는 건지 모르겠어요.

상담사 그런 고민을 하게 된 계기가 있나요?

남자02 한 친구 녀석이 있는데 키도 크고 잘생긴 데다 사람들을 끄는 데가 있어서 여자들에게 인기가 많아요. 같은 동네에 살면서 그동안 녀석의 여자친구들을 숱하게 봤어요. 녀석의 여친들은 하나같이 찰랑거리는 생머리에 얼굴이 하얗고 눈이 컸어요. 남자들의 로망인 청순가련형 있잖아요. 그런데 청순가련형 여친이 열 명을 넘어가면서부터, 녀석이 이 여자를 좋아하는 게 맞나 하는 생각이 들더군요. 녀석은 어느 한 여자를 좋아하는 게 아니라 '여자의 어떤 특정한 모습'을 좋아하는 것이 아닐까.

상담사 특정한 모습이라…….

남자02 물론 사람을 그 사람의 외모와 완전히 분리해서 생각할 수는 없겠지요. 하지만 그 사람이 어떤 사람인지, 어떤 생각을 하고 어떤 꿈을 꾸는지, 어떻게 살아왔는지도 중요한 부분이잖아요. 그런데 녀석은 그저 외모만 되면, 그 여자가 누구건 어떤 상황이건 무턱대고 들이대요. 그 모습을 보면서 남자들은 여자가 아니라 '자신의 환상'을 사랑하는 건 아닌지 의심이 들었어요.

상담사 그런 환상이나 외모에 대한 기대는 누구나 다 가지고 있지 않나요?

남자02 하긴 그래요. 남자들이 여자들에게 환상을 갖듯, 여자들 또한 그러겠죠. 저도 여자들이 있는 자리엔 키높이 구두를 신고, 브랜드 옷으로 골라 입고 가죠. 요즘엔 식스 팩 만든다고 헬스클럽까지 다니고 있어요. 때로는……, 이런 내 모습이 우스워서 한숨이 나요. …… 선생님. 저 참 소심하죠?

사랑과 환상을 구별할 수 있어?

'사랑'과 '환상'은 늘 헷갈립니다. 딱히 가름하기가 만만치 않지요. 사랑이라 불리는 감정에, 우리는 얼마나 자주 헤픈 열정을 바치는지요. 환상은 툭하면 누군가를 욕망하게 만듭니다. 이 환상을 우리는 쉽게 사랑이라 부릅니다. '사랑'과 '사랑이라 불리는 환상'을 구분하기 위해서라도, 우리는 사랑이 아닌 것들을 알 필요가 있습니다.

내 말 듣고 웃지 마. 한 번도 고백해보지 못한 것을 털어놓는 거니까. 남들이 열다섯이라고 하면 난 그래. 열다섯에 첫 남자를 경험했다고 아주 그럴듯하게 꾸며 말해. 열아홉이라고 하면 또 그렇게 말하고. 남자들은 이상해. 내가 일찍 순결을 잃었다고 확인해주면 뭐랄까, 굉장히 안심하는 표정이 된단 말야. 모두들 내심으로 순결한 여자를 바라면서도, 일찍부터 순결한 삶을 살지 않았다고 말하면 왜 안심하는 표정이 되는 건지 원. 그게 마땅치 않아서 평생 그랬

환상,

지. 그래, 니들 예상이 맞아. 나는 10대 때부터 남자를 알았다구. 나는 화냥기를 타고났다구. 그렇게 말하고 나면 속이 시원해.

박범신, 『주름』

인용문에 나오는 여자는 자유롭고 생각이 열린 사람이지만 제대로 사랑을 하지는 못합니다. 남자들은 환상 속에서 사랑을 시작하는 반면 소설 속 여자는 '당신이 뭘 상상하든 다 맞다'고 추임새를 넣곤 하니까요. 나는 환상을 갖고 바라볼 대상이 아니라고 김을 팍 빼버리는 거죠. 그래서 남자들은 이 여자와 마음 편히 뒹굴 수는 있을지언정 사랑을 하지는 않습니다. 어쩌면 여자는 '사랑이라 불리는 갈망'은 이처럼 환상에 불가할 뿐이라고 말하고 싶은 건지도 모르지요.

사랑이라 불리는 갈망은 대상과 욕망이 맞아떨어지면 생기지 않습니다. 반대로, 얄궂게도 대상과 욕망이 어긋나야 확 일어납니다. 저 사람이 실제로 착하고 순수한지는 모르지만 그럴 거라는 환상을 통해서 사랑이라 불리는 갈망은 생겨납니다. 그 사람이 정말 그런 사람이라기보다, 자신의 환상이 그 사람에게 들씌워질 때 사랑이라 불리는 감정이 물보라 칩니다. 뭔가 과묵하고 멋진 남자일 것 같다는 지레짐작으로 소녀들이 터프가이에게 빠져들 듯, 사랑이라 불리는 감정은 이처럼 자신의 환상에 스스로 빠지는 꼴입니다. 환상과 사랑이라 불리는 욕망은 동전의 양면이죠.

첫 만남에서 어쩐지 낯이 익고, 두 번째 만남에서 동질감을 발견하고, 세 번째 만남에서 운명이나 인연을 거론하는, 그런 사랑의 환상에 대해 알고 있었다. 한때 인혜도 그런 식의 사랑의 환상을 믿은 적이 있었다. 예상치 못한 순간 온몸이 감전되는 전율과 함께 찾아오는 천둥 번개 같은 사랑, 순식간에 사방이 어두워지고 일상과 관습이 사라지는 정전 같은 사랑, 온몸과 마음을 혼곤하게 취하게 하는 봄빛 같은 사랑……. 그러나 돌이켜 보면 그것은 사랑의 다양성이 아니라 환상의 다양성일 뿐이었다. 그때는 사랑이 순수한 열정이고 아름다운 애착이고 낭만적인 체험이며 순결한 정서라 믿었다.

김형경, 『사랑을 선택하는 특별한 기준 1』

순결함 자체가 하나의 이데올로기이고 환상이지만 이 사실을 미리 알아채는 사람은 드물죠. 그래서 남자들은 환상을 머금고 순결한 여자를 욕망합니다. 그 여자는 다른 여자들과 달리 깨끗하고 순수하다고 무작정 믿으며, 당신을 지켜주고 싶다고 언거번거할 때도 환상이 도사립니다. "나는 그렇게 순수한 사람이 아니에요"라고 여자가 손사래를 치건만 "아니에요, 당신은 진짜 좋은 사람입니다"라고 남자가 되레 역성드는 우스꽝스러운 상황이 생기는 것도 바로 이 때문이죠.

우리 뇌는 그 사람을 그대로 인지하고 지각하지 않습니다. 어떤 모형에 맞춰 상대를 인식하고 헤아립니다. 그 사람 자체를 인식하

환상,

는 게 아니라 '자신의 뇌에 들어 있는 선입견'에 따라 상대를 인식합니다.

> 우리가 실제로 지각하는 것은 우리의 뇌가 갖고 있는 세계에 대한 모형인 셈이다. 이것은 세계 자체가 아니지만 우리에게는 그 정도로도 충분하다. 결국 우리의 지각은 현실을 반영한 환상이라고 말할 수 있다.
>
> 크리스 프리스, 『인문학에게 뇌과학을 말하다』

우리는 그 사람을 사랑한다기보다 그 사람이 반영된 환상을 사랑하기 일쑤입니다. 사랑이라 불리는 감정은 상상의 날개를 타고 활짝 펼쳐집니다. 정말 자신이 생각하는 그 사람이 맞건 아니건, 그 사람에 대한 사랑은 자신의 머릿속에서 훨훨 날아다니게 되죠. 인간은 환상을 통해 세상을 지각합니다. 상상이 옅어지면 사랑이라 불리는 갈망의 불길은 꺼집니다. 사랑이라 불리는 감정은 환상과 낭만이라는 두 날개로 날아오르기에, 두 날개 가운데 하나라도 꺾이면 사랑이라 불리는 욕망도 고꾸라질 수밖에 없죠.

사람들이 환상을 원한다는 걸 알고 자신을 그에 맞추는 이들은 하늘 높이 치솟습니다. 바로 이들이 '스타'죠. 스타들은 인간과 인간 사이의 좁혀지지 않는 거리, 너와 나의 틈, 끝내 헤아릴 수 없는 차이, 누군가를 속속들이 알 수 없다는 사실을 뜀틀 삼아 폴짝 하고 솟구친 사람들입니다. 사람들의 환상을 부추기면서 환상의 대상으로 떠오르는 존재들인 것입니다.

누군가 콩깍지가 씐 채 자신에게 코뿔소처럼 달려들길 바란다면, 그 사람에겐 없는 무언가가 있을 거라는 냄새를 풍기고 그 욕망에 맞춰 '환상 속의 그대' 노릇을 하면 됩니다. 사람은 자신의 환상에 따라 상대를 '오해'하니까요. 우리는 내 앞의 그 사람 자체를 사랑하지 않고 환상 속의 그대를 사랑합니다.

환상,

너와 사랑에 빠진 이유

자신을 중심으로 세상을 읽어내고 받아들이다 보면, 오로지 경험한 것만으로 세상을 바라보는 외골수가 되거나 누군가를 배려하기는커녕 소통하지도 못하는 벽창호가 되기 쉽습니다. 특히 남자들은 여자의 사고방식과 심리상태를 '연애 당시 말고는' 이해해야 할 때가 딱히 없기에, 자기 식으로 여자를 판단하고 행동하곤 합니다. 술자리의 성희롱 상황이 그러하듯 '내키는 대로' 손을 뻗은 다음, '그 여자가 먼저 꼬리쳐놓고 발뺌한다'며 오히려 큰소리치는 까닭도 이 때문이죠.

그러나 문제는 남자에게만 있지 않습니다. 여자 역시 남자를 제대로 알려고 하지 않습니다. 대신에 환상 속에서 남자를 그리는 때가 많습니다. 한국의 남녀는 청소년시절부터 남과 북처럼 갈라져 일상을 보냅니다. 그래서 소통을 제대로 경험하기가 쉽지 않습니다. 여자와 남자, 이 두 집단은 서로에 대한 기대와 눈높이만 무럭무럭

키울 뿐, 다른 성을 이해하려고 애쓰는 일이 별로 없습니다.

풀어지지 않는 외로움 때문에 어떻게든 애인을 만들려고 눈에 불을 켤 뿐, '성 차이'란 무엇이며 자신과 그(또는 그녀)가 어떻게 다른지 알려고 하지 않습니다. 남자와 여자의 구별은 뚜렷해도 성의 다름이 어떤 뜻인지 잘 모르는 사회 분위기가 문제입니다. 성행위를 원하기는 하지만 그게 어떤 의미이며 어떻게 이뤄져야 하는지 이해할 기회가 별로 없습니다. 남성은 '콧대 높아진 여성'을 탓하고, 여성은 '구시대 남성'이라며 고개를 돌리죠. 가까이에 있는 다른 성에는 한숨을 쉬면서, TV에 등장하는 '환상 속의 그대'에게는 희번덕거리는 사람들이 흔합니다.

그래서 사랑이라 불리는 것은 환상이라는 자루에 상대를 욱여넣는 보쌈이기 일쑤입니다. 사랑이라 불리는 감정이 너와 나 사이의 울림과 믿음을 통해서 빚어지는 대신 혼자 아등바등하며 열꽃을 피워내곤 하는 것도 이 때문이죠. 이 열꽃은 자신에 대한 못마땅함과 이성에 대한 이해 부족이라는 두엄 덕분에 더 크게 피어납니다. 자존감이 낮을수록 상대는 더 멋져만 보이고, 이성에 대한 이해는 떨어집니다. 그래서 '저 사람은 여느 이성과 달리 대단해서, 저 사람만 만나면 내 삶이 대번에 바뀔 것'이라는 환상이 생깁니다.

영화 〈러브픽션〉에서 하정우의 극중 이름 '구주월'도 환상의 속성을 잘 설명하고 있습니다. 사랑하는 사람들은 사랑하는 대상이 '구주(救主)'처럼 나를 이 지겨운 일상에서 건져주고 낙원으로 넘어

환상,

가게(越) 해주리라는 환상에 틀어박히거든요. 하나의 평범한 인간이 난데없이 특별한 인간이 되는 순간, 환상이 펼쳐집니다. 사랑이라 불리기도 하는 이 사태는 일상에서 곧잘 일어납니다.

엉뚱한 환상들이 생기는 이유는 상대를 잘 모르기 때문입니다. '거리'가 있어야만 환상이 생겨나죠. 아무리 좋아하는 스타라고 해도 일주일만 같이 살면 시큰둥해지기 마련입니다. 환상이 감쪽같이 사라지니까요. 거리가 있어야만, 상대가 안개 속에 있어야만 갈망이 커집니다. 어디 사는지, 학창시절엔 어땠는지, 주말엔 뭘 하는지 모르기 때문에 그 모름 덕에 나는 상대를 마음껏 '완벽한 대상'으로 어림잡을 수 있죠.

하정우는 공효진을 보면서 '세상은 타락했지만 저 사람만은 순수하다'고, '저 사람을 사랑하면 고결해질 수 있다'면서 사랑에 빠져들죠. 남자들이 흔히 빠지는 환상을 전계수 감독이 정확히 잡아냈습니다. 〈러브픽션〉이라는 영화 제목도 '러브' 자체가 '픽션'이라는 걸 말하고 싶었기 때문 아닐까요. 공효진과의 거리가 가까워지자 어김없이 하정우는 뚱해집니다. 환상이 무너진 것입니다.

첫눈에 반해봤자 콩깍지는 얼마 못 가 벗겨지고 맙니다. 러브가 픽션임이 들통 난 셈이죠. 그런데 안타깝게도 그 사실을 우리는 언제나 뒤늦게 알아챕니다.

"속이 깊은 아이예요." 결혼 전 처음 인사를 하러 갔을 때, 시어머니가 남편을 두고 한 말이었다. 옳은 말씀이었다. 어찌나 속이 깊은지 속을 볼 수가 없는 남자였다. 그녀를 들여놓지도, 그녀에게 보여주지도 않는 통제구역들이 있었다. 알려 들면 들수록 자물쇠가 튼튼해지는 구역이었다. 외골수에 융통성도 없었다. 유순해 보이면서도 고집이 셌다. 성실해 보이면서도 무책임했다. 그걸 미리 알았더라면 자신의 눈을 찌르는 심정으로 결혼생활을 할 일은 없었을 것이다. 불행하게도 모든 걸 알기엔 결혼 전 탐색기가 니무 짧았다.

정유정, 『7년의 밤』

소설 속 여자는 남자를 알지 못한 채 결혼합니다. 상대의 속을 알수 없었음에도 결혼을 한 것은 남자가 '빵빵한 조건'을 갖추고 있었기 때문이기도 하지만, '잘 모르기 때문'이었다는 게 더 큰 이유입니다. 잘 알았더라면 결혼할 수가 없었을 겁니다. 겉보기와 달리 의처증에 주먹질을 일삼는 남자니까요. 하지만 환상이 뭉게뭉게 피어올라 있었고 그 환상을 통해 상대를 바라보았으므로 여자는 결혼까지 결심한 것입니다. 환상이 우리의 삶을 지배하는 모습이죠.

내가 무엇인지 모르겠다는 어리둥절함과 당신이 누구이며 어떤 걸 욕망하는지 알 수 없다는 답답함이 마주치며 환상은 시작됩니다. 그 알 수 없음을 견디지 못해 환상이 드리워지고, 그 환상을 통해 우리는 세상을 바라봅니다. 사람 사이의 관계에서도 환상은 작

환상,

용합니다.

영화 〈건축학개론〉에서 납뜩이의 '여자 마음 훔치는 방법'에도 이런 심리가 이용됩니다. 술 냄새를 풍기며 여자를 구석으로 밀어 붙인 다음, 한동안 뚫어져라 바라보다가 아무 말 없이 돌아서서 가버리면 여자는 궁금해서라도 사랑에 빠져든다는 거죠. 현실에서도 '말 없이' 이글거리는 눈으로 효과 본 남자들이 적지 않습니다. 사람은 현실이라는 맨몸을 배겨내지 못하기에 환상이라는 옷을 걸치고 살 수밖에 없는 존재입니다.

사람은 틈만 나면 환상에 빠집니다. 그러면서 사랑에 빠졌다고 흔히 착각합니다. 내 안의 빈틈을 그 사람이 채워줄 거라는 환상 속에서, 우리는 잘 모르는 상대와 사랑에 빠져듭니다.

로미오, 당신은 왜 로미오인가요

우리에겐 사랑에 대한 지독한 환상이 있습니다. 사랑하면 사람이 달라지는데, 달라짐을 '망가짐'으로 해석하는 일이 그렇습니다. 사랑은 너무나 대단한 감정이어서 일상이 흐트러지고, 밥도 넘어가지 않고, 그동안 자신이 이뤄왔던 인간관계나 성과들이 하찮게 느껴진다는 '미신화된 낭만'이 우리 머릿속을 지배하고 있습니다. 그래서 사랑을 증명하고자 일부러 더 일상을 내팽개치고 상대에게만 집착하게 되죠.

낭만의 미신, 미신화된 낭만이 에로틱하기는 합니다. 공들여 쌓아온 일상의 탑을 하루아침에 무너뜨리고, 귀한 시간을 마구 낭비하며, 세상의 규칙으로부터 동떨어진 '자신들만의 천국'을 건설할 때 어찌 짜릿하지 않을까요. 둘만이 똘똘 뭉쳐서 세상에 맞서 싸운다는 환상까지 더해지면, 자신들만의 성채를 쌓고 그 안에서 돈을 써버리고 시간을 날려버리며 삶을 탕진해도 두 사람으로서는 아찔하도록

환상,

행복할 뿐이겠지요.

> 극단의 부정이 또한 에로티즘의 본질이기도 하다. 달리 말하자면, 에너지의 낭비는 그 자체로 바로 극단적 부정일 수밖에 없다. (……) 다른 사람들을 위해 자신을 낭비한다는 말은 그 다른 사람들에게 기댈 필요성이 있다고 믿기 때문이다. 결정적인 실패는 거기에서 비롯된다. 그는 힘을 헛되이 낭비함으로써 약해지며, 자신이 약하다고 생각하기 때문에 자신의 힘을 헛되이 써버린다. 그러나 진정한 인간은 자신이 오직 혼자라는 것을 알며, 그 사실을 인정한다.
>
> 조르주 바타이유, 『에로티즘의 역사』

'자신들의 망가짐'을 아무리 낭만스럽게 꾸민다 해도, 삶과 기운을 헛되이 낭비하는 건 결국 자신이 약하다는 증거일 뿐입니다. 둘이 만든 천국이 알고 보면 자신들을 지옥으로 떨어뜨리는 함정임을 당사자들은 모르죠. 아니, 알기 때문에 되레 그 함정으로 기꺼이 몸을 던지는지 모릅니다. 처절하게 망가져야 더욱 사랑하는 거라고 착각할 수 있으니까요. 일상을 극단으로 부정하면 아찔한 황홀함이 생겨나고, 그래서 더욱 낭만의 미신에 사로잡혀 사랑을 느끼려 합니다. 사람관계가 엉망이 되고 일상이 휘청거리더라도 그래야만 사랑이 아니냐는 '야릇한 쾌감'에 빠져서 서로에게만 몰두하고 목매죠. 고난(passion)은 곧 열정(passion)을 낳습니다.

낭만의 미신에 붙들린 이들이 끝내 절망에 이르는 것은 이 때문입니다. 절망이 사랑을 더 아름답고 숭고하게 꾸며주거든요. 남성의 폭력은 정신치료를 받아야 할 정도로 심각한 사회문제지만, 매 맞는 아내들 중에는 남편이 사랑하기 때문에 때린다는 '섬뜩한 환상'에 빠진 사람도 있습니다. 참고 견디는 것이 여자의 도리이고 순종이 여자의 미덕이라는 낭만의 미신이 여자들의 정신에 폭력을 가하여, 결국 남편의 폭력에 굴복하도록 만드는 것입니다. 고통과 사랑을 연결시키면서 자기 딴에는 사랑을 한다고 믿는다면, 이는 치료를 받아야 하는 병리상태입니다.

> '너무 사랑한다'는 말은 수많은 남자를 사랑하거나, 자주 사랑에 빠진다거나, 너무 깊게 사랑하는 것을 뜻하지는 않는다. 그것은 한 남자에게 집착하면서 그 집착을 사랑이라고 생각하고, 집착이 자신을 불행으로 몰고 간다는 것을 알면서도 멈출 수 없는 상태를 말한다. 이 상태에 빠진 사람들은 자신이 고통스러울수록 사랑도 깊어진다고 믿는다.
>
> 로빈 노우드, 『너무 사랑하는 여자들』

상대의 괴로움을 이해하고 공감하는 일은 상대의 악취를 참으면서 절망의 구렁텅이로 같이 떨어지는 일이 아닙니다. 비에 홀딱 젖은 상대 곁에서 같이 비를 맞을 게 아니라, 얼른 우산을 구해 와 씌

환상,

위주거나 처마 밑으로 상대를 이끌어야 합니다. 그게 사랑입니다. 함께 '비를 맞아준다'는 것은 어려울 때에 떠나지 않고 함께한다는 뜻이지 함께 수렁으로 빠지라는 이야기가 아닙니다. 상대의 모자람을 감싸 안으면서도 서로가 더 힘차고 생생한 인생을 살고자 애를 써야 하죠.

그래서 사랑은 띄엄띄엄 넘어가지 못합니다. 문드러진 데가 있으면 도려내고자 칼을 들 수밖에 없어요. 칼을 들어 상대의 문제를 잘라내야 합니다. 상대가 바뀔 생각이 없다면 관계의 끈을 끊어야 하죠.

오늘날, 낭만의 미신이 대중매체를 통해 걷잡을 수 없이 번져나가고 있습니다. 영화나 드라마 속 주인공들을 보면 '생활'은 사라져 버린 채 '오직 사랑'만 울부짖으며, 걸핏하면 함께 죽거나 망가집니다. 슬픈 결과에 눈물 흘리는 여성들의 정신을, 낭만의 미신은 보이지 않게 조금씩 지배해갑니다. 남자들에게 '야동'이 그러하듯 많은 여자들이 연속극의 문법에 따라 자신의 욕망과 감각을 구축해갑니다. 그러고는 자신의 환상을 채워주지 못하는 남자들의 옆구리를 꼬집으며 툴툴댑니다.

로미오와 줄리엣에 대한 사람들의 우러름과 부러움에서 드러나듯, 사랑은 눈 먼 낭만으로 이상화되고 있습니다. 이러한 어리석음은 세속을 맴돌며 우리를 어리석은 사랑으로 끝없이 내몹니다.

열정이 광기가 될 때

사이비 종교단체의 신도들은 환상 속에서 그들의 열정을 키웁니다. 세상 사람들이 자신들을 거부할수록, 자신들의 논리를 이해하지 못할수록 나중에 구원받을 때의 감격이 더 커지리라 기대하며 오늘도 길거리로 나와 고래고래 소리를 지릅니다. 사람들의 푸대접과 박해도 '시험'이라 믿으며 믿기 힘든 열정을 뿜어냅니다. 언젠가 세상이 우리를 알아줄 거라고, 우리에게 고마워할 거라고 말이죠.

이들처럼 환상 속에서 열정을 키우는 이들이 있습니다. 상대가 자신을 거부할수록, 자신의 마음을 이해 못 할수록 나중에는 사랑의 성취감이 더욱 크리라 기대하며 오늘도 구애랍시고 상대를 괴롭히는 이들이죠.

"지금의 거절은 내게 '시험'일 뿐이야. 당신이 아직 내 마음을 몰라서 그렇지, 언젠가 내 마음을 알면 감격할 거야. 나에게 고마워할 거라고!"

환상,

믿음과 광신은 종이 한 장 차이입니다.

그들은 기다림이라는 덫을 놓고 목표물이 걸리기를 바랍니다. 이들은 자신의 감정을 돌아다보고 매만지는 대신, 상대가 언젠가 감격하고 알아줄 거라고 '자기 최면'을 일삼습니다. 그러고는 끝내 자신의 마음을 받아주지 않는 상대를 증오하게 됩니다. 사랑과 증오는 이처럼 가까운 사이입니다.

열정이라는 감정이 모두 사랑인 것은 아닙니다. 우리는 열정을 사랑으로 착각하고, 그 기운이 뜨거울수록 진한 사랑이라 믿습니다. 그러나 열정이 열병으로 커지다가 염병으로 변질되는 모습은 너무나 흔합니다.

상대를 헤아리지 않는 열정은 발정일 뿐이죠. 발정난 상태를 열정이라 우기며 내 사랑을 알아달라고 떼쓰는 일은 해바라기가 해를 죽이는 꼴입니다. 열정은 사랑의 필요조건이지만 충분조건은 아닙니다.

열정은 왜 이토록 불타오르는 것일까요? 그 뒤에 꼼지락대는 것이 바로 소유욕이기 때문입니다.

상대와 연락이 되지 않으면 안절부절못하다가 왜 빨리 답장을 안 했느냐고 화를 내고, 그의 옆에 누군가 얼쩡거리면 머리털이 곤두서며 눈이 뒤집히기 일쑤입니다. 상대는 그 누구와도 나눌 수 없으며 오로지 '내 것'이어야만 한다는 집착이 열정의 원인일 때가 많습니다. 이러한 열정은 따뜻한 햇살이 아니라 오싹한 어둠에 가깝습니다. 관계는 이미 집착으로 변했으나 사랑이라 부르며, 걸림돌이 많을수록 사랑의 열병은 깊어만 갑니다. 그러는 동안 삶도 고통의 열정 속에서 새까맣게 타들어갑니다.

> 무엇보다도 사랑은 덧없이 기다리게 한다. 오래 기다릴수록, 그래서 내가 내 시간을 대가 없이 낭비할수록 사랑은 그 깊이를 더하는 척한다. (바타이유의 말처럼, 대가 없는 소모는 심지어 신성에 근접한다.) 이처럼 사랑의 진정성은 스파게티의 가격이나, 기다리는 시간의 길이 속으로 '(잘못) 구체화' (화이트헤드)한다. '열정의 강도와 밀도가 진리를 증명한다' 는 명제는 이미 니체와 J.S 밀이 비슷한 시기에 성공적으로 반박한 바 있지만, 사랑의 열정은 논증을 잊어버리거나 무시하기 일쑤다. 그것은 마치 종교처럼, 봄날의 산불처럼, 오히려 반박당할수록 거세게 피어오르는 법이다.
>
> 김영민, 「동무론」

"당신을 사랑하기 때문이야" 라는 면죄부를 스스로 발급하면서 별짓을 다하는 사람들이 적지 않습니다. 한번 불붙으면 좀처럼 꺼지지 않는 산불처럼 열정의 무시무시함은 머잖아 낭떠러지라는 걸 알면서도 기어코 내달리도록 등을 떠밉니다. 열정에 취해 모든 걸 잿더미로 만들고 나면 당최 사랑이 뭔지 아리송해지곤 하죠.

폭력이 아닌 열정, 내가 웅숭깊어지고 더 널리 열리는 뜨거움. 그

환상,

것들을 상상할 수 있습니까?

사랑한다면, 열정의 힘을 상대에게 보여야 할 때가 있습니다. 그러나 그 열정을 가누고 바룰 줄 모른다면, 열정은 자신과 상대를 집어삼키는 광기가 됩니다. 제대로 사랑하기 위해, 자신의 열정을 다스리고 다루는 훈련을 해야 합니다. 철학자 에픽테토스는 혹하는 사람을 만났을 때 당신에게 필요한 건 '자제력'이라고 얘기합니다.

매력적인 사람을 만났습니까? 그러면 당신에게 필요한 자원은 자제력입니다. 아프거나 힘이 듭니까? 그러면 체력이 필요합니다. 누가 욕을 합니까? 그러면 인내가 필요합니다. 이런 훈련을 오래 쌓으면, 일이 생길 때마다 거기에 맞는 내적 자원을 동원하는 것이 습관이 됩니다. 그러면, 삶의 겉모습에 휘말려들지 않습니다. 압도당하는 느낌도 많이 사라지지요.

에픽테토스, 『불확실한 세상을 사는 확실한 지혜』

타자가 없는 사랑, 나르시시즘

환상의 그루터기에는 나르시시즘이 도사립니다. 상대에게 환상을 뒤집어씌우는 것도 나고, 그 상상에 취하는 것도 나입니다. 상대를 완벽하게 꾸미며 사랑이라 불리는 환상에 빠지지만, 정작 그런 상대를 찾아낸 자신을 사랑하는 꼴입니다. 우리 모두는 나르시시즘의 포로입니다.

사랑이라 불리는 환상 또한 나르시시즘의 결과입니다. 누군가를 사랑한다고 말하지만 실은 자신을 사랑하는 것입니다. 자신이 되고 싶은 모습이나 욕망하는 모습을 그 사람에게서 발견합니다. 그래서 그를 유혹하려 하죠. 완벽한 상대가 나를 좋아하면 나 또한 대단한 사람이라 인정받는 셈이니까요. 이처럼 사랑은 나르시시즘과 맞물려 있습니다.

물론 나르시시즘은 인간이 성장하는 과정에서 거쳐가는 단계이므로 병리현상으로만 볼 수는 없습니다. 우리는 나르시시즘을 짓누

환상,

르려 하기보다, 더욱 잘 이해하여 그로부터 자유로운 사랑을 열어가야 합니다.

그런데 현대는 나르시시즘을 벗어나도록 돕는 대신 '물신화'시키는 흐름이 거셉니다. 이젠 진짜 상대가 없어도 됩니다. 환상만 있으면 얼마든지 자기 혼자 족하는 시대가 열렸으니까. 우리는 '이미지만으로 번쩍거리며 사랑이라 불리는 것들'에 쉽게 빠질 수 있습니다. 아니, 진짜 상대가 나타나면 떨떠름해지는 지경에까지 이르렀습니다. 우린 가짜를 욕망합니다. 그래야 환상이 충분히 부풀어 오르니까요.

> 〈신세기 에반겔리온〉에 나오는 여성 대부분이 초미니스커트를 입고 있고 있다. 그 가운데서도 카츠라기 미사토의 미니스커트는 충격적이다. 젊은이들 마음속 심층의 싸움을 훌륭히 묘사해낸 이 걸작 애니메이션에 등장하는 여성들이 초미니스커트만 입고 있다는 사실을 그냥 지나쳐서는 안 된다. 신세기의 남자들은 이런 애니메이션을 통해 스스로의 섹슈얼리티를 만들어낸다. 실제 여성이 없어도 카츠라기 미사토 정도로 충분히 흥분할 수 있다.
>
> 모리오카 마사히로, 『남자는 원래 그래?』

복사된 가짜지만 가짜라고 할 수 없는 시뮬라크르가 세상에 우글우글합니다. 프랑스의 사회학자 장 보드리야르의 주장처럼 시뮬라

크르는 없으면서 있는 체하는 가짜가 아니거든요. 정말 있는 것처럼 '효과'를 빚어냅니다. 이제는 참과 엉터리, 상상과 실재의 경계가 모호해지고 오히려 허깨비가 더 진짜처럼 느껴질 때도 있습니다. 여자들은 연속극의 남자 주인공을 보면서 환상으로 사랑을 나누고, 남자들은 야동과 게임에 빠져 충분히 만족을 느낍니다.

우리는 앞 세대 인간들의 삶과는 전혀 다른 삶을 살아가고 있습니다. 사랑도 옛날 지구인들처럼 이뤄지지 않습니다. 그런 의미에서 우리는 외계인이 되어간다고 할 수도 있습니다. 오늘날 '외계인화'가 엄청나게 번지며, 이전의 사랑은 찾아보기 힘들어졌습니다. 그렇지만 타자가 없는 사랑이 사랑일까요? 어느 때보다 간절히 사랑을 갈망하면서도 정작 사랑하기는 어려운 시대입니다.

오늘날 나르시스는 정신 공간을 박탈당한 망명객, 사랑을 상실한 선사시대적 모습을 한 외계인이다. 불안정하고 살갗이 벗겨진, 약간은 불쾌하고 육체도 명확한 영상도 없는 어린이, 자신의 특성을 상실했기 때문에 욕망과 권력의 세계에서 이방인이 된 그 어린이는 오로지 사랑을 재발견하기만을 갈망한다. 외계인의 수는 점점 더 많아지고 있다. 우리는 모두 외계인이다.

쥘리아 크리스테바, 『사랑의 역사』

외계인이 지구인의 사랑을 경험할 수는 없죠. 타자가 없는 환상

환상,

속에서 헤매다 보면 진짜 사랑을 하기 어렵습니다. 사랑 비슷한 감정이 들지언정 그 감정은 쥐불놀이를 하듯 까만 밤하늘 같은 내 마음을 빙빙 돌다가 한순간에 사그라지곤 하죠. 헛헛한 감정소비만 반복하다 보면 허무하고 괴로울 수밖에 없습니다. 쥐불놀이 같은 환상은 자칫 화상만 남기고 꺼져버리니까요.

진짜 사랑을 하기 위해서라도 먼저 '우리들이 외계인스러워졌다'는 것을 인정해야 할지 모릅니다. 세상이 외계인 소굴이며 우리 또한 그들 틈바구니에서 환상에 파묻혀 있음을 인정할 때, 우리는 블랙홀에서 빠져나올 우주선을 만들어낼 수 있을 것입니다. 나 역시 외계인이 되고 말았음을 뼈저리게 느낄 때, 사랑의 은하수를 찾아낼 가능성이 열릴 것입니다. 그때 그대라는 별을 만나겠지요.

너를 사랑하는 건 너이기 때문이야

환상에 대해 지금껏 타박을 했지만 결국 문제는 '환상임을 안다고 해도, 이 환상이 행주질로 훔쳐낼 수 있는 얼룩이 아니다'라는 점입니다. 환상은 털어내려고 해도 털어지지 않습니다. 인간의 정신 자체가 환상과 한 몸이기 때문이지요. 현실의 빈 칸을 견디지 못하는 인간은 어떻게든 그것을 메우려 합니다. 자기 안의 부족함을 어떻게 해서라도 채우려 합니다. 환상을 써서라도 공백을 감추려 합니다.

그래서 환상을 잘 알아야 합니다. '내가 무엇에 대해 환상을 갖고 있는지'를 알아야 합니다. 이를 통해 나에 대해 더 잘 알 수 있습니다. 환상을 가로지르면서 환상 속에 감춰두었던 진실과 마주칠 수 있습니다. 환상이 허물어지면 환상이 받치고 있던 연애도 허물어집니다. 그러니 환상이란 걸 알면서도 (때로는 부부 사이라 할지라도) 이따금 상대를 설레게 하고 상대의 상상을 북돋워야 합니다. 환상에 사로잡히지 않고 거리를 두면서도 잘 이용할 때, 우리는 사랑의 관계

환상,

를 더 잘 가꿔갈 수 있습니다.

환상을 잘 이용하는 예는 연인들의 닭살 돋는 대화에서 나타납니다. "너는 김태희보다 더 예쁘고 결혼하면 한가인보다 더 예쁠 거야"라는 둥의 '달착지근한 거짓말'엔 나름의 '진실'이 있습니다. 거짓을 통해 진실이 전해지는 것입니다.

> 사랑하는 사람들이 서로에게 알랑거리는 말을 할 때, 비록 그것이 축자적으로는 거짓일지라도(그리고 그것이 거짓이라는 걸 잘 알고 있을지라도) 그들은 그런 아첨으로 자신의 진실을 전한다. 거짓말을 하고 있다는 사실 자체가 진실한 사랑의 증거인 것이다. 왜냐하면 그런 거짓말의 궁극적 메시지는 "나는 너의 자질 때문에 너를 사랑하는 게 아니라 바로 너이기 때문에 사랑하는 거야"이기 때문이다.
>
> 슬라보예 지젝, 『그들은 자기가 하는 일을 알지 못하나이다』

사탕발림이란 걸 알아도, 듣기 좋으라고 하는 소리임을 뻔히 알아도, 그럼에도 그런 말을 듣고 싶어지는 것이야말로 사랑의 놀라운 점이며 사랑이 지속되는 힘입니다. 그 말이 사실이냐 아니냐를 떠나 말을 통해 사랑받는다는 걸 확인할 수 있습니다. 사근사근한 말은 상대로 하여금 사랑을 느끼도록 도와줍니다.

진심은 통한다고 합니다. 그러나 당최 진심이라는 것이 뭔지 알기란 어렵습니다. 내용이 아무리 진국이라 해도 포장이 허접하면 그

가치가 떨어지듯 사랑에도 '환상과 허울'이 필요하죠. 그래서 연애를 잘하려면 간드러지게 속삭일 줄 알아야 합니다. 어느 정도 호감이 쌓였을 때, 사람들은 기꺼이 자신의 눈을 가리고 그 속임수에 넘어가 줍니다.

삶을 살다보면 사랑이 사르르 다가와 간지럼 태웁니다. 고통은 겨울바람처럼 우리의 인생을 감돌지만 그럼에도 사랑은 봄 냄새를 물씬 풍기며 그동안 얼마나 힘들었냐면서 나지막이 속닥입니다. 그 속삭임에 가슴이 뭉클해지고 피식 웃음이 절로 나며 세상의 추위에 오그라들었던 눈이 살포시 떠지면서 우리는 새롭게 힘을 내게 되지요.

고달프고 짜증나고 괴로운 우리의 삶이 갑자기 확 달라지겠냐만은 그래도 사랑의 속삭임만큼 우리 인생에서 풋풋한 사건도 없지요. 만물에 똑같이 내리쬐는 햇빛처럼 사랑의 속삭임은 우리의 가슴을 따사로이 물들입니다.

그래서 사랑을 하면 '낭만시인'이 됩니다. 사랑의 대화에서는 표현이 '지나칠수록', 다시 말해 사실과 다르면 다를수록 더 진한 사랑이 됩니다. "눈을 못 떼겠다"는 둥 "만날 너만 생각난다"는 둥 응석을 부리는 건 글자 그대로의 의미가 아니라 '그 정도로 네가 좋다'는 뜻이니까요. 환상은 힘이 있습니다. 사랑하면 언어가 달라지고 세상이 다르게 감각됩니다.

사랑은 진심만으로는 안 됩니다. 사랑의 세계에 첫발을 디딘 숙

환상,

맥들은 자신의 순수함을 내세우며 사랑의 고결함을 종알거리곤 하는데, 안타깝게도 순수함은 달달한 표현을 거치지 않으면 잘 전해지지 않죠.

사랑이라는 먹거리엔 거짓이라는 양념이 알맞게 들어가야 제맛이 납니다. 그렇다고 거짓으로 범벅되어선 사랑이란 요리를 버리게 되죠. 진심이 있어야 꿍꿍이도 빛이 나는 법. 알맞은 양념이 요리를 맛깔나게 하듯 사랑엔 '거짓'을 알맞게 뿌릴 수 있는 슬기가 필요합니다.

사랑을 표현하고 전하는 요리법을, 그러므로 우리는 배우고 연습해야 합니다.

5 _ 조건,
사랑 한 번 못한 자들의 변명

"나, 요즘 뉴 페이스 생겼어."

"어머 정말? 그럼 남자04와 05는 어쩌고?"

"어쩌긴. 여전히 진행 중이지. 요런 상황에서 새로운 사람이라니, 좀 골치가 아프
긴 하네."

"못 말려 하여간."

"그런데 있잖아. 남자란 게, 없을 때는 한없이 없다가 몰려올 땐 한꺼번에 몰려오
는 것 같지 않니? 그래서 더 따지고 순서를 매기게 되는 것 같아."

"그건 그래. 초등학교 때 기억나지? 5학년 때인가, 우리 좋아하는 남자애들 순위
매기면서 놀았잖아. 어린 시절이지만 그때 마음도 이랬을 거야."

"욕먹을 일인지 모르지만 어쩔 수 없어. 선택범위가 넓으니 두루 살피며 고를 수밖에."

"'간 보기'는 어쩔 수 없는 과정인 것 같아. 조건이 맞아야 문제 없이 잘살더라고. 여자07 알지? 지난주에 결혼했는데 상대가 의사라더라. 기집애가 옛날부터 그렇게 고르더니."

"요즘 결혼식 돌아다니다 보면 나도 얼른 결혼하고 싶어져. 나이가 됐나 봐. 그런데 남자04와 남자05에다가 뉴 페이스까지 생기다니. 머리깨나 아프겠어. 아, 한사람하고만 알콩달콩 사랑할 수 있다면 얼마나 좋을까. 머리도 안 아프고."

"그러게 말이야."

무한의 애인후보들

저녁의 도심지 거리를 걷다 보면, 해사한 여자들과 삼삼한 남자들로 꾸며진 함초롬한 꽃밭을 거니는 기분이 듭니다. 멋진 여자도 많고 멋진 남자도 많습니다. 개중에는 매력적인 모습에 눈길이 절로 가는 이가 있어, 옆에 있는 친구가 옆구리를 쿡 찔러야 정신을 차리는 일조차 일어나기도 합니다. 잠깐 스쳐 가는 그 사람, 다시는 만날 수 없을 사람, 그렇기에 아쉬움을 더 남기는 그 사람, 그러나 손 내밀 수 없는 그 사람, 그래서 더 갖고 싶은 그 사람…… 파리의 시인 보들레르가 이런 시를 남긴 것도, 도시의 거리에 '번개' 치듯 자신의 영혼을 훔쳐갔다가 '밤'을 내주는 이들이 바글바글했던 때문이겠지요.

한 가닥 번개…… 그러고는 밤! ─ 그 눈매로
나를 별안간 되살려놓고는 도망치는 미녀여.

조건,

이젠 저승에서밖에 너를 다시는 못 보겠지?

머나먼 딴 곳에서! 너무 늦어! 어쩌면 영영!

네가 가는 곳 내가 모르고, 내가 가는 곳 네가 모르니,

오, 내가 사랑했을 너, 오, 그걸 알고 있던 너!

보들레르, 「마주친 여자에게」, 『악의 꽃』 중에서

거리에서 마음에 드는 누군가를 만났더라도 '이승에서는 더 이상 볼 수 없고 저승에서의 인연밖에 기다릴 수 없을 만큼' 도시는 사람들로 미어터집니다. 그만큼 선택할 수 있는 폭이 넓어졌다고 할 수 있죠. 옛날처럼 집안에서 맺어주거나 마을에서 훤히 알고 지내는 집안끼리의 소박한 연분이 아니라, 어디 사는 누구와도 정분을 싹틔울 수 있는 시대입니다. 마음만 먹는다면 또는 힘만 닿는다면, 지금까지 만났던 사람들보다 더 많은 사람을 만날 수 있는 오늘날입니다.

우리에겐 너무 많은 선택의 가능성이 생겼습니다. 애인후보들은 무한하다고 할 수 있습니다. 요즘 알고 지내면서 연락하는 사람들뿐 아니라, 아직 모르지만 앞으로 얼마든지 마주칠 수많은 사람까지 애인후보에 해당하지요. 아직 못 만난 애인후보들이 우리 삶에 들어오는 '사건'은 자주 일어납니다.

난 그때부터 '인생이 생각보다 재미있는 거구나. 저런 흥미진진한 사건이 조만간 내 인생에도 닥치겠구나!'를 외쳤다. 그러고 나서 보

란 듯이 내 옆, 내 앞에 있는 친구들에게서 하나둘씩 "어머나 세상에, 진짜? 어머 어머"를 유발하게 하는 각종 무용담들이 들려오고, 그해가 가기 전 내게도 그런 가슴이 쿵쾅거리는 최초의 사건이 일어났었다. 그리고 그 후로는 로맨틱한 에피소드는 별똥별처럼 우리 주변에 우수수 떨어지곤 했다.

목수정, 「야성의 사랑학」

도시는 연애하기 좋은 환경입니다. 툭하면 즐거운 마주침이 일어나는 데다 무한의 애인후보가 있으니까요. 그렇지만 날마다 들뜰 수는 없죠. 매력 있는 사람들이 하도 많아서 종종 무감각해지고 마는 것입니다. 잠깐 혹하다가도 금세 심드렁해지고, 재차 까탈을 부리며 사람들을 재고 따지게 됩니다. 붐비는 애인후보들에 지친 나머지 누군가에 대한 간절함이 줄어듭니다.

너무 많은 선택의 가능성은 어떤 선택도 할 수 없는 어지러움을 동반합니다. 애인을 고를 수 있는 자유 때문에 오히려 요모조모 따지느라 세월만 흘러가 버리죠. 누구와도 만날 수 있지만 그 누구와도 만나지 못할 수도 있습니다. 누구와 만나라는 명령이 내려진다면 외려 속이 더 편할 것 같은 심정입니다. 사랑의 작대기가 계속 엇갈리다 보면, 정해진 누군가를 평생 인연으로 삼았던 옛날이 이따금 부러워지기도 하죠.

내가 자유로운 만큼 다른 이들도 자유로운 법. 그들도 나만큼, 나

조건,

보다 더 눈에 쌍심지를 켜고 좋은 짝을 만나고자 안달복달하리란 생각이 들면 공연히 불안해집니다. 스스로 들볶으며 부랴부랴 연애사업에 뛰어들 수밖에 없는 분위기죠. 대도시에 사는 사람들일수록 매력 있는 상대를 만났을 때 자신의 감정을 냉큼 드러내기보다는 도리어 별 관심 없는 척 느긋하게 굴지만, 속으론 조바심이 날 수밖에 없습니다. 모두가 애인후보이면서도 모두가 경쟁상대니까요.

연애의 조건과 결혼의 조건

미혼들이 날로 늘어납니다. 미혼에 '돌싱'까지 더해 홀로 사는 사람이 갈수록 많아집니다. 결혼을 꼭 해야 할 이유는 없겠지만 결혼을 하고 싶은데도 이루지 못한다면, 여러 가지를 생각해볼 일입니다.

혼인을 하지 않거나 못 하는 여러 이유와 원인 가운데 '자유'가 있습니다.

오늘날은 자유가 넘쳐납니다. 옛날 사람들은 자신에게 주어진 환경과 조건을 숙명처럼 여기고 살았습니다. 그러나 지금은 그렇지 않죠. 사람들은 모든 걸 자신이 결정해야 하죠. 사는 곳이나 직업, 취미, 학교는 말할 것도 없고 심지어 외모, 성별, 국적, 언어까지 고르고 바꿀 수 있습니다. 이런 형편이다 보니 사랑과 만남도 크게 달라질 수밖에 없죠.

예전엔 누군가와 혼사가 맺어지면 (틈틈이 한눈을 팔지언정) 평생 인연이라 생각하고 결혼관계를 유지했죠. 허나 오늘날엔 모든 것을 협

조건,

상하고 토론하며 질문하고 타협하고 조율하면서 관계를 구성해내야 합니다. 둘 사이를 엮어주는 공동체나 명분이 없기 때문에 한쪽에서 상대를 바라보지 않게 되면 관계는 깨지고 맙니다. 누구와도 관계를 맺을 자유가 생겼지만 그 관계를 지켜내기 위해 서로가 어마어마한 감정노동을 해야 합니다. 이전처럼 집안 어른의 명이나 관습대로 사랑의 관계가 결정되지는 않습니다. 자유로워진 만큼 더 공들이고 손수 품을 팔고 챙겨야만 사랑의 관계가 이어집니다.

> 오늘날 관계는 (과거에 결혼이 그랬듯이) 특별한 극단적 사태가 없는 한, 더 이상 지속적으로 보장되는 '자연적인 조건'이 아니다. 순수한 관계란 두 사람 중 한 사람의 의지에 따라 언제든지 깨질 수 있는 것이기 마련이다. 관계를 지속시킬 기회를 잡기 위해서는 반드시 그 관계에 헌신해야 한다. 그러나 언제든지 깨질 수밖에 없는 관계에 자신을 남김없이 던져서 헌신한다는 것은, 앞으로 커다란 상처를 받을지도 모르는 위험을 감수하는 것이다.
>
> 앤소니 기든스, 「현대 사회의 성. 사랑. 에로티시즘」

영국의 사회학자 앤소니 기든스의 말처럼 개인에게 주어진 자유는 때로 나와 다른 사람들 사이를 내리찍는 도끼가 되기도 합니다. 누군가와 지금 어떤 관계에 놓여 있다고 해서 반드시 그 관계를 이어갈 필요는 없기 때문이죠.

자유로운 만큼 얼마든지 다른 선택을 할 자유가 나에게 생겼습니다. 지금 이 사람이 마음에 안 든다면 갈아치워도 됩니다. 자유롭게 상대를 고를 수 있기 때문에 내 선택은 '최고'여야 하죠. 상대가 기대에 못 미치는 것 같으면, 상대와의 관계를 잘라냅니다. 옛날처럼 팔자라며 참고 살 수 없는 일입니다. 상대는 내가 자유롭게 골랐으니까요. 요즘 관계가 쉽사리 끊어지고 이혼이 들불처럼 일어나는 까닭입니다. 이를 독일의 사회학사 울리히 벡과 엘리자베트 벡-게른스타임 부부는 이렇게 정리했습니다.

이미 결정되어 있는 결혼은 참을 수 없을 정도만 아니라면 그럭저럭 받아들일 만하겠지만 자유롭게 선택한 결혼은 모든 가능성 중에서 '최상의' 해결책이라는 것을 입증해야 한다. 따라서 자기 선택을 정당화해야 하는 것이 행복이란 무엇인가에 관한 각자의 기준들을 자꾸 높여가도록 만드는 것이다.

벡 부부, 『사랑은 지독한 혼란: 그러나 너무나 정상적인』

도시에는 사람들이 차고 넘칩니다. 아무리 좋은 사람과 짝이 되었어도 또 다른 사람이 옆을 스치고 지나갈 때, 우리 마음은 흔들립니다. 과연 내가 최선의 선택을 했는지 혼란스러워지면, 지금 곁에 있는 사람보다 새로이 다가오는 사람이 더 낫다고 판단되면, 지금의 관계는 결딴나게 됩니다. 사람들이 자유로워진 만큼 만남도 쉬워졌

조건,

고 이별도 간단해졌습니다. 상품 고르듯 따져본 뒤 상대를 택하고, '신상품'이 나오면 금세 짝꿍을 바꿉니다. 최상의 짝을 찾아야 하니까요.

정 때문에 만나거나 의무로 함께하는 일은 그야말로 드뭅니다. 남들이 높게 쳐주는 조건이 상대에게 없다면, 자신이 손해를 보는 것만 같습니다. 그리하여 결코 그 관계를 참을 수 없게 되죠. 나의 선택이 최선이었음을 남들에게 끊임없이 증명해야 하고, 자신에게도 이해시켜야 합니다. 그러니 오늘날 연애는 고달플 수밖에 없습니다. 연애는 나의 수준과 몸값을 드러내는 광고니까요.

누군가를 재미삼아 가볍게 만날 수 있는 자유가 우리에게 주어졌고 얼마든지 다른 사람을 만나 새로운 사랑을 꿈꿀 수 있게 되었습니다. 하지만 동시에 자유라는 환한 햇살은 외로움과 막막함이라는 그늘을 만들어냅니다. 자유의 어스름에 오래 있다 보면, 독립심은 사라지고 무력감에 빠져듭니다. 때로는 너무 많은 자유가 사랑을 좀먹기도 합니다.

우리는 몸값을 높이도록 진화해왔다

청년실업, 88만원 세대……. 젊은이들이 괴로워하고 있습니다. 스펙 쌓기에 지치고 취업 전쟁에 말라갑니다. 취업에 청춘을 허비하는 이유는 단지 돈을 벌기 위해서가 아닙니다. 유명 대학에 못 들어가면 일자리 구하기가 힘들고 정규직이 아니라면 형편이 쪼들려 연애를 못 하기 때문이죠. 유명 대학 입학과 유명 회사 입사 자체가 좋은 조건의 상대를 만날 수 있는 스펙입니다. 그런 조건을 갖추면 얼마든지 상대를 선택할 수 있는 마당이 열리죠.

예나 지금이나 연애는 엄청나게 중요합니다. 누군가를 만나 사랑하고 아이 낳는 일은 생물의 본능이니까요. 다윈도 연애를 중요하게 여겼죠. 자연선택만이 널리 알려졌지만, 다윈은 자연선택과 더불어 '성 선택'을 통해 진화가 이루어져왔다고 주장했습니다. 인간들뿐 아니라 유성생식을 하는 생물들에게 짝 고르기는 으뜸으로 중요한 절차입니다. 내 아이가 어떤 아이가 될지는 짝 고르기 작업에서 결

조건,

정되니까요. 자신과 짝이 반반씩 유전자를 나누어주기 때문입니다.

암컷들은 아무나하고 성관계를 맺지 않습니다. 반례도 많지만, 자신의 잣대를 들어 최상의 짝이라는 판단이 서야만 성관계를 갖는다고 알려졌습니다. 암컷의 깐깐한 검증을 거치면서 성행위를 많이 하는 수컷의 형질은 대물림되지만 그렇지 못한 수컷의 형질은 자연스레 사라집니다. 성 선택이 진화에 어마어마한 영향을 끼치는 원리입니다. 암컷에게 성 선택을 받고자 수컷들 사이의 드잡이는 피가 튈 정도로 치열합니다.

진화심리학의 눈으로 세상을 바라보면 모든 게 구애행위입니다. 예술가들의 예술도, 서민들이 아득바득 일하는 것도, 고등학생이 대학에 들어가려고 밤을 꼴딱 새우는 것도, 여자가 밥을 쫄쫄 굶어가며 다이어트를 하는 것도, 평생 장작 팰 일이 없을 남자들이 근육을 만드는 것도, 분위기 띄울 농담을 열심히 외우는 이유도 모두 성 선택을 받기 위함입니다. 바로 이 같은 원동력으로 문화가 발달했다고 진화심리학자들은 주장합니다.

인류의 문화가 남성 지배적으로 된 이유는 대부분의 문화가 구애행위고, 수컷들이 암컷들보다 구애 시도를 훨씬 더 많이 하기 때문이다. 실제로 남성이 더 많은 그림을 그리고, 더 많은 재즈 앨범을 녹음하고, 더 많은 책을 쓰고, 더 많은 살인을 저지르고, 기네스북에 오르기 위한 해괴한 짓거리도 더 많이 한다. 인구사회학적 정보는 그러한 행위들이 남녀 사이에 차이가 있을 뿐 아니라, 성 경쟁과 구애시도가 격렬한 20대에 치우쳐 있다는 사실을 보여준다. 이러한 결과는 세계 어디서나 똑같다. 귀가 따가울 정도로 음악을 크게 틀어놓은 차가 지나갈 때, 십중팔구 그 운전자는 젊은 남성이다.

제프리 밀러, 『연애』

아닌 척하더라도 우리는 이성의 눈길을 의식합니다. 남자들은 기타를 배우는 데 여러 가지 이유를 내세우곤 하지만, 실상 그 안에 웅크린 속셈은 '여자를 꼬시려고'입니다. 노래를 잘하거나 기타를 잘치는 남자를 볼 때, 여자들의 동공이 열린다는 걸 잘 알고 있기 때문입니다.

우리는 누군가를 만날 때 의식적으로건 무의식적으로건 상대를 훑고 살핍니다. 상대의 몸짓과 말투, 옷차림이나 몸매 등을 통해 상대가 어떤지 (진화심리학의 용어로 말하면 유전자가 괜찮은지) 가늠하죠. 그래서 미국의 진화심리학자 제프리 밀러는 '우리가 하는 자질구레한 행동 하나하나가 이성에게 성 선택을 받으려는 몸부림이고, 내 몸 자체가 하나의 광고판'이라고 이야기합니다.

마음은 소비자, 즉 이성의 요구에 맞추어 상향식으로, 안에서 밖으로, 태어나서 죽을 때까지 스스로를 광고하고 스스로를 판촉하고 스스로를 포장한다. 현대사회에서 살아가는 우리는 우리의 삶을 규

조건,

정짓고 있는 기업들의 마케팅 지향에 대해 모순된 감정을 느낀다. 우리의 태도에 시시각각 관심을 곤두세우는 기업의 마케팅 부서를 보면서 한편으로는 우쭐해지고 한편으로는 두렵다. 하지만 우리가 마케팅 세계의 대상이 아니라 주체인 척하는 것은 위선이다. 나는 우리의 마음이 백만 년 동안 성 선택이라는 이름의 시장조사를 통해 진화했다고 믿는다. 이런 관점에서 우리는 우리 유전자를 위한 '걸어 다니고 말하는 광고판'이다.

제프리 밀러, 『연애』

'자본주의가 돗자리를 펴기 전부터 이미 연애는 시장에서 물건 고르듯 이뤄져왔으며, 소비자이자 생산자로서 우리는 자신의 몸값을 높이고 더 좋은 상대를 고르도록 진화해왔다'고 진화심리학은 주장합니다. 이런 시각에서 볼 때, 오늘날 청춘남녀들의 스펙 관리와 자기계발은 연애시장에서 후한 몸값을 받고 성 선택을 받기 위한 몸부림의 연장이죠.

불편한 고백 같지만, 우리는 우리 맨얼굴을 드러내고 참말 자유롭게 짝을 고르며 마음을 나눈다고 할 수 있을까요? 영국의 동물행동학자 리처드 도킨스가 『이기적 유전자』에서 주장하듯, 혹시 우리는 유전자를 운반하고자 본능대로 움직이는 생존기계가 아닐까요?

돈으로 살 수 있는 연애 상대

진화심리학의 주장대로 인류의 조상은 예로부터 상대를 재고 따졌습니다. 그러나 '좋은 유전자'라는 건 말솜씨나 재빠른 몸짓, 유머나 올바른 마음가짐처럼 숫자로 객관화하기에는 모호한 구석이 있었습니다. 그래서 조건보다는 상대를 만나 겪으면서 '육감과 직관'에 따라야 했고, 그 결과 마음이 끌리면 연애 관계가 이어지곤 했습니다. 신분과 나이와 계급과 인종과 국적을 넘어서 연애하는 힘이 여기서 나옵니다.

그런데 현대는 조건이 '계량화'됩니다. 상대가 어떤지, 우리는 쉽사리 알아차릴 수 있죠. 그 사람이 어디 살고, 어느 학교를 다녔으며, 연봉이 얼마인지, 키가 몇인지, 몸무게가 어떤지에 따라 매력지수가 정해집니다. 예전처럼 겪어보면서 끌리는 일도 있긴 하지만, 오늘날 눈에 빤히 드러나는 조건의 힘은 어마어마해졌습니다. 소개팅은 눈 가리고 만난다는(blind date), 잘 모른 채 만난다는 의미였습

조건,

니다. 그러나 요즘의 소개팅은 상대의 '몸값'이 어느 정도인지 미리 파악하고서 진행됩니다.

'연애의 효율화'가 걷잡을 수 없이 퍼져서 널리 자리를 잡은 것입니다. 내남없이 누군가의 집안과 학벌, 재산과 외모, 사는 곳 따위를 따집니다. 성 선택은 인류사 내리 이어졌지만, 현대로 접어들면서 '성 선택의 객관화'가 당연스럽게 여겨집니다. 이제 느낌으로 만나 사랑하며 살아가는 인류는 사라지고 있죠. 조건에 따른 성 선택은 마치 커피처럼 우리 일상을 파고들었습니다. 모두 더 나은 짝짓기를 위해 어려서부터 몸값 관리에 들어갑니다.

> 남편을 잘 만나기 위해서라는 이유가 열여섯 살 아이들에게는 와닿지 못하는 명분이었지만, 그 말만큼은 머릿속에 박혔다. "뭘 믿고 이렇게 공부를 안 했대? 네 집엔 거울도 없나?" 성적표와 진학 상담서를 앞에 둔 담임의 첫마디였다. 담임은 타고난 얼굴이야 어쩌지 못해도 성적은 올릴 수 있다고 잔소리를 퍼부었다.
>
> 김이설, 『환영』

오늘날의 성 선택은 결혼정보회사가 대신 해주고 있습니다. 슈퍼마켓의 상품들처럼 우리 이마에는 보이지 않는 바코드가 찍혀 있어서 그에 맞춰 짝짓기를 하게 되죠. 상대를 까다롭게 살피면서, 동시에 열심히 자기광고를 해야 하는 시대입니다. 연애 또한 광고의 기술을 따라가고 있습니다. 상대의 욕구와 필요를 가늠하면서 그 기준에 자신을 맞추어야 합니다. 또한 상대가 자신을 욕구하도록 부채질해야 합니다. 상대 또한 나처럼 조건을 따질 게 뻔합니다. 이런 '연애의 시장화'는 큰 해일처럼 우리를 덮쳤습니다.

파스칼은 『팡세』에서 말했습니다.

"사람이 참된 선을 잃어버린 뒤엔 모든 것이 똑같이 선으로 보일 수 있다."

그의 예언은 자본주의 사회에 와서 맞아떨어졌죠. 현대인은 옛날 사람들처럼 신이나 천국을 믿지 않습니다. 미신에서 해방된 건 좋은 일이지만, 어처구니없게도 그 자리를 돈이 차지해 채찍을 휘두릅니다. 우리 모두는 돈을 위해서 삽니다.

성 선택을 받기 위해서도 이제 돈을 벌어야 합니다. 아무리 뱅충맞고 성격이 개떡 같아도 지갑이 빵빵하고 통장에 찍힌 숫자가 어마어마하면 그 누구라도 성 선택을 할 수 있습니다. 자본주의시대에는 얼마나 많은 돈을 가졌는지에 따라 권력이 달라집니다. 돈이 나고 내가 돈입니다. 돈만 있다면 나는 슈퍼맨이 되고 원더우먼이 되어 원하는 만큼 짝짓기를 할 수 있습니다.

화폐의 힘이 매우 큰 만큼 나의 힘도 매우 크다. 화폐의 속성들은—그것의 소유자인—나의 속성들이요, 나의 고유한 능력들이다. 나는 추하다. 그러나 나는 가장 아름다운 부인을 사들일 수 있다. 따라서

조건,

나는 못생긴 사람이 아니다. 왜냐하면 못생김에서 유래하는 결과 곧 남을 깜짝 놀라게 하는 힘은 화폐에 의해 없어져 버리기 때문이다. 나는 앉은뱅이다. 그러나 화폐는 나에게 24개의 발을 가져다준다. 따라서 나는 앉은뱅이가 아니다. 나는 사악하고 비열하고 양심이 없고 똑똑하지 못한 인간이지만 화폐는 존경받으며 따라서 화폐의 소유자 또한 마찬가지다. 화폐는 최고선이며 따라서 그 소유자도 선하다.

칼 마르크스, 『경제학—철학 수고』

돈만 수북하게 쌓아놓고 있다면, 수많은 허물이나 모자람은 문제가 아니게 됩니다. 빌리 와일더의 영화 〈선셋 대로〉에는 한때 헐리우드를 주름잡았던, 지금은 한물간 늙은 여배우가 젊은 시나리오 작가를 돈으로 꼬드겨 더부살이하는 장면이 나옵니다. 여자의 어마어마한 재산이 곧 여자의 '아우라'가 되기에, 젊은 남자는 여자의 취향을 맞춰주며 그 곁에 머물죠.

이건 영화 속 이야기만이 아닙니다. 옷의 상표와 직장, 연봉, 집안에 따라 보는 눈빛이 바뀌는 것이 현실입니다. 왜 남자들이 차의 배기량과 차종에 자존심을 걸까요? 돈이 '나'이기 때문입니다. 높은 액수일수록 짝짓기에 유리한 고지에 오르기 때문입니다. 비록 연애에 젬병이고 좀 덜떨어졌다 하더라도 돈만 있다면 나는 '능력자'가 됩니다.

그러나 '그런 능력자'들을 만나고자 애를 쓰지만, 사실 그러한 만남은 행복하지 않은 예가 많습니다. 짝을 고르는 데 인간은 다른 동물들보다 뛰어나기는커녕 한참 못할 때가 숱합니다. 미국의 인류생물학자 재레드 다이아몬드가 한 말입니다.

성적인 매력이 있는 미인이나 포르셰를 모는 잘생긴 남자가 그 밖의 질적인 면에서는 열등한 유전자밖에 없는 경우가 많다는 슬픈 현실 때문에, 얼마나 많은 사람들이 괴로운 지경에 빠져 있는가를 생각해 보라. 많은 결혼이 이혼으로 끝나는 것도 무리는 아니다. 자신의 선택 방법이 얼마나 잘못되었고, 선택 기준은 얼마나 시시했는지를 깨달았을 때는 너무 늦은 것이다.

재레드 다이아몬드, 「제3의 침팬지」

조건,

건어물녀와 초식남을 만들어내는 사회

끝날 것 같지 않던 겨울을 이겨내고 어디선가 향긋한 봄 냄새가 전해지며 얼어붙었던 땅에서 싹이 나옵니다. 청춘들의 마음이 두근거리고 절로 싱숭생숭해지지요. 봄은 생명력과 희망을 느끼게 합니다. 새순처럼 인생의 겨울을 이겨내며 봄을 기다리는 우리는 괴로움과 힘겨움에도 꿋꿋이 살아나갑니다.

하지만 계절이 바뀌었다고 사회까지 달라지지는 않듯, 계절이 바뀐다고 해서 우리 삶에 반드시 봄이 찾아오는 건 아닙니다. 무한경쟁사회에서는 나를 다그치면서 팍팍한 뜀박질을 쉴 수가 없죠. 누군가와 가까워지고 싶어도 저마다 메지메지 떨어진 채 지낼 수밖에 없는 판입니다. 사람을 향한 그리움과 친밀함이 말라간 사회에서 젊은 이들은 '초식남'과 '건어물녀'가 되어버린 채 너무도 조용히 살아갑니다.

멀리 도망쳐 있을 때는 잠시 잊었는데, 돌아와 다시 들여다보니 여전히 신물이 났다. 너무 많은 사람들이 옥상에서 뛰어내리고 있었고, 자신의 고민은 대단히 배부른 것처럼 느껴지기도 했다. 여행의 약발은 잠깐이었다. 꿈꾸는 법이 기억나지 않았다. 이비는 자기 몸속에서 무언가가 근본적으로 비틀렸다고 느꼈다. 세상을 지겨워하는 자신이 넌덜머리가 났다. 무엇보다 아무하고도 하고 싶지 않은 자신이(그녀는 실제로 성욕이, 그리고 누군가 혹은 무언가를 사랑하는 데 필요한 마음의 촉촉한 부분이 점점 파삭파삭하게 말라가더니 결국 사라졌다고 느꼈다) 견딜 수 없었다.

윤이형, 「로즈 가든 라이팅 머신」, 『큰 늑대 파랑』 중에서

건어물녀와 초식남은 사랑에 관심이 없는 요즘 젊은이들을 가리키는 말입니다. 이 사회의 생존경쟁에 치인 나머지 삶의 기운이 동나버려 누군가를 만날 여력이 없는 그악스러운 현실을 고발하는 셈이죠. 한 생명으로서 누군가와 사귀고 삶을 나누고픈 욕망마저 살아남는 데 쏟아야 하기에 '연애세포'는 말라 죽을 수밖에 없습니다.

"세상이 시궁창이고 연애도 못 할 정도로 삶이 버겁다면 화가 나서라도 들고 일어나야지, 착취당하면서도 멍청하게 앉아 있냐!"

기성세대 중 일부는 이런 논조로 젊은이들을 비난하곤 합니다. 이에 대해 명확하게 답을 내려준 사람이 있습니다. 프랑스 사회학

조건,

자 피에르 부르디외입니다. 부르디외는 자본주의가 파고들기 시작한 알제리에서 '왜 하층계급 노동자들이 혁명을 일으키지 않는지' 연구했습니다. 세상이 엉망진창이고 내 삶이 고통에 짓눌린다면 화가 나서라도 들고 일어날 법한데, 그들은 착취당하면서도 착하게만 살고 있었던 것입니다. 부르디외가 밝혀낸 이유를 간추리면 이렇습니다.

'본디 세상이 이렇다는 믿음이 깔려 있다면, 비참이 필연성으로 받아들여진다면, 들고 일어나야 한다는 생각조차 들지 않게 된다.'

하층계급은 자신들이 당하는 고통을 습관적이고 나아가서 자연적인 것으로 받아들이기 때문에 감수하며 사는 것입니다.

> 비참은 하층 프롤레타리아에게 하나의 필연성으로 강요되는데, 그 필연성은 너무나 전면적이어서 비참은 그들에게 다른 어떤 이성적인 출구를 생각할 여유를 주지 않는다. 이런 이유로 하층 프롤레타리아는 그들의 고통을 습관적이고 나아가서 자연적인 것으로 받아들이고, 그들의 생활의 불가피한 구성부분으로서 감수하며 사는 경향이 있는 것이다.
>
> 피에르 부르디외, 『자본주의의 아비투스』

부르디외는 가장 비인간적인 상황에 의해 강요되는 고통은 다른 사회경제적 질서를 생각게 하기에는 충분한 동기가 아니라면서 비참한 자신의 상황에 문제의식을 느끼기 위해서라도 비참 그 자체가 완화되어야 한다고 이야기했습니다. 연애도 못 하고 풀이 죽어 있는 요즘 젊은이들을 이해하는 데 도움이 되는 주장입니다.

누군가와 만날 수 없는 상황은 이 살기 팍팍한 사회환경이 만들어낸 현상입니다. 이것을 '필연성'으로 여기고 자신의 외로움과 괴로움을 '생활양식'으로 받아들인다면, 젊은이들이 연애를 못 하는 현실은 당연스럽게 주어신 '자연'이 되고 맙니다. 요즈음 젊은이들은 죽음의 공포 속에서 오로지 나의 생존만을 위해 냅다 달리는 '비참' 속에 놓여 있습니다. 다른 사회구조를 생각하기는커녕 연애에 돈과 시간을 들일 짬조차 없습니다.

어느 때보다 쉽게 연애를 할 수 있지만, 연애를 하라고 이곳저곳에서 들쑤시며 등을 떠밀지만, 정작 수많은 젊은이들은 연애할 겨를이 없습니다. 살아남기도 벅차니까요. 자기 앞가림도 못 하는 사람은 가장 꼴불견 취급을 받습니다. 지갑이 홀쭉하면, 번들번들한 명함이 없으면, 앞날이 밝지 않으면 누군가를 좋아하고 만나는 건 상대에게나 자신에게나 못 할 짓입니다. 연애도 돈이 있어야 할 수 있죠. 지금보다 돈을 더 모으면, 정규직이 되면, 집 걱정이 사라지면, 안정이 되면 그때서야 연애를 할 마음이 생겨나고 그제야 눈을 요리조리 돌립니다. 그 전까지는 "내 주제에……"라며 자신의 감정에 자물쇠를 채우고 건어물처럼 말라가거나 초식동물처럼 얌전하게 살아가죠.

조건,

누구나 갖고 싶은 상품을 산 이가 능력자로 평가받듯, 연애를 한다는 건 연애할 정도로 돈과 시간이 있음을 사람들에게 자랑하는 셈이 됩니다. 연애는 돈과 시간을 왕창 들여야 하는 상품이 되었습니다. "당신의 능력을 보여주세요"라고 닦달하는 사회에서 연애는 내가 능력자임을 보여주는 스펙이 되었습니다. 그래서 우리는 "당신에게 필요한 게 뭐냐"고 물으면 사랑이나 평화라고 답하지 않습니다. 돈이라고 이야기하죠.

오늘날 연애는 생물학이나 심리학이 아니라 경제사회학으로 들여다봐야 풀리는 문제가 되었습니다. 데데한 연애심리학서나 알량한 연애 경험이 사랑하는 데 별 도움이 되지 않는 이유이기도 하죠. 세상이 어떻게 돌아가고 있는지, 나는 어떻게 사람들을 바라보고 무엇을 위해 살아가고 있는지, 진지하게 고민할 필요가 있습니다.

사랑을 하기 위해서라도 말이지요.

6 _ 기다림,
사랑이 그대를 속일지라도

친구들을 만나 수다에 한참인 여자08. 하지만 그녀의 머릿속은 아까부터 다른 생각으로 가득하다. 남자06에게서는 왜 연락이 오지 않을까. 도대체 무슨 이유로 지금까지 전화를 주지 않는 것일까.

얼마 전 소개팅으로 만난 남자다. 여자08은 그가 꽤 마음에 든다. 문제라면 지금까지 세 번을 만나 밥을 먹고 영화도 봤는데, 아직 그의 마음을 모르겠다는 것이다. 당장 내일이 황금연휴로 이어지는 주말인데 어제오늘 전화 한 통이 없다. 여우같은 친구들이 여자08의 애타는 마음을 눈치챘는지, 속을 긁기 시작한다.

"참, 지난번에 소개팅했다는 사람 어떻게 됐니. 잘돼가?"

"몇 번 만났다며? 분위기 어때? 내일 또 만나는 거야?"

여자08이 고개를 저었다.

"모르겠어. 전화가 안 오네."

친구들이 눈을 크게 뜬다.

"그래? 바쁜가 보네."

"아무리 바빠도 문자 하나 보낼 시간이 없을까."

"네가 먼저 연락해봐. 뭐 어때."

친구들의 수다를 듣고 있던 여자08은 나지막이 한숨을 뱉었다. 그래, 니들이 뭘 알겠니. 얌전히 앉아 소식만 기다리는 이 답답한 마음을.

그때다. 이 상황을 훤히 알고 있기라도 하다는 듯, 여자08의 핸드폰이 반가운 신호음을 울렸다. 남자06으로부터 온 카톡 메시지다.

– 회의에 발표에, 계속 정신이 없었어요ㅠㅠ 뭐 해요, 지금?

여자08의 얼굴이 일순 밝아진다. 빛과 같은 속도로 손가락을 움직여 메시지를 보낸다.

– 저도 오늘 되게 바빴어요ㅠㅠ 지금 친구들과 밥 먹는 중. 저녁 드셨어요?

그 모습을 지켜보던 친구들이 한마디씩 한다.

"기집애, 그렇게 좋으니? 시간 되면 이리 오라고 해봐."

여자08이 쑥스럽게 웃는다.

"나, 바보 같지?"

정말 사랑하고 있다고 느끼는 때

누군가를 기다리는 시간은 설레면서도 괴롭기 그지없습니다. 약속장소로 향하기 전부터 심장은 마라톤하듯 뛰기 시작하고, 뭐에 씐 사람처럼 진동한동 옷을 입었다 벗었다, 거울 앞에 섰다 다시 옷장을 열었다 닫았다, 이곳저곳 들락날락하기를 수차례 반복합니다. 약속시간은 아직도 멀었건만 마음은 진작 그 자리에 가 있죠. 미리 도착하지 않으려고 안간힘을 써보지만 몸이 말을 듣지 않습니다. 나는 이미 그 시간과 그 자리에 붙잡혀 있고, 약속시간보다 훨씬 이르게 발길은 그곳에 다다릅니다.

먼저 도착하고 보면 내가 너무 접고 들어가는 듯해 속상하기도 하죠. 처음부터 이렇게 마음을 다 내보이면 상대가 부담스러워하지 않을까 걱정이 됩니다.

그런데 왜일까요? 시간이 다 되어가는데 그 사람은 오지 않네요. 마음은 뒤숭숭해지고 어깨에 힘이 빠집니다. 아, 저기 보인다 싶었는데 비슷할 뿐 그 사람이 아니죠. 전화벨이 울립니다. 그 사람인 줄 알고 전화를 들어보지만 친구의 연락입니다.

"나중에 연락할게. 끊어."

> 그 사람은 내가 기다리는 거기에서, 네가 이미 그를 만들어낸 바로 거기에서 온다. 그리하여 만약 그가 오지 않으면, 나는 그를 환각한다. 기다림은 정신 착란이다. 전화가 울린다. 나는 전화가 울릴 때마다, 전화를 거는 사람이 그일 것이라고 생각하면서(그는 내게 전화를 해야 할 의무가 있으므로) 서둘러 전화기를 든다. 조금만 노력을 해도 나는 그 사람의 목소리를 '알아보는' 듯하고, 그래서 대화를 시작하나 이내 나를 정신 착란에서 깨어나게 한 그 훼방꾼에게 화를 내며 전화를 끊는다. 이렇듯 찻집을 들어서는 사람들도 그 윤곽이 조금이라도 비슷하기만 하면, 처음 순간에는 모두 그 사람으로 보인다.
>
> 롤랑 바르트, 『사랑의 단상』

바르트의 말마따나 누군가를 기다릴 때는 '환각'에 빠지듯 '정신 착란'이 일어나듯 모든 사람이 그 사람으로 보입니다. 시간이 지날수록 불안은 커지고, 자꾸만 시계를 들여다보고 무슨 일이 생긴 건 아닌지 연락을 해보고 싶습니다. 하지만 그러다가 혹시나 상대가 언짢아할까 봐, 또는 미안해할까 봐, 그래서 오늘 만남에 약간이라도 해를 끼칠까 봐, 아랫입술을 깨뭅니다. 조금만 더 기다려보자고 비틀거리기 시작하는 마음을 가까스로 비끄러맵니다. 나라와 문화는 달라도 기다리는 사람의 정서는 거의 비슷한가 봅니다. 시인 황지우는 기다림에 대해 이렇게 썼습니다.

네가 오기로 한 그 자리에

내가 미리 가 너를 기다리는 동안

다가오는 모든 발자국은

내 가슴에 쿵쿵거린다

바스락거리는 나뭇잎 하나도 다 내게 온다

기다려본 적이 있는 사람은 안다

세상에서 기다리는 일처럼 가슴 애리는 일 있을까

네가 오기로 한 그 자리, 내가 미리 와 있는 이 곳에서

문을 열고 들어오는 모든 사람이

너였다가

너였다가, 너일 것이었다가

다시 문이 닫힌다

황지우, 「너를 기다리는 동안」 『게 눈 속의 연꽃』 중에서

기다려도 당신은 오지 않네요. 너였다가 너였다가, 너일 것이었다가 다시 문이 닫힐 때 세상이 꽉 닫히는 것만 같습니다. 5분밖에

기다림,

지나지 않았지만 그 5분이 5년처럼 느껴집니다. 오늘을 오랫동안 기다려왔기 때문에 당신을 기다리는 시간은 50년처럼도 느껴지죠. 나는 갑작스레 노인이 되어버립니다. 시간이 흐를수록 힘이 쭉 빠지고 발걸음을 옮기지 못한 채 그 자리에 붙박여 우두커니 서 있는 한 겨울 허수아비 같습니다.

나는 노인에서 허수아비가 되었다가 한순간에 이 거리에 불시착한 외국인 비행사가 됩니다. 지나가는 사람들의 표정, 저 멀리서 들려오는 목소리, 길거리 상점에서 들리는 노래, 그 모든 게 '무의미'해집니다. 발목이 접질린 외국인 비행사처럼 휘청거리며 여기가 어딘지 어떻게 해야 할지 머릿속이 하얘집니다.

기다림에 지친 나는 마침내 전화기를 들어보고 잠깐 몸을 일으켜봅니다. 그런데 차마 전화를 걸 수도, 발을 뗄 수도 없네요. 당신이 오기만을 기다리는 것 말고는 딱히 할 수 있는 일이 내겐 없는 것처럼 느껴지죠. 기다림 자체가 너에게로 가는 것이겠으나 너에게로 영영 닿지 않을 수도 있다는 두려움이 나를 덮칩니다. 수많은 사람의 틈바구니에서 나는 갈 곳을 잃어버린 미아가 되어버리죠. 나를 구해줄 수 있는 사람은 오직 당신밖에 없습니다. 분노도 슬픔도 미움도 생기지 않습니다. 그냥 모든 게 뒤죽박죽된 채로 무너지는 가운데 중얼거리죠.

"정말 당신을 사랑하고 있구나."

그리고 무엇이 사랑인지 나는 아련하게나마 알아차립니다. 아픈

줄도 모르고 기다릴 때, 오지 않는 그 사람이 오기만을 기다리다가
이제 가야 한다는 걸 알면서도 발이 떨어지지 않을 때, 나는 사랑에
빠졌음을 알게 됩니다.

　기다리니까, 그리워하니까, 당신을 마음속으로 그리고 있으니까
그래서 사랑입니다.

기다림,

일초 일초가 가슴에 총알처럼 박히다

주인공은 언제나 느지막이 나타나죠. 어떤 이는 일부러 굼뜨게 나타났다가 온갖 포화를 맞기도 합니다. 그런데 느지감치 나타나도 싫은 소리를 듣기는커녕 길이 얼마나 막혔느냐며, 이렇게라도 와줘서 고맙다는 이야기를 듣는 이들이 있습니다. 그래서 그런지 유명하거나 좀 잘나간다 싶은 인간들은 꼭 늦게야 얼굴을 내밀면서 자신의 권력을 행사합니다.

그래요. 누군가를 기다리게 하는 힘이 바로 권력이고, 이러한 권력은 사랑할 때도 어김없이 나타납니다. 누가 더 사랑하는지 알려면, 나를 얼마나 사랑하는지 알려면, 우리는 그 사람을 부러 기다리게 합니다. 조금 미안하지만 묵묵히 나를 기다리다가 말없이 포근하게 감싸주기를 바라며 무의식중에 늦기도 하지요. 사랑의 크기가 손에 잡히거나 보이지 않기에, 기다리는 시간을 사랑의 깊이를 재는 자막대기로 씁니다.

그렇지만 기다리는 사람은 죽을 맛입니다. 지옥이 그리 멀리 있지 않습니다. 당신을 기다리고 있을 때, 당신에게서 연락이 안 올 때, 바로 그 시간이 고문이고 지옥 입구지요. 당신과 이어지는 느낌이 뚝 끊겼을 때, 나는 안절부절못하게 됩니다. 혹시나 싶어 전화기를 들었다 놓기를 되풀이합니다. 겉으로는 아무렇지 않은 척해보려 하지만, 그럴수록 속은 부글부글 끓으면서 쪼그라듭니다.

머릿속에선 온갖 생각이 물거품처럼 방울방울 올라와 터집니다. 혹시 전화기를 잃어버린 걸까. 지금 무슨 일이 있는 건 아닐까. '밀고 당기기'를 하자는 걸까. 내가 싫어진 건 아닐까. 내가 너무 서두르는 걸까. 그 사람은 천천히 다가서기를 바라는 걸까, 아무렇지 않은 척 먼저 연락해볼까. 아니야, 연락했다가 할 말이 없어 괜히 어색해지면 어떻게 해……

상대에게서 연락이 안 올 때면, 등 뒤에서 누군가 총부리를 들이댄 것처럼 머릿속이 얼어붙습니다. 뭔가를 할 수도 없고 진정이 안되죠. 불안이 몸을 주무릅니다. 아무것도 손에 잡히질 않죠. 몸은 여기에 있어도 맘은 콩밭에 가 있습니다. 눈앞에 그대의 모습이 어른거려, 고개를 절레절레 저으며 청소도 해보고 친구에게 전화도 걸어보고 인터넷도 들춰봅니다. 그러나 시간은 너무도 더디게 흘러갑니다. 시간은 나의 적입니다. 일초 일초가 가슴에 총알처럼 박힙니다.

가슴이 갈기갈기 찢어지고 만신창이 되어서야 당신에게서 연락

기다림,

이 옵니다. 벅차도록 기쁜 한편으론 설움이 울컥 치밉니다. 어쩌면 이제야 연락을 하는 건지 노염이 입니다. 나는 당신에게 중요하지 않은 사람인가요? 화도 납니다. 사랑과 증오는 한 덩어리로 쉬 얼굴을 바꿉니다. 그래서 당신을 사랑함에도, 마음 안에서는 순간 천사와 악마가 싸웁니다.

뭐라고 답해야 하지? 조금 기다렸지만 괜찮다고 해야겠지? 아니야, 매섭게 쏘아붙이고 싶어. 어떻게 전화 한 통 해줄 수 없느냐고. 어떻게 이럴 수 있느냐고. 당신이 밉다고. 미워죽겠다고 이야기해야지! 안 돼, 안 돼! 그래서는 끝장날 거야. 지나가는 말처럼 오늘 하루 힘들었다고 해볼까? 당신 때문이라고 말은 하지 않지만, 내 괴로움의 원인이 당신이었음을 넌지시 암시하면서 말이야. 아니야, 철없는 어린애같이 보일 거야. 그냥 별일 없었다고, 당신 하루는 어땠냐고 물어보자.

나는 애써 밝게 답합니다. 그렇지만 숯덩이가 되어버린 마음은 덮어지지 않습니다. 내 안에 수북하던 재가 내 답변과 함께 그 사람에게 날아갑니다. 성냥팔이 소녀가 "성냥 사세요" 아무리 밝게 말해도 슬픈 눈빛을 숨길 수 없듯, 내가 겪었던 고통이 고스란히 상대에게 전해지죠. 담담하고자 애를 쓰는데도 안 됩니다. 목소리에서, 이모티콘에서, 얼굴에서, 몸짓에서, 나의 고통은 감춰지지 않습니다. 어금니를 꽉 물어보지만 그마저도 전해질까 나는 더 불안해집니다.

이때 내 안에는 두 가지 마음이 뒤엉킵니다.

눈치를 채면 어쩌나……. 눈치를 못 채면 어쩌나…….

불같은 내 마음을 당신에게 들키면 쥐구멍에라도 숨고 싶어지지만, 이와 반대로 불난 내 마음을 당신이 알아줘야 한다는 바람 또한 굴뚝같아집니다. 아무렇지 않은 척 연기하는 내 속내를 알아채 주기를, 나를 위로해주고 사랑해주기를 나는 바랍니다.

내 마음을 정말 모르는지, 알면서도 의뭉스럽게 모르는 척하는지, 이니면 눈치기 없는 건지, 당신은 평소처럼 태연하게 지신의 히루가 어땠는지 이야기합니다. 귀 기울여 당신의 이야기를 듣고는 있지만 오늘 하루의 고통이 눈 녹듯 사라지지는 않습니다. 내 마음은 온통 당신에 대한 미움과 그리움이 뒤섞인 채 소용돌이칩니다. 그러면서도 내가 당신에게 어떻게 비칠까 하는 생각뿐이죠.

기다림,

굽이굽이 고백하러 가는 길

사랑에 빠지면 애잔함과 그리움, 두려움과 설렘, 실망과 기대로 범벅된 채 상대를 기다리게 됩니다. 사랑에는 늘 시차가 발생하지요. 한날한시에 사랑에 빠진다면 얼마나 좋을까요. 그러나 사랑함과 사랑받음은 동시에 이뤄지지 않습니다. 누군가는 먼저 사랑을 하게 되죠.

상대의 답장을 기다리던 수많은 밤을 우리는 기억하고 있습니다. 누가 먼저 손을 내밀 때 그 손을 잡아주면 연인이 탄생하지만, 잡아주지 않으면 사랑은 끈이 끊긴 연처럼 저 하늘로 사라져버리죠. 사랑받으리라는 기대를 갖고 사랑을 시작하지만, 그 마음은 대부분 부도난 어음처럼 돌려받지 못합니다.

그래서 두렵습니다. 사랑은 부메랑처럼 던지면 돌아오는 게 아니니까요. 그 모든 기다림과 그에 따른 괴로움마저 사랑할 만큼 우리의 마음은 넓고 깊지 못합니다. 그래서 우리는 상대를 '간 보게' 됩니다. 상대에게 달려가 내 이글거림을 꺼내 보이고 싶지만, 상대가 깜짝 놀란 나머지 밀쳐낼지 모르니까요. 아직은 내 마음을 다 건네는 일이 무섭고 걱정되기에, 상대가 나를 어떻게 생각하는지 더듬이를 바짝 세우게 됩니다. 내 마음을 통째로 상대에게 퍼부어야 진짜 사랑이 아닐까 싶지만, 끓는 마음에 그대가 델까 봐 힘겹게 내 마음을 짓누릅니다.

사랑할 때는 평상시와 다른 '지나침'이 생겨납니다. 지니침은 사랑의 진실이고 힘이기도 하죠. 우리는 평소와 다름없는 모습에 감동하지 않습니다. 언뜻 보면 광기처럼 느껴지는 과잉에 사랑을 느낍니다. 당신과 나 사이에 세워져 있던 옹벽이 그렇게 허물어집니다.

미지근해서는 죽도 밥도 안 됩니다. 함박눈이 펑펑 쏟아지는 한겨울에 눈사람이 되어 몇 시간을 기다리거나, 평소에는 그렇게나 숫기 없던 사람이 거리 한복판에서 고백을 한다거나, 엄청나게 '귀차니즘'이던 사람이 한 땀 한 땀 정성들여 짠 목도리를 선물할 때 우리는 코끝이 시큰거리면서 마음의 빗장을 풀게 됩니다. 만나달라고 하루에도 수십 통씩 전화하고 수백 통을 문자하는 광기를 통해 우리는 '사랑의 주체'가 됩니다. 그리고 사랑을 희망하게 됩니다.

그러나 어떤 지나침은 상대를 도망가게 만듭니다. 내 마음을 주려 해도 그 온도가 너무 뜨거워 상대가 도저히 받지 못할 때도 있고, 그 때문에 서로 화상을 입게 될 때도 많습니다. 무더운 열기는 종종 무서운 광기로 변하곤 합니다. 자신의 광기에 진저리친 경험이 있다

기다림,

면, 예전처럼 굴어서는 안 된다고 그가 부담스러워할 거라고 자신을 설득하면서 다른 방법을 찾게 되죠.

고백은 사랑의 뜨락으로 들어가기 위해 반드시 넘어야 하는 고개입니다. 그래서 고백의 순간에는 늘 지진이 난 듯 가슴이 떨리죠.

사랑을 고백할 때, 내 안의 좌파와 우파가 싸웁니다.

'진심은 통하니까 이글거림을 그대로 전해야 한다'는 막무가내 좌파. '선물도 포장이 중요하듯 마음도 상대가 받기 좋도록 꾸며야 한다'는 약삭빠른 우파.

두 세력이 내 안에서 실랑이를 합니다. '상대는 겉치레를 싫어할 것'이라고, '그건 진실이 아니다'라고 좌파가 어깃장을 놓습니다. 그러면 '여태까지 진심이 얼마나 통했냐'며, '이제 푼수 짓 좀 그만하라'고 우파가 나무라죠.

사랑에 빠진 나는 갈등합니다. 지금 내 안에 불길이 일어났는데 세련되게 배시시 웃어 보일 수만도 없고, 그렇다고 앞뒤 가리지 않고 길 잃은 아이처럼 매달릴 수만도 없는 노릇. 그래서 갈팡질팡하다가 마치 시식코너에 내놓은 음식처럼 작게, 그러나 내 마음이 어떤지는 알 수 있도록 조심스레 마음을 꺼내 보입니다. 곧바로 후회가 찾아옵니다. 왜 이렇게밖에 고백하지 못했을까. 그러나 이미 때는 늦었습니다. 나의 형편없는 변호는 끝이 났습니다. 나는 최종선고를 기다리는 피고가 되어 당신의 판결을 기다립니다.

여기가 갈림길이죠. 이 정도의 불씨를 보고서 내 안에 불이 났음을, 내 안의 불길을 잡아줘야 함을 알아차린다면, 그와 나는 연인이 될 수 있습니다. 하지만 어디서 날아든 불티 정도로 여기거나 짐짓 모른 체 딴전을 부리고 외면한다면, 화마는 나를 집어삼켜 버리고 내 마음은 홀라당 타버립니다. 잿더미가 된 인연은 끝나고 말죠.

기다림,

사랑은 나를 알아달라는 마음

사랑할 때 우리는 사랑하는 감정만으로 나와 당신이 행복하기를 바랍니다. 그럼에도 내가 당신을 사랑하는 만큼 당신이 날 사랑해줘야 한다는 마음이 없어지지는 않습니다. 내가 바라는 만큼 당신이 알아주지 않으면 사랑의 무대는 막을 내리게 됩니다. 이 묘한 심리가 스윗콧소로우의 〈정주나요〉에 실리죠.

무한도전 '서해안 고속도로 가요제'에 나와 인기를 끈 〈정주나요〉는 감칠맛 나는 노랫말로 한번 들으면 자꾸 흥얼거리게 되는 노래입니다. 이 노래의 후렴이 귀에 찰싹 달라붙어 혀를 간질입니다. 간단하면서도 삼삼한 노랫말이 빙빙 돌면서 떠날 줄 모르네요.

정 주나요 / 안 정 주나요 / 늘 정 주는 / 날 알아줘

이 노랫말엔 근대 거래의 규범인 공정함이 담겨 있습니다. 사랑

도 서로 주고받아야 하죠. 대중매체는 사랑에 대한 환상을 만들어내고 사람들은 환상을 소비합니다. 우리는 사랑이 그렇다고 믿고 있어서가 아니라 '아무것도 바라지 않고 모든 걸 아낌없이 주는 사랑이 없다'는 걸 알고 있기에 그런 환상들을 과소비합니다. 짜릿함과 먹먹함이 스며 있는 황홀한 사랑을 여전히 누구나 꿈꾸지만, 현실은 그야말로 너절합니다. 순수한 사랑은 어디에도 없죠. 이 노랫말을 곰곰 살피면, 사랑한다고 할 때 '정을 주는' 까닭이 나옵니다. 바로 인정받기 위함입니다.

"늘 정 주는 날 알아줘!"

정 주는 '날' 알아주지 않으면, 내가 사랑하는 만큼 날 사랑해주지 않는다면, 정을 주지 않겠다는 앙증맞은 으름장입니다. 이 귀여운 을러댐이 이 노래의 멋과 맛이기도 하죠.

당신을 향한 모든 애틋한 행동 뒤에는 내가 얼마나 당신을 좋아하는지 알고 있느냐는 물음이 늘 깃들어 있습니다. 또한 내 마음을 알아달라는 요구가 있죠. 여기서 사랑의 고비가 나타납니다.

날 알아달라고 안달복달해도, 끝내 상대는 날 알아주지 않을 수 있습니다. 사랑은 메아리이기보다 혼잣말이기 일쑤입니다. 누구와도 견줄 수 없을 만큼 사랑한다고, 오직 그대만을 생각한다고, 모든 걸 주겠다고 외쳐도 상대는 사랑을 주지 않을 수 있습니다. 나에게 사랑하는 자유가 있는 만큼 상대에게도 사랑하지 않을 자유가 있다는 사실에 불안은 소용돌이칩니다. 그래서 사랑하는 사람은 모험가

기다림,

일 수밖에 없습니다. 사랑하는 만큼 사랑이 오지 않을지도 모르지만, "그럼에도 당신을 사랑해요"라며 사랑이라는 뗏목을 당신과 나사이에 띄우니까요.

하지만 "사랑받지 못 할지라도 당신을 사랑해요"라는 모험가들이 사라지고 있습니다. 대신에 "당신이 사랑을 하는 만큼 더도 덜도 아닌 딱 그만큼만 사랑을 주겠어요"라는 계산가들이 많아졌죠. 한쪽이 먼저 담뿍 사랑하는 관계의 비탈짐을 받아들일 수 없는 사회가된 것입니다. '파토를 내는 쪽'이 나인지 너인지는 중요치 않습니다. 쉽게 헤어질 수 있는 '판 자체'에 물음표를 띄워야 합니다. '너의 잘못인지 내 욕심이 지나쳤는지'는 작은 문제입니다. 그보다는 상품사듯 만나 일회용품 버리듯 관계를 끊어내곤 하는, 사람 관계를 틀짓는 판이 문제입니다.

누군가와의 만남이 손쉬워진 만큼 깊고 진한 사랑은 어려워졌습니다. 사람과 사람이 만나는 마당이 변화했기 때문입니다. 사랑을하려면 사람과 사람을 에워싼 사회구조를 생각해야 합니다.

연애는 흥정이죠. 날 알아달라는 깜찍한 요구가 요즘엔 끔찍한거래가 되어버렸습니다. '정 주는 날' 알아주지 않으면 거래는 끝납니다. 오늘날 남녀가 헤프게 만나고 쉬 헤어지는 까닭도 거래가 자주 어긋나기 때문입니다. '너'가 '나'를 사랑하지 않더라도 너만을 그리워하고 바라보는 '개츠비'는 '철딱서니'입니다. '스토커'입니다. 상대가 사랑을 안 줄 것 같으면 금세 마음을 접어버리죠. 오늘날 사랑의 껍질 속에는 '내가 하는 만큼 네가 해주지 않으면 안 된다'는 거래가 숨어 있습니다. 사랑에도 이제는 이해득실이 개입하게 된 거죠.

나만 생각하고 나라는 자아의 욕망만을 위해 움직이던 사람이 갑자기 '당신'을 생각하고 행복하기를 바라는 기적이 사랑입니다. 그러나 갑자기 '나'가 확 바뀌는 기적이 일어나도 사랑받고 싶다는 욕망이 싹 가시지는 않습니다. 사랑하는 마음에 가려서 잘 보이지 않을지라도 '사랑받고 싶다'는 그림자가 늘 드리워져 있는 것입니다. 내게 없는 것까지 주고 싶고 나보다 당신이 더 행복하길 바라는 마음 뒤엔 '보답을 받고 싶은 욕망'이 언제나 짝꿍처럼 붙어 있지요.

사랑하는 마음만으로 행복한 것은 사실이지만, 가슴 한구석에는 떨어내려고 해도 떨어지지 않는 아쉬움이 남을 수밖에 없습니다. 처음엔 그저 사랑하는 것만으로도 흐뭇했던 관계가 시간이 지날수록 시드는 건 사랑받고 싶다는 욕망이 사랑하는 마음보다 더 커지기 때문입니다.

기다림,

사랑은 희망에 완전히 몸을 맡기는 일

누군가를 먼저 사랑할 때, 그 사람을 기다릴 때, 우리는 상처받기 쉽습니다.

맨발로 가시밭길을 걸어가는 것, 발가벗은 채 덤불숲을 헤치는 것, 누군가를 먼저 사랑하고 기다리는 우리 모습입니다.

사랑은 행복하리란 보장 없이 먼저 불행에 빠지는 일입니다. 누군가에 대한 기다림은 폭풍의 언덕에 올라 머리를 땅에 박으며 그 사람의 이름을 부르짖는 일이나 다름없죠. 그래서 우리는 사랑에 빠질 때마다 처음에는 설렘으로 들뜨다가도, 머지않아 들이닥치는 괴로움에 흔들립니다.

기다림은 편하지 않습니다. 편하기는커녕 호되게 고된 일이죠. 시인 이성복은 "사랑이 없는 곳에 지옥도 없다"고 했는데, 그렇다면 사랑이 지옥을 만들어낸다고 이야기할 수도 있겠습니다. 사랑의 기다림은 유황불이 이글거리는 지옥입니다. 거머리가 잔뜩 달라붙어도 기꺼이 피를 빨리면서 빠져드는 늪이 기다림이죠. 그대가 지나가면서 무심코 내뱉는 말 한마디가 비수가 되어 꽂히고, 그대의 한숨 소리가 성난 짐승처럼 나를 물어뜯어도, 그 피 흘림마저 달게 받아들이며 우리는 기다립니다.

괴로움 속에서도 나는 당신을 충실히 기다려야 합니다. 해바라기처럼 당신만을 바라봐야 합니다. 그러다 보면 자존심이 꺾이기 일쑤입니다. 머리로 지울질하고 계산기를 두드리며 이익을 셈하던 나는 와장창 무너져 내립니다. 그래서 우리에겐 사랑에 대한 믿음이 필요한지 모릅니다. 사랑은 메아리라고. 곧바로 되돌아오진 않을지 몰라도, 외치는 만큼, 건네는 만큼 '반드시' 돌아온다고!

> 사랑한다는 것은 아무런 보증 없이 자기 자신을 맡기고 우리의 사랑이 우리의 사랑을 받는 사람에게서 사랑을 불러일으키리라는 희망에 완전히 몸을 맡기는 것을 뜻한다. 사랑은 신앙의 작용이며 따라서 신앙을 거의 갖지 못한 자는 거의 사랑하지 못한다.
>
> 에리히 프롬, 『사랑의 기술』

믿음 없이는 기다림의 괴로움을 견디기 힘듭니다. 사랑받으리라는 언약 없이 내 자신을 맡기고, 언젠가 당신도 나를 사랑하리라 믿으면서 기다리는 이 마음은 다름 아니라 신앙입니다. 신앙 없이는 사랑함과 사랑받음 사이의 시차를 버틸 수 없죠. 나의 사랑과 당신

기다림,

의 사랑이 부싯돌처럼 부딪쳐 환한 불꽃을 일으키기까지는 오랜 세월이 걸릴지 모릅니다. 이 긴 세월을 속으로 삭히면서 우리 모두는 사랑에 대한 믿음으로 걸어가는 순례자입니다.

기다림은 힘듭니다. 누군가를 먼저 사랑하는 건 살갗이 벗겨진 몸으로 고슴도치를 끌어안는 일이나 다름없습니다. 인내의 끝이 반드시 달콤한 것도 아닙니다. 상대에게 성가심과 부담감만 주면서 속절없이 나만 아프고 나만 상처받을 때도 숱합니다.

그래서 때로는 짝사랑을 끝내고 마음을 접는 것이 진정 성숙한 사랑일 때가 있습니다. 나의 사랑이 당신의 두통이 될 때, 나는 떠남으로써 사랑의 의미를 지켜야 하지요.

7 외로움,
외롭지 않은 사랑이 어디 있으랴

"오빠, 나 솔직히 잘 모르겠어. 날 사랑하기는 하는 거야?"

여자09의 느닷없는 질문에 남자07이 의아해한다. 도대체 갑자기 무슨 소리지. 이만하면 별 문제 없이 잘 사귀는 거 아닌가?

"왜 그래, 갑자기 무슨 말이야."

"지금 물어보잖아. 날 사랑하느냐고. 우리, 제대로 사귀는 거 맞느냐고."

"잘 사귀고 있잖아. 도대체 무슨 이야기가 듣고 싶은 거야. 자, 한 잔 하자."

뭐든 복잡해지는 게 싫은 남자가 맥주잔을 들었다. 그러나 여자는 여진히 시무룩하다. 아니 심각하다. 도대체 알 수 없는 속. 그때 남자07에게 느닷없는 순간이 찾아왔다. 평소 그저 사랑스럽기만 하던 그녀가 문득 낯설게 느껴지는 것이다.

문득 떠오르는 장면이 있다. 잉꼬부부 소리를 들으며 아버지와 35년 동안 결혼생활을 해오신 어머니가, 어느 날 전화기에 대고 이런 푸념을 하는 것이었다.

"……그러게. 살 붙이고 사는 부부 사이가 때론 정말 아무것도 아니더라니까. 어느 날은 잠자리에서 눈을 딱 떴는데, 옆에 웬 낯선 남자가 자고 있는 거 같더라. 어쩌다 이 사람과 같이 살고 있는지, 이 사람은 당최 누구인지. 부부라는 게 참 덧없는 거지, 그러고 보면."

어머니의 하소연을 엿들으면서 남자07이 문득 떠올린 문장이 있었으니 시인 류시화의 시 〈그대가 곁에 있어도 그대가 그립다〉였다. 내게 필요한 사람이 옆에 있어도 외롭다니. 참 황당한 노릇이겠구나.

그렇다면 여자09도, 지금 그런 외로움을 타고 있는 것일까?

왜 나를 좋아하나요

누군가를 막 사귀기 시작했는데, 그가 묻습니다.

"왜 나를 좋아하나요?"

이 물음에는 언제나 자존감의 문제가 겹쳐 있습니다. 자존감은 내가 나와 어떻게 관계를 맺었는지 드러내는 상태입니다. 자존감은 내가 지금 어떤 존재로서 살고 있는지를 알려주는 표시입니다. '나를 아껴야 한다'는 이야기를 듣고 자존감을 높여야겠다고 생각하지만 그런다고 자존감이 높아지진 않습니다. 관계의 문제니까요. 관계는 내가 나를 어떻게 이해하고 받아들이면서 살아가는지를 통틀어 아우르는 개념이죠. 그래서 이냥저냥 "자존감이여 높아져라, 얍!" 주문을 왼다 해서 높아질 턱이 없습니다.

자존감은 내가 나와 관계를 맺는 방식이 바뀌어야 달라집니다. 나의 존재 자체가 달라지고 삶이 바뀌어야 높아집니다.

나와 나의 관계는 미리 결정되어 있지 않습니다. 나에 대한 모름

외로움,

속에서 내가 나를 찾아 움직이며 나를 만들어갑니다. 나는 본디 정해진 내가 아니죠. 나는 나라는 인식을 넘어서 내가 모르던 나로 넘어가는 운동이자 나 사이를 오가는 힘이며, 나 사이의 거리에 머무르는 존재라 할 수 있습니다.

> 나는 어떤 점과도 같은 단순한 실체가 아니다. 나는 관계이며 운동이다. 나는 나를 넘어감이며, 넘어감이 만드는 자기거리이다. 그리고 나는 동시에 이 거리를 통한 자기복귀의 운동이기도 하다. 나는 나를 넘어감 속에서 그리고 이것을 통해 조성되는 자기거리 속에서 비로소 머무른다. 그리고 이 머무름이 나의 있음이다.
>
> 김상봉, 「자기의식과 존재사유」

나는 그냥 나가 아닙니다. 나는 나로서 끝없이 만들어지고, 움직이며 존재합니다. 이런 나의 존재 조건 때문에 자존감은 나를 제대로 파악하여 좋게 만들어나가야만 높아집니다. 세상과 자신을 잘 알아야 하는 이유가 여기에 있죠. 잘 모른다면 '자뻑'은 할 수 있을지언정 진정한 의미에서 스스로를 아끼고 사랑할 수는 없거든요.

그래서 나는 '나'를 탐색하고 자신이 원하는 모습으로 만들어가야 하는데, 이 과정이 꿈입니다. 꿈은 사회 상황과 자신의 처지에 따라 평생 끝없이 바뀌죠. 세상 속에서 나의 공간을 마련하면서 세상과 관계 맺으려는 애씀이 꿈입니다. 꿈을 통해 사회는 변화하고 나 자신은 바뀌어갑니다. 나는 사회와 맞물려 있으니까요. 세상과 나를 잘 알고 사람들과 관계를 맺으면서 꿈이 영글어갈 때 자존감은 높아집니다.

　이 조건을 다 갖추기란 어렵지요. 우리를 보세요. 복잡한 사회 흐름을 제대로 파악하지 못하며, 자신이 어떤 사람인지 흐리멍덩하게 알 뿐입니다. 또 사람들과의 관계는 늘 서먹서먹하고 아슬아슬합니다. 더군다나 요새는 꿈조차 꾸지 않는 분위기죠. 그러니 자존감이 낮을 수밖에 없습니다. 내가 나를 모르는데 자존감이 높다면, 그게 더 신기한 일 아닐까요? 무지와 혼란 속에서 '자아'는 슬슬 눈치 보면서 주눅 들 수밖에 없습니다. 그러고는 기어가는 목소리로 중얼거리죠.

　누가 나 같은 걸…….

　더더군다나 우리 속을 들여다보면 지난날 상처들이 안쓰럽게 옹이 져 있습니다. 어려서부터 충분히 애정을 받지 못해 생겨난 '결핍'이라는 멍울이 지금의 감정 상태에도 영향을 미치고 있습니다. 이 와중에 나에 대한 혐오감이 종종 불거지고, 내가 사랑받을 자격이 되는지 수시로 의심합니다. 누군가 나를 좋아한다고 하면, 뭔가 어색하고 죄의식을 느끼고 퉁명스레 굴게 됩니다. 누군가 자신을 좋아한다고 할 때, 나와의 관계 맺기가 건강하지 않은 사람의 무의식에서는 이런 소리가 흘러나옵니다.

　……저는 당신이 좋아할 만한 사람이 아니에요.

외로움,

나를 왜 좋아하느냐는 물음에는, 원치 않았지만 이 세상에서 태어나 살아가는 한 존재의 서글픈 부르짖음이 담겨 있습니다.

"나도 나를 잘 몰라요. 도대체 내 안의 어떤 것이 당신의 마음에 드는 거죠? 저도 그걸 알고 싶어요!"

이 드넓은 세상에 난데없이 내던져진 존재로서 나의 자리를 찾으려는 몸부림은 연애할 때 선명하게 드러납니다. 나는 타인의 욕망을 욕망할 수밖에 없으나 당신의 욕망이 무엇인지는 똑똑히 모릅니다. 나는 당신이 아니니까요. 세상의 욕망을 욕망한다고 해도 나의 욕망은 세상의 욕망과 똑같지 않으며, 세상과 내가 엉켜 있다 해도 나는 세상이 아니죠. 그래서 아렴풋이 짐작하고 그에 맞춰 살아오고 나를 가꿔왔습니다.

그런데 이제는 이게 맞는지 확인받고 싶습니다. 내가 누구이고 어쩌다 이렇게 되었는지 영문을 모른 채 살아왔기에, 이제 너를 통해서 나의 존재 이유를 인정받고자 합니다. 그러고자 애를 씁니다. 왜 나를 좋아하느냐는 말에는 타인의 욕망에 따라 살 수밖에 없었던 내가 과연 잘 살아왔는지 점검하려는 속셈이 있습니다.

내가 나를 모르며 당신의 욕망을 모르기에, 우리는 꼭두새벽부터 달밤까지 정신없이 뛰어다니는 일중독에 걸리기도 합니다. 또 남들에게 사랑받을 수 있는 일이라면 무엇이든 하는 꼭두각시가 됩니다. 자신에게 엄하게 굴면서 스스로를 매몰차게 몰아가는 사람들은, 그렇게 해야만 남들에게 관심받고 사랑받을 수 있다고 믿습니다. 자신의 존재 이유를 찾고자 하는 안간힘입니다.

그렇지만 안타까운 일입니다. 남에게 인정받는다 해도 거만해질 수는 있을지언정 자존감이 높아지진 않습니다. 세상의 기준에만 매달려왔을 뿐 자신의 힘으로 삶을 곧추세우지 못했다면, 남의 인정이 사라지는 순간 자존감은 사그라지거든요.

사랑을 잘하기 위해서라도, 우리는 홀로 있을 줄 알아야 합니다. 나 스스로를 아끼는 기술을 익혀야 합니다.

자존감은 내가 어떻게 생겨먹었는지 어떤 잠재성이 있는 존재인지 스스로 파악하는 일입니다. 자신의 될성부름을 일구어가는 사람이 얻는 열매입니다.

외로움,

그대에게 유일한 사람이 되고 싶다

'왜 나를 좋아하느냐'는 물음에 남자들은 달콤하기 그지없는 '뻐꾸기'를 날립니다. 눈도 예쁘고 코도 예쁘고 입술도 예쁘다고. 옷 입는 스타일도 마음에 들고 대화도 잘 통한다고. 그 말을 들은 여자는 외려 뾰로통해합니다. 자신보다 더 예쁘고 스타일 좋고 성격 좋은 여자는 얼마든지 있으니까요. 그래서 남자의 오답은 언제나 말다툼을 부릅니다.

여자의 물음은 '당신에게 나는 단 하나의 존재냐'는 것입니다. 어떤 누구로도 대체할 수 없는 존재로서 나를 사랑하느냐는 것이죠. 그러니 아무리 예쁘다고 멋지다고 칭찬한들 여자로서는 흡족할 수 없습니다. 얼굴과 몸매, 집안과 돈, 직업과 학벌 따위가 다 나를 이루는 요소이고 그것들과 나는 뗄 수 없는 관계지만, 그럼에도 이것들을 제쳐두고 나 자체를 사랑할 수 있느냐는 것이 "내 어디가 좋아?"라는 물음의 핵심입니다.

'나라는 존재를 그대로 인정해줄 수 있느냐'는 질문에는 '내 존재 그대로 인정받지 못할 수도 있다'는 불안이 담겨 있습니다. '나를 왜 좋아하느냐'는 물음에는 '당신이 나를 안 좋아할 수도 있다'는 불안이 담겨 있습니다. 이러한 불안은 사랑이란 무엇인지를 살며시 일러줍니다. 사랑은 당신을 그 누구와도 견줄 수 없고 바꿀 수 없는 유일한 존재로 맞아들이는 일입니다. 연인 사이에서 '둘만의 애칭'을 만드는 까닭도 이와 같습니다. 이름은 다른 이들도 얼마든지 부르지만 애칭은 둘만이 유일하게 불러줄 수 있으니까요.

사랑은 한 사람이 고유명사가 되는 효과를 낳습니다. 고유명사는 '같은 종류에 속하는 사람이나 사물 가운데 어느 특정한 사람이나 사물을 다른 것과 구별하기 위하여 고유의 기호를 붙인 이름'으로 자신이 그 자체로 뜻이 되는 유일한 낱말입니다. 당신은 어느 부모의 몇째 자식이자 어떤 일을 하는 사람으로 설명될 수 있습니다. 하지만 어쨌거나 당신은 당신 그 자체입니다. 이렇듯 사랑은 상대를 상대 자체로 인식하고 받아들이는 것입니다. 예쁘고 멋지다고 덧붙일 수는 있겠지만, 그런 수식어들과 상관없이 '그 사람을 그 사람으로서, 단 하나의 존재로서' 맞아들이는 것이 사랑입니다.

사랑의 대상은 고유명사의 지시 대상 같은 방식으로 나타난다. 고유명사란 사물을 단일한 개체로 지시하는 기호이기 때문이다. 사랑이 이유로 환원될 수 없는 것은, 고유명사를 대상의 성질에 대한 기

외로움,

술로 치환할 수 없는 것과 같은 사정에서 유래한다. 고유명사가 대상을 단일한 것으로 설정하는 것과 마찬가지로, 진정한 사랑의 대상은 사랑하는 사람에게 유일한 것이어야 한다.

오사와 마사치, 『연애의 불가능성에 대하여』

우리는 사랑할 때 '무엇 때문에' 그 사람을 사랑한다고 하지 않고 '그럼에도 불구하고' 그 사람을 사랑한다고 말합니다. 조건을 따져 이러저러해서 당신을 사랑한다고 할 때 상대방이 거부반응을 일으키는 것도 이 때문이죠. 사랑은 조건과 무관하니까요. 손익을 따지면 여러 가지가 걸리지만 그래도 사랑해야 진짜 사랑입니다. 이유와 조건을 따져 사랑한다면 이유와 조건이 바뀔 때 사랑은 끝나지요.

영화 〈기쁜 우리 젊은 날〉에서 안성기는 오랜 세월 황신혜만을 바라보며 연정을 지킵니다. 황신혜도 안성기가 싫지는 않으나 여러 사정으로 안성기의 마음을 받아주지 않았지요. 어느 날, 비를 쫄딱 맞으면서 기다리는 안성기에게 마음이 열린 그녀가 묻습니다.

"제가 그렇게 좋으세요?"

"네."

"어디가 그렇게 좋으세요?"

그러자 남자는 쑥스러워하면서도 조금도 머뭇거리지 않고 털어놓습니다.

"전부 다요."

외롭지 않은 사랑이 어디 있으랴

그리고 둘은 결혼합니다.

누군가 "내 어디가 좋으냐"고 묻는 까닭은 "전부 다"라는 대답을 듣고 싶기 때문입니다. "왜 나를 사랑하느냐"는 물음의 모범답안은 "당신이기 때문에 사랑한다" 입니다.

외로움,

불안한 마음을 다스리는 일

그 사람이 나를 유일한 존재로서 사랑하더라도 불안은 가시지 않습니다. 논리구조상 '유일함은 유일하지 않을 수도 있다'는 그림자를 언제나 갖고 있거든요. '유일하다'는 단어 자체가 그렇습니다. 여럿이 없으면 단 하나라는 뜻도 있을 리가 없죠. 1이라는 개념은 2나 3이 없다면 의미가 없을 것입니다.

있음과 없음도 매한가지죠. 프랑스의 철학자 베르그송은 "없음 자체는 있음 다음에 온다"고 했습니다. 식탁 위에 사과가 없어졌다고 느낄 때, 먼저 사과가 거기에 있어야만 우리는 없음을 알게 됩니다. 처음부터 사과가 있지 않았다면 없다는 생각도 안 들겠죠. 무언가가 있고 난 다음에 그게 없어져야 없음이 생겨납니다. 그래서 없음은 언제나 있음 다음에 개념화할 수 있습니다. 개념들은 서로 기대어서 의미를 드러냅니다.

마찬가지로 유일한 사람이 되려면 유일하지 않을 수도 있는 상황을 염두에 두고 그것들을 넘어선 다음에야 유일할 수 있습니다. 그의 키가 더 작았다면, 그가 직장이 없었다면, 그의 친구와 먼저 만났다면 어땠을까 하는 상상이 있고 이런 가능성들에 모두 가위표를 한 뒤에야 그 사람은 내게 유일한 사람이 되죠. 종교의 역사에서도 유일신을 믿는 종교는 다신교 뒤에 나타납니다.

사랑의 유일함을 확인하기 위해, 우리는 사랑이 유일하지 않을 수도 있는 가능성을 '먼저' 생각해야 합니다. 유일하지 않을 수도 있다는 가능성을 떠올렸다 지워야 유일한 사람이 될 수 있죠. 그렇게 우리의 사랑은 특별하고 유일한 사랑이 됩니다.

그러나 도려내고 가위표를 한 가능성들이 아예 사라지는 건 아닙니다. 가능성 자체는 언제나 의뭉스럽게 남아 있을 수밖에 없죠. 유일하지 않을 수도 있음은 유일함의 그림자니까요. 둘은 떼려야 떼어지지 않습니다. 사랑을 해도 불안할 수밖에 없는 이유죠.

여자들이 남자친구한테 "나 사랑해?"라고 묻는 이유는 자신이 유일하지 않을 수도 있다는 불안 때문입니다. 사랑을 확인받고 싶다는 건 그만큼 마음이 일렁인다는 뜻입니다. 일렁이지 않는다면 확인할 필요가 없겠지요. 나를 사랑하지 않을 가능성, 내가 유일한 사람이지 않을 가능성은 그 사람이 나를 유일한 사람으로서 사랑한다는 확신 안에 늘 도사리고 있습니다. 그러다가 시도 때도 없이 스멀스멀 기어 나옵니다. 손톱만큼이라도 의심이 들면 날 사랑하지 않는 거라고 눈총 주거나 별거 아닌 일로 트집을 잡는 것은, 모두 불안 때문입

외로움,

니다. 이러니 예전의 연애 경험 이야기가 나오면 십중팔구 다툼이 생길 수밖에 없습니다. 아무리 지나간 일이라 해도, '내가 유일한 사람이 아니다'라는 걸 일러주는 증거가 되니까요.

사랑한다면 당신에게 내가 유일한 사람이어야 합니다. 그렇기에 내게 사랑을 '전부 다' 주지 않는다고 느껴질 때, 나를 '유일한 목적'으로 여기지 않는 것 같을 때, 우리는 '어떻게 날 그렇게밖에 대하지 않느냐'면서 화를 냅니다. 사랑의 감정은 때로 주체하지 못 할 정도로 탐욕스럽습니다. 상대가 모두를 내주지 않고 조금이라도 아끼려 드는 모습이 보이면 불안이 용솟음칩니다. 날 사랑하지 않는 것처럼 느껴지니까요.

이 불안을 누그러뜨리려면 사랑을 증명해야 합니다. 그래서 내가 널 얼마나 사랑하는지 수많은 증거를 보여주며, 때로는 감동을 위해서 값비싼 선물을 합니다. 그런데 이제는 그것들 때문에 더 불안합니다. 그 같은 증거를 통해 사랑받음을 알 수 있지만, 이제 '그런 증거가 없으면 확신할 수 없다'는 불안이 생기는 것입니다. 증명을 통해서만 사랑을 확인받는다는 사실 자체가 불안을 만들어냅니다.

사랑은 불안과 엉켜 있습니다. 사람이란 존재 자체가 불안할 수밖에 없습니다. 사랑을 잘하기 위해서라도 우리는 불안과 잘 지내는 법을 배워야 합니다.

불안에 휘둘리는 사람은 불안이 자신의 관계를 망가뜨리고 난 뒤에야 후회합니다. 불안으로부터 안녕을 얻기 위해, 우리는 불안할 때마다 신경질을 부리고 폭력을 휘두르고 상대를 의심하고 홀로 낑낑대는 버릇을 다스려야 합니다. 그리고 왜 불안한지 고민하면서 자꾸 '객관화'해야 합니다. 불안을 다스리는 게 좀처럼 쉬운 일은 아닙니다. 그러나 불안에 먹히는 것과 불안을 다루려 애쓰는 건 하늘과 땅의 차이입니다. 사랑의 가능성은 불안을 다스리려 애쓰는 사람들에게만 찾아오기 마련입니다.

외로움,

소유욕과 질투라는 덫

우리는 상대방의 어떤 장점들 때문에 끌립니다. 잘생겼다든지 예쁘다든지 똑똑하다든지 웃긴다든지 등의 이유로 그 사람을 여느 사람과 다른 특별한 존재로 느낍니다. 그런데 사귀고 나서는 그 매력 때문에 탈이 납니다.

상대의 매력은 나에게만 다가오지 않죠. 다른 사람들도 똑같이 상대의 장점을 알아차릴 수밖에 없습니다. 따라서 그 매력은 처음엔 기쁨이었으나 그의 연인이 된 지금은 불안의 씨앗입니다. 내가 그에게 느꼈듯 다른 누군가도 그럴 테니까요.

헤어나올 수 없는 미로입니다. 내 사랑의 상대라면 착하고 멋져야 하는데, 그 때문에 나는 괴로워집니다. 그의 따뜻한 마음씨에 나는 기쁘지만, 그의 주변에 있는 누군가와 이 기쁨을 나눌 수밖에 없죠. 여자친구의 늘씬한 다리에 꽂혔던 남자가 이제는 짧은 치마를 입고 다니지 말라고 잔소리하는 것도 그래서입니다. 남자들은 종종 여자친구에게 말합니다.

"너를 주머니 속에 넣고 다니고 싶어. 나만 볼 수 있게."

달콤한 속삭임이라기보다 그만큼 불안하다는 고백입니다.

영화 〈가족의 탄생〉에서 봉태규는 정유미의 착하고 다정한 모습에 반합니다. 그렇지만 이 때문에 봉태규는 괴로워하죠. 정유미는 다른 사람들에게도 똑같이 곰살갑고 다정하니까요. 그래서 봉태규는 화를 냅니다. 자신이 끌렸듯 정유미의 싱냥함을 다른 남자들도 얼마든지 유혹으로 해석할 수 있거든요. 세상 모든 여자에게 친절한 남자를 여자들이 싫어하는 까닭도 이 때문이죠. 여자들은 자신의 남자가 다른 여자들에겐 까칠하더라도 나에게만은 다정하기를 바랍니다.

누군가와 애인 사이가 되더라도, 이토록 외롭고 불안할 수밖에 없습니다. 의심 때문입니다. 상대의 독특함, 상대의 생명력이 이제는 의심의 원인이 됩니다. 나를 매혹시켰던 매력이 누군가의 마음을 끌 게 뻔하고, 그 모습이 머릿속에서 화산 폭발하듯 그려집니다. 몹쓸 상상이 이끄는 대로 우리는 의심과 불신의 불구덩이로 굴러 떨어지죠. 그래서 자신이 사랑했던 상대의 매력을 없애고 싶어하는 지경에 이릅니다.

질투하고 싶지 않아도 질투할 수밖에 없는 구조입니다. 그악스러운 소유욕, 당신과 하나가 되고 싶다는 환상 사이에서 질투는 빚어집니다. 이처럼 우리는 소유욕과 환상의 중력이 지배하는 대지에 딱

외로움,

달라붙어 있죠. 아름답고 자유롭게 사랑하겠다며 힘겹게 뛰어올라 보지만 몸은 얼마 못 가 바닥으로 떨어지고 맙니다.

질투는 아메바가 분열하듯 빠르게 늘어납니다. 걷잡을 수 없이 늘어난 질투가 나를 집어삼키고 내 눈을 멀게 하기에 괴로울 수밖에 없습니다. 질투에 시달리는 내가 볼썽사납지만 어쩔 수 없습니다. 모든 게 다 의심스러우니까. 어찌할 도리 없이 나는 질투의 인형이 되어버립니다. 오델로가 어째서 자기 아내를 죽이는 지경에 이르렀을까요. 질투에 빠진 사람은 네 번이나 괴로워하면서도 그로부터 빠져나오지 못합니다.

질투하는 사람으로서의 나는 네 번 괴로워하는 셈이다. 질투하기 때문에 괴로워하며, 질투한다는 사실에 대해 자신을 비난하기 때문에 괴로워하며, 내 질투가 그 사람을 아프게 할까 봐 괴로워하며, 통속적인 것의 노예가 된 자신에 대해 괴로워한다. 나는 자신이 배타적인, 공격적인, 미치광이 같은, 상투적인 사람이라는 데 대해 괴로워하는 것이다.

롤랑 바르트, 『사랑의 단상』

질투가 지나쳐 애인의 괴로움까지 질투하기에 이릅니다. 애인이 힘들 때 그 괴로움이 내게도 밀려와 같이 엉망이 됩니다. 취업 때문이든, 직장 상사 때문이든, 가정사 때문이든, 애인이 괴로워하면 덩

달아 괴로워지죠. 어떻게든 힘이 되어주고 싶어서 옆에서 손도 잡아주고 이야기도 들어주면서 머리를 짜내어 나름 여러 가지 이야기를 털어놓게 됩니다.

그렇지만 당신이 괴로워할 때, 내 안에선 묘한 시샘이 비집고 나옵니다. 당신이 힘들어하는 이유가 나 때문이 아니라는 사실, 지금 그대 안에 내가 없다는 사실에 외로움이 들이닥칩니다. 소유욕은 게걸스럽게도 상대의 괴로움까지 질투의 대상으로 만듭니다. 상대의 고통에서도 나는 섭섭함과 서운함을 느낍니다. 그대가 행복하기를 바라지만, 만약 그대가 고통스러워야 한다면 다름 아니라 '나' 때문에 고통당하길 바라죠.

외로움,

연애공식이 성립되는 이유

좋아하는 감정이 생겼다고, 그 감정을 바로 다 내놓을 수는 없습니다. 우리는 연애를 시작하기 전이나 시작한 직후부터 '밀고 당기기'를 하게 됩니다. 내 마음을 무조건 드러내며 한 사람만을 바라지하는 건 위험부담이 크니까요. 사랑을 마음껏 퍼주었다가 상대가 떠나버리면 나만 괴로우니까요.

애인이 되고 나서도 이런 불안과 걱정은 사라지지 않죠. 언제든지 떠날 자유가 당신에게 있다는 사실에 난 불안하기만 합니다. 모든 게 합리성으로 똘똘 뭉쳐진 현대인은 손해 보는 장사를 하지 않으려 듭니다. 그래서 연애할 때도 상대가 하는 걸 봐가면서 마음을 전합니다. 선물을 받았다면 그 선물의 액수에 걸맞은 답례를 준비하죠. 밀당은 서로 눈치를 봐가면서 판돈을 올리는 노름과 비슷합니다. 나만 '독박' 쓸 수 없기에, '밀었다 당겼다'를 독하게 할 수밖에 없는 형편입니다.

그런데 밀고 당기기에 성 평등은 없는 것 같습니다. 연애 시장에서, 연애 시작 전과 초반에는 여자들의 권력이 더 큽니다. 요즘 남자들이 '초식화'된 데다 살아남기도 빡빡한 시대라지만, 그래도 여전히 들이대고 따라다니는 구애는 남자들의 몫으로 각본이 짜여 있습니다. 그래서 남자는 싫더라도 여자의 요구에 맞추게 되죠.

　이때 우리는 밀당의 규칙과 문법들을 따르게 됩니다. 이를테면 남자한테 전화가 오면 대뜸 받지 말고 조금 뜸들인 뒤 받으라든가, 시간이 남아돌더라도 남자가 만나자고 하면 덥석 응하지 말고 한 번은 거절하라든가, 약속 시간을 지키지 말고 10분 정도 늦게 나타나라든가. 한마디로 여자는 남자를 밀었다가 아예 멀어질 것 같으면 슬며시 당기고 또 너무 가까워지면 밀어버리면서 애태우게 해야 합니다. 대개의 남자들은 여자가 자신의 뜻대로 되지 않고 달아날 때, 애간장이 타며 안달하기 마련입니다.

　여자들은 남자가 언제 자신을 욕망하는지 무의식중에 알고 있습니다. 금지가 있을 때, 하지 말라는 압박이 있을 때, 가질 수 없는 상대일 때 더욱 욕망합니다. 욕망이 있기 때문에 금지가 있기도 하지만, 거꾸로 금지 때문에 욕망이 생길 때도 숱합니다.

　하지 못 할 때 더 하고 싶어지는 야릇한 심리가 우리 안에 있기 때문에 여자들은 영리하게 금지를 만들어내기도 합니다. 얼마든지 같이 있을 수 있지만 11시가 되기 전에 집에 들어간다거나, 손을 잡고 싶더라도 남자가 손을 잡으면 뿌리친다거나, 주변에 '아는 오빠들'

외로움,

이 많이 있다는 걸 스리슬쩍 일러주면서 경쟁심을 일으킨다거나 하는 여러 방법을 쓰죠. 여자들은 노련한 투우사처럼 빨간 장막을 흔들다가 피하고, 남자들은 황소처럼 거칠게 콧김을 뿜으며 거푸 달려듭니다.

그래서 관계의 초반은 대개 남자가 쩔쩔매면서 매달립니다. 여자는 튕기다가 남자가 떨어져 나가지 않을 정도의 희망을 남겨둔 채 거리를 유지하고, 남자의 정성이 지극하면 마지못해 받아주죠. 여자는 자신의 마음을 표현하기보다는 유혹합니다. 그리고 그 유혹에 따라 남자는 반응하죠. 여자의 요구를 성실히 들어주면서 기분을 맞춰주던 남자가 '이제 됐구나' 싶을 때, 여자는 다시 한 걸음 뒤로 내빼며 다른 조건을 꺼내듭니다. 그러면 남자는 다시 침을 꼴깍 삼키며 앞뒤 안 가리고 달려듭니다. 밀고 당기기를 통해 마음에 티끌 하나 없는 확신이 서야만, 여자는 남자의 욕망을 들어줍니다.

> 남자가 쫓아다니는 욕망의 대상으로서 여자는 대체적으로 빠져 달아나곤 한다. 빠져 달아난다는 말은 여자가 대상으로 제시되지 않는다는 말이 아니라 여자의 요구 조건이 쉽게 충족되지 않았다는 말이다. 요구 조건이 충족되어도 여자가 남자의 제안을 수락하지 않고 짐짓 달아나면 값은 오른다.
>
> 조르주 바타이유, 「에로티즘」

영화 〈오! 수정〉에서 정보석은 자신이 이은주의 첫 남자라고 착각하면서 어마어마하게 좋아하는데, 그 이유가 여기에 있습니다. 정조나 순결이라는 금기에 따라 그동안 여자의 성관계는 억압되어왔고 남자 경험이 없는 여자의 가치는 그만큼 높게 평가되었습니다. 그런데 숫처녀와 잤으니 얼마나 감격스럽겠는지요. 남자들이 남자 경험 많은 여자를 꺼려하고, 여자들은 결혼 전에 '처녀막 재생수술'을 받는 까닭도 성을 둘러싼 금지와 욕망과 관계가 있습니다.

그러다 보니 연애의 마지막에는 상황이 반전되기 일쑤입니다. 처음에야 선물공세를 하며 만나달라고 쫓아다니는 남자들 때문에 우쭐해지고 사랑받는다는 느낌에 행복하지만, 성관계를 하고 난 뒤 달라진 남자의 태도는 곤혹스럽거든요. 여자가 성 각본에 따라 새침데기처럼 밀고 당기기를 했듯, 남자도 성 각본에 따라 정성들여야 할 이유가 없어집니다.

금지가 사라졌기 때문에 그 여자를 향한 남자의 간절함은 적어졌고, 권력관계는 뒤바뀝니다. 연애가 길어질수록 여자는 관계를 지키고자 감정노동을 더 하며 매달립니다. 반면에 남자는 뚱해지죠. 잡은 물고기에는 먹이를 주지 않는다는 말이 있을 정도입니다. 성 각본대로라면, 이때부터 여자는 눈물의 벼랑으로 굴러 떨어지게 됩니다.

사랑한다는 것은 저항이 존재하는 동안에만 아름다운 법이다. 그 저항이 사라지게 되면, 사랑은 곧 나약해지고 습관적이 되어버린

외로움,

다. 나는 그녀와의 관계를 더 이상 되새겨보고 싶지 않다. 그녀는 그녀의 향기를 잃어버렸으며, 불성실한 애인 때문에 괴로워하던 아가씨를 헬리오트로프로 변신시켜 주던 시대는 지났다. 나는 그녀에게 작별인사를 하지 않으련다. 여자의 눈물이나 애원만큼 혐오스러운 것은 없다.

쇠렌 키르케고르, 『유혹자의 일기』

하나가 아니라 둘이기에 아름답다

애인이 막 생기면 세상을 다 가진 것처럼 신이 나고 얼굴에선 빛이 납니다. 그러나 빛이 있으면 어둠이 생기듯, 외로움이 연인들 사이를 파고듭니다. '당신을 알 수 없다'는 혼란과 '우리는 결코 하나가 될 수 없다'는 단절감이 외로움을 낳죠. 사랑의 신화에 따르면 당신과 내가 하나 되어 우리는 단 하나의 세계가 되어야 하는데, 나로서는 어찌할 수 없는 또 다른 지구가 내 밖에 있음을 매순간 겪습니다.

상대에 대한 정보나 지식은 누구보다 더 잘 알고 있습니다. 가장 가까이에서 가장 많은 시간을 함께했으니까요. 그럼에도 사람과 사람 사이에는 넘어설 수 없는 '차이'가 있는 법입니다. 한눈에 반했다 하더라도, 죽이 잘 맞는다 하더라도, 아무리 오래 만났다 하더라도, 당신과 나 사이엔 좁혀지지 않는 '거리'가 있기 마련이죠. 간절히 바라던 사람과 인연으로 엮이더라도 우리는 상대와 나 사이에 없어지지 않는 '차이'와 '거리' 앞에서 외로움을 느낄 수밖에 없습니다.

외로움,

타자는 나에게 기호입니다. 언어는 말할 것도 없고 몸짓, 말투, 눈빛, 전화를 건 시간, 만나는 장소 등 모든 것이 쉽사리 이해되지 않습니다. 그래서 나는 해석하려고 골머리를 앓게 됩니다. 상대는 나와 하나가 아니기에, 상대의 행동이나 말 속에 뭐가 있을 거라는 의심이 들죠.

카페에서 애인이 "이제 일어날까?" 물어온다면, 순수하게 그 말 자체로 들리지 않습니다. 시간이 늦었으니 그만 집으로 돌아가자는 건지, 다른 데로 가자는 건지, 혹시 나와 있는 게 지루하다는 건지, 재빠르게 머리를 굴리며 속내를 읽어내려고 안간힘을 쓰게 되죠. 이전에 잠깐 하품을 했던 모습이 감실감실 떠오르고, 눈빛이 예전만큼 따듯하지 않다는 생각이 들고, 목소리가 밝지 않은 것처럼 들리기도 합니다. 의심과 걱정이 딱따구리처럼 내 머리 이곳저곳을 쫍니다. 정작 상대는 별 뜻이 없었건만 나 혼자 그 의미가 무엇일지 골똘히 생각합니다. 그만두려고 해보지만 좌뇌에도 우뇌에도 딱따구리들이 날아듭니다. 사랑하는 상대를 도저히 알 수 없음에 지끈거리는 머리를 부여잡으며 기절하듯 넘어지고 맙니다.

상대에게도 역시 나는 수수께끼입니다. 내가 온 힘을 다하여 나를 전하려 해도 다 전해질 수 없으며, 그마저도 상대는 다 읽어내지 못합니다. 많은 것이 잘못 전달되고 다르게 이해되죠. 나는 당신이 나를 얼마나 제대로 이해했는지 얼마나 잘못 오해했는지조차 알지 못합니다. 나와 당신 사이엔 건널 수 없는 '차이'와 '거리'가 있으니까요.

사랑하는 사이이고 누구보다 가까운 관계지만, 그럼에도 그 사람은 내 마음대로 되지 않습니다. 연인이더라도 내가 어찌할 수 없는 한계가 있고, 암만 손을 뻗어도 닿을 수 없는 깊이가 있죠.

연인도 타자입니다. 이제 눈만 봐도 상대가 무슨 생각을 하는지 알아차리는 사이가 되었지만, 여전히 그 사람의 속을 다 알 수는 없습니다. 타자는 내 생각의 그물 안에 갇히지 않습니다. 당신은 이렇다고 상대에게 맞는 옷을 만들어 입혀보시만, 상내는 그 옷과 맞지 않습니다. 영화 〈사랑과 영혼〉에서 데미 무어가 "사랑해"라고 하자 패트릭 스웨이지는 "나도"라고 대답합니다. "나도"라는 뜻은 "사랑해"로 들리긴 하지만, "사랑해"는 아니죠. 패트릭 스웨이지는 죽은 다음에야 데미 무어에게 뭐라고 했어야 했는지 후회하게 됩니다.

'당신을 모르겠다'는 상대의 이야기는 당신에 대한 정보나 지식이 모자라다는 뜻이 아닙니다. 당신이 나를 어떻게 생각하는지, 나는 당신에게 어떤 의미인지 확신할 수 없다는 뜻입니다. 나는 당신이 아니니까요. 선물을 준비하고 사랑을 고백하니 당신의 마음이 어떤지는 알 수 있지만, 그렇다고 당신 자체를 알지는 못합니다. 여러 가지로 미루어 보아 당신의 뜻을 헤아릴 수 있으나 그 여러 가지가 당신은 아니죠.

우리는 상대와 가까워지면 가까워질수록 결코 하나가 될 수 없다는 외로움을 만나게 됩니다. 두 사람이 서로 사랑하여 하나가 되기를 바라지만 사랑은 끝내 하나일 수 없음을 깨닫습니다.

외로움,

사랑은 차이의 체험입니다. '너는 나와 다르구나'라는 깨달음이야말로 사랑이 우리에게 주는 선물입니다.

그러므로 사랑은 관계 중에서 가장 단순한 관계, 즉 차이의 체험이다. 그리고 가장 단순한 관계란 그것 자체가 관계의 불가능성—상호 건널 수 있는 자리를 갖지 않는 절대적인 차이—이다. 요컨대 연애는 스스로의 불가능성이라는 형태로밖에 존재할 수 없다. 사랑이 증오와 같은 것일 수 있는 것도 이 때문일 것이다.

오사와 마사치, 『연애의 불가능성에 대하여』

상대에게 다가가고자 아무리 애를 써도, 상대 또한 간절히 바라면서 나에게 다가온다고 해도, 우리는 결코 하나가 될 수 없습니다. 이 사실은 아무리 애를 써도 꿈쩍하지 않습니다. 차이와 거리는 결코 스러지지 않죠. 상대에게 내가 맞추더라도, 상대가 자신을 바꾸더라도, 같은 음악을 듣고 취미활동을 함께하더라도, 결코 너는 나일 수 없고 나는 너일 수 없습니다. 그래서 사랑은 쉽사리 증오로 변합니다. 걸핏하면 치정문제로 살인사건이 일어나는 것도 이런 까닭입니다.

상대는 타자입니다. 그렇지만 앞서 따져보았듯, 나도 나에게 타자입니다. 타자인 내가 타자인 상대를 만나니, 얼마나 낯설까요. 내가 나도 모르는데, 어찌 너를 알 수 있을까요. 너는 나에게 '절대 타자'일 뿐입니다. 나는 당신을 만나 뜨겁게 연애하며 함께하지만, 당신을 결코 알 수 없습니다. 당신과 나는 하나가 아닙니다. 이 슬픈 체험이 사랑입니다. 늘 꿈꾸었던 완전한 일체감은 박살나기 마련입니다.

다음 날 그는 내 앞에 앉아 눈물을 흘렸다. "아이가 불쌍해⋯⋯" 순간, 나는 차갑고도 냉정한 분노가 가슴 깊숙한 곳에 사리하는 것을 느꼈다. 내 몸을 섬뜩하게 스치던 수술기구들, 생경한 병원의 수술대 위에 다리를 벌리고 누웠던 참담함, 나 자신에 대한 분노와 연민, 이런 것들은 결국 나만의 것일 수밖에 없었다. 내겐 아이를 걱정할 여유가 없었다. 적어도 그 당시에는 원치 않던 아이의 존재보다는 나에 대한 염려와 걱정에 정신을 차릴 수가 없었다. 그는 분명히 함께 나누어야 할 책임에서 제외되어 있었고 내가 짊어졌던 고통의 방관자였다. 현실적인 문제-낙태라는-로 인해 늘 완전한 일체감을 꿈꾸었던 나는, 갑자기 그가 남자임을 확인한 데서 배반감을 느꼈다.

또 하나의 문화, 『새로 쓰는 성 이야기』

이소라의 〈바람이 분다〉는 애절하게 그리고 애잔하게 사람들의 눈물샘을 건드립니다. 노랫말처럼 "그대는 내가 아니"고, "추억은 다르게 적"힙니다. 서로를 아끼고 사랑을 퍼부었지만 그대는 내가

외로움,

아니라는 단절감은 사라지지 않아 이별은 더 을씨년스럽습니다.

하지만 그대는 내가 아니라는 이 진실이 놀랍지 않은가요? 너와 나는 다른 존재로서 하나가 될 수 없지만 둘로서 사랑을 해냅니다. 사랑이 아름다운 건 외로움을 품으면서도 함께하기 때문일지 모릅니다. 노을처럼 서로의 경계가 흐릿해지지만, 결코 지워지지 않는 차이를 느끼면서도 손을 마주잡는 연인들!

프랑스의 철학자 레비나스는 차이와 거리 때문에 사랑이 감동스러워진다고 이야기합니다.

남녀의 차이가 있는데 그 둘은 서로 보완하는 것이 아니다. 서로 보완한다는 것은 어떤 하나가 이미 있다는 것을 전제로 하기 때문이다. 남녀 둘이 어떤 하나를 전제로 한다는 것은 사랑을 혼동(하나됨)으로 본다는 이야기이다. 그러나 사랑이 감동스러운 것은 넘어설 수 없는 이원성이 존재자들 사이에 있기 때문이다. 이 이원성은 끝까지 지울 수 없는 관계이다.

엠마누엘 레비나스, 『시간과 타자』

8 _ 미련,
사랑이여 다시 한 번

한 달 전, 남자08이 떠난 후부터 여자10은 모든 게 뒤죽박죽이다. 잠도 오지 않고,
일도 손에 잡히지 않는다. 친구들에게나마 위로받고 싶지만 이별했다는 이야기가
입 밖에 나오지 않는다. 그렇게 여러 날이 흘렀다. 이제 그만 잊어야지 하면서도
자리에 누우면 그의 얼굴이 떠오른다.

이별의 슬픔에 휩싸이니 세상의 모든 이별 노래가, 슬픈 가사들이 다 자신의 이야
기인 것 같다. 흔하고 뻔한 노랫말들이 이렇게나 공감되고 가슴에 사무칠 줄이야.
숨 막히는 그리움을 참지 못하고 그간 몇 차례 전화를 걸었다. 남자는 받지
않았다. 마지막 용기를 내어 남자의 집 앞으로 찾아갔다. '나올 때까지 기다
리겠다'는 문자를 보내고 그의 집 앞 놀이터에서 무작정 기다렸다. 남자08은
한 시간이 지나도 모습을 드러내지 않았다. 내 문자를 못 본 것일까. 멀리 여
행이라도 떠난 것일까.

그러던 순간, 드라마 속 한 장면 같은 광경이 여자10의 눈앞에 펼쳐졌다.

놀이터 반대편 골목길, 남자08이 나타났다. 어떤 여자의 손을 다정히 잡은 채다. 두 사람이 사이좋게 집으로 들어가는 모습을 여자08은 보았다. 눈앞이 뿌옇게 흐려졌다. 새 여자친구를 바라보는 남자08의, 그 사랑스러운 눈빛이 망치처럼 여자10의 가슴을 때렸다. 새 여자친구의 머리칼을 쓰다듬는 그의 손길이 여자10의 가슴을 아프게 도려냈다.

집으로 어떻게 돌아왔는지 기억도 나지 않는다. 쓰러져서 많이도 울었다. 울다 지쳤을 땐 먼동이 터 오르고 있었다. 여자10은 죽어가는 사람처럼 중얼거렸다.

이제 정말 우린 끝난 것일까.

'쿨'하지 못해 미안해

'쿨'한 세상에 이별도 쿨하면 좋겠지만, 이별은 쿨할 수가 없습니다. 왜냐하면 인간이 원래 그런 존재니까요.

인간의 몸은 애착구조를 갖고 있습니다. 몸 자체가 누군가와 익숙해지면 이미 그 사람은 나와 한 몸처럼 되어버리죠. 몸은 홀로 작동하는 닫힌 고리가 아니라, 옆의 몸들과 영향을 주고받으면서 같이 돌아가는 열린 고리입니다. 뇌과학자들은 이렇게 말합니다.

'어느 누구도 자신의 생리를 전적으로 조절하지 못한다. 각자의 생리는 다른 사람이 있어야 완성될 수 있는 열린 구조다. 두 사람은 함께 모일 때 비로소 안정되고 균형 잡힌 유기체로 탄생한다.'

사랑하면 더 건강해지고 헤어지면 아파지는 것은 그래서입니다.

사랑은 생리작용의 영향력을 서로 주고받는 일이기 때문에, 우리의 생각보다 더 깊고 엄밀한 연결이 수반된다. 사랑하는 사람들은 변

미련,

연계 조절을 통해 서로의 감정, 신경 생리작용, 호르몬 수치, 면역 기능, 수면 리듬, 안정 상태 등을 조절하는 능력을 갖게 된다. 한 사람이 여행을 떠나면 다른 사람은 서로를 강화시켜 주던 상태에서는 거뜬히 물리칠 수 있었을 사소한 증상들 가령 불면증, 생리 불순, 감기 등으로 고생한다.

토머스 루이스 외, 『사랑을 위한 과학』

이런 변화를 여자들은 더 많이 느낍니다. 여자들끼리 같이 지내다 보면 생리 주기가 같아지는데, 몸이 서로 영향을 주고받으면서 신경 생리 작용과 호르몬을 조절하기 때문입니다. 누군가와 오래 함께 있다 보면 그 사람은 나와 떼려야 뗄 수 없게 됩니다. 내 몸은 이미 그와 어우러져 있고, 그가 있어야 건강할 수 있습니다. 홀로 있으면 아무리 열심히 운동하고 좋은 먹거리로 상을 차려도 건강하기 어렵습니다. 몸은 자기 혼자 돌아가는 기계가 아니니까요. 몸은 다른 몸 곁에서만 제대로 살아 숨 쉽니다.

이별하면 흔히들 몸이 찢어진다고 합니다. 여태까지 내 몸이었던, 내 몸을 이루었던, 내 몸에 영향을 주었던 누군가가 없어졌으니 몸이 뭉텅 찢기는 아픔을 겪게 되는 것이죠. 모든 이별은 아픔과 혼란을 남길 수밖에 없습니다. 더구나 갑자기 차인다면, 버림을 받는다면, 정말 몸이 동강 나는 아픔을 겪게 되죠.

우리는 이별을 쉽사리 받아들이지 못합니다. 그 사람은 이제 내 곁에 없지만 마치 옆에 있는 것처럼 혼잣말을 하곤 하죠. 그 사람과 같이 갔던 곳을 공연히 가보기도 하고, 친구들을 만나서도 그 사람에 대해 자꾸 이야기하게 됩니다. 이별을 했더라도 롤러코스터의 노래 〈습관〉처럼 "아직도 너의 사진을 물끄러미 바라보면서 사랑해 오늘도 얘기"하게 됩니다. 그 사람이 없지만 마치 있는 듯 행동하면서 그 사람의 부재를 애써 감추고 자신을 속이려 듭니다. 이별을 부정하려는 몸짓은 들이닥친 이별에 익숙해지려는 몸부림입니다. 그 사람이 더는 곁에 없다는 사실을 받아들이는 과정입니다.

오래 만난 사이일수록 이별은 더 어려워집니다. 몇 십 년 동안 같이 산 부부 가운데 한쪽이 먼저 죽으면 남은 사람도 이내 죽는 경우가 많습니다. 두 사람의 몸이 떼려야 뗄 수 없을 정도로 어우러진 때문이죠. 그래서 사랑하는 사람이 떠나면, 슬픔과 함께 몸의 기능이 제대로 돌아가지 않으면서 더 아플 수밖에 없습니다.

미련,

사랑의 이유가 이별의 이유가 되다

인간은 모두 독특한 존재입니다. 똑같은 인간은 하나도 없습니다. 유난스러운 두 사람이 만나 사랑을 했으니, 둘의 사랑은 새로운 우주를 만들어내었다고 할 수 있습니다. '나'라는 지구 앞에 또 다른 지구가 나타나, 둘이서 함께 무엇과도 바꿀 수 없는 단 하나의 세계를 빚어냈습니다. 그러니 이별은 우주의 붕괴이고 세계의 멸망입니다. 자전은 멈추고 공전은 궤도를 잃은 채 낯선 우주 속으로 '나'라는 지구는 내동댕이쳐집니다.

　단 하나의 관계가 허물어져 내리기 때문에 어떤 누구도 그 자리를 대신할 수 없습니다. 옆에서 누군가를 소개해주겠다고 해도, 소개받는 사람은 헤어진 그 사람이 아니죠. 소개받은 사람을 통해 새로운 세계를 열 수 있을지 몰라도 이전의 세계를 되살릴 수는 없습니다. 인간은 부품이 아니기 때문에 갈아 끼울 수가 없습니다. 너 아니면 안 됩니다. 그래서 이별하면 당신을 만나 열렸던 세계가 닫히면서 나는 무너질 수밖에 없습니다. 우리의 세계가 닫히는 만큼 우리의 마음도 다칩니다.

이별을 당한 사람은 그 이유에 집착합니다. 먼저 헤어지자고 한 쪽은 어느 정도 자신의 감정이 식었음을 느끼고 이별을 준비했기에 아픔이 덜할 수 있습니다. 그러나 뜻밖에 이별을 통보받은 쪽에선 충격이 큽니다. 그리고 왜 그래야 하는지 이유를 뒤쫓게 되죠.

지금까지 같이 나눴던 추억과 사랑의 기쁨들이 다 무엇이었는지, 지금 내 감정은 대체 무엇인지 혼란이 찾아옵니다. 재판에서 유죄를 받았는데 그 죄가 무엇인지 모르는 피고인의 심정이라고나 할까요. 왜 이별하게 되었는지, 자신이 뭘 잘못했는지 부글부글 끓는 속마음을 어르면서 이유를 묻게 됩니다.

예기치 않게 쏟아진 함박눈만큼이나 갑작스럽게 시작된 우리의 사랑은 또 그만큼이나 느닷없이 끝나버렸다. 그녀에게서 이별 통고를 받은 뒤 나는 우울한 심정으로 긴 시간을 두고 그 이유를 알아내려 애썼지만, 그 이유가 무엇이든 보름달을 배경으로 날아가던 부엉이를 바라보던 내가 감격에 젖어 청혼한 일 때문이 아니라는 것만은 틀림없다. 별다른 이유 없이 사랑을 시작할 때까지만 해도 이 세상에서 내가 이해하지 못할 일은 하나도 없는 것 같았는데, 막상 별다른 이유 없이 헤어지고 나니 왜 지구는 자전 따위를 해서 밤이라는 걸 만들어내 나를 뜬눈으로 누워 있게 만드는지조차 이

미련,

해할 수 없었다.

김연수, 「달로 간 코미디언」, 『세계의 끝 여자친구』 중에서

어떤 이유나 조건 때문에 사랑이 시작되지 않았듯 이별 또한 어떤 한 가지 이유 때문이 아닐 것입니다. 그래서 이별을 당한 사람은 괴롭습니다. 딱 하나의 원인이 있으면 그것만 고치면 될 텐데, 이별은 내 모든 게 문제인 것처럼 느끼게 합니다. 혼자 꼬치꼬치 하나하나 따지면서 자신을 모질게 타박할 수밖에 없습니다. 내 존재가 통째로 버려진 느낌입니다.

내가 뚱뚱하지만 않았어도, 더 좋은 대학만 나왔어도, 그때 그 말만 하지 않았어도, 내 키가 조금만 더 컸더라도, 직장이 좀 더 번듯했다면, 같이 자지만 않았더라도 등등. 수많은 이유가 폭탄처럼 내 안에서 터집니다. 서 있던 자리에 지진이 나며, 나는 후회의 골짜기로 굴러 떨어지죠.

사랑 덕분에 잠들거나 치유되었던 그간의 콤플렉스가 다시 불거지면서, 영혼의 상처는 크게 덧납니다. 수많은 이유가 떠올라 나를 멍들게 합니다. 나는 고통스럽지만 정작 무슨 이유인지 알 수 없다는 사실 때문에 또 고통스럽습니다. 모든 게 이유가 되지만 그 어떤 부분을 해결한다고 사랑이 돌아오는 것도 아니기에 괴롭습니다. 헤어지고 난 뒤 이유를 찾아 나섰던 탐정은 이별이라는 끝내 밝혀낼 수 없는 '완전범죄' 앞에 두 손을 들고 맙니다.

이유들을 따지다 보면 괴로운 나머지 "나는 이것밖에 안 돼, 사랑받을 자격이 안 돼"라며 자존감이 낮아지기도 합니다. 그러나 이별의 이유를 찾는 과정은 '반성'의 과정이기도 합니다. 삶을 돌아봄으로써 한층 더 큰 사람으로 발돋움할 수 있습니다.

이별 덕분에 나를 다시 돌아봅니다. 사람과 사람 사이 관계에 대해서 새삼 배우게 됩니다.

미련,

새로운 만남을 방해하는 트라우마

이별은 어마어마한 충격이자 고통의 사슬에 마음 한쪽이 묶여버리는 일입니다. 둘이 된 내가 하나로 쪼개지는 갑작스러운 변화가 얌전히 이뤄질 리 없죠. 이별한 뒤, 그 사람에 대해 친구들에게 쉴 새 없이 이야기하는 것도 '이 아픔에 익숙해지는 훈련'이자 '내 안의 응어리를 풀어내는 의식'입니다. 이렇게 이별을 자꾸 이야기하다 보면 언젠가 담담해질 때가 올 테니까요. 상처에 새살이 나기까지는 짧지 않은 시간이 필요합니다.

그렇지만 좀처럼 내 맘은 말을 듣지 않죠. 이제는 괜찮을 때도 되었으련만, 마치 지금 막 헤어진 것처럼 아픔이 다시 생생하게 느껴지곤 합니다. 그동안 단단히 쌓았던 방파제가 부서지면서 이별의 아픔이 쓰나미처럼 밀려듭니다. 히스테리 환자들은 "기억을 앓는다"고 진단한 프로이트의 표현처럼, 이별하고 난 뒤 우리는 기억을 앓게 됩니다.

아픈 기억은 잊으려 한다고 해서 잊히는 게 아니죠. 기억은 스스로 끄집어내고자 하여 찾아내는 것도 있지만 '넝쿨기억'이라는 것도 있습니다. 비자발적 기억인 넝쿨기억은 넝쿨이 자라듯 멈추려고 해도 마구 뻗치는 기억들입니다. 비가 내리면, 헤어지던 날 비에 흠뻑 젖으면서 길거리에서 울던 기억이 나의 의지와는 상관없이 머릿속을 꽉 채우곤 하죠. 이젠 벗어나려고 의식의 담벼락을 만들어놓아도 넝쿨기억들은 그마서 넘어가며 툭하면 솟구칩니다.

트라우마도 넝쿨기억 가운데 하나입니다. 그런 일이 일어난 지 한참 지났지만 그때와 비슷한 상황이 생각나면서 소스라치게 됩니다. 어려서 물에 빠진 기억이 있다면 커서도 물에 들어가기를 두려워하듯, 사랑에 빠져 허우적거렸던 경험이 있다면 시간이 훌쩍 지나 좋은 사람이 다가오더라도 사랑의 바다로 다시 들어가기를 망설이고 두려워하게 됩니다.

이별 뒤에 슬픔만 따라오는 것은 아닙니다. 한편으론 화가 치밉니다. 어떻게 나에게 이럴 수 있는지 따지고 싶습니다. 이별은 그저 지금 누군가와의 관계만 끝내는 게 아닙니다. 살아오면서 사랑을 받지 못했거나 소외되었던 기억을 되살려냅니다. 어렸을 때 부모나 가까운 사람에게 상실을 경험했던 사람이나, 사랑에 대한 갈망이 무의식에 남아 있는 사람은 커서 실연을 하게 되면 아픈 기억들이 떠올라 더 크게 상처받습니다. 가슴속 숨어 있던 공포 속에서 분노가 치솟아 복수를 하겠다는 다짐도 하게 됩니다.

미련,

이런 반응과 감정들은 자신이 선택할 수 없습니다. 아무리 그러지 않으려고 애를 써도 나의 맘과 몸은 말을 잘 듣지 않습니다. 누군가를 새로 만나 그 사람이 좋아지더라도, 예전 기억들은 발목을 잡고 마음을 후벼팝니다. 상처의 기억은 그저 언어의 효과나 감정의 상태가 아니니까요. 철학자 김영민은 상처의 기억을 '물건'이라고 했습니다.

> 상처의 기억은 언어적 연원을 갖지만, 사랑에서 임의로 빠져나오는 기억의 상처는 결코 언어적이지 않다. 그것은 마치 잘못 쓰인 시(詩)와 같은 '물건'이다. 그래서, 정신분석이고 목회상담이고 뭣이고 결코 그 기억의 상처를 무화시킬 수 없는 것이다. 그것은 단순히 감정이 섞인 개념복합체가 아니며, 따라서 쉴라이에르마허와 같은 추체험의 언어심리학으로 없앨 수 있는 것이 아니다.
>
> 김영민, 『사랑, 그 환상의 물매』

우리는 옛날의 상처를 제대로 떠올리고 '억눌렀던 감정'을 지금 다시 느끼고 이해해야 합니다. 그 과정을 통해 '치유'를 받을 수 있습니다. 그때 어쩌지 못한 채 상처가 된 기억을 다시 되살려, 그때의 기분을 '반복'하다 보면 아픔이 무뎌지게 되죠. 정신치료를 할 때 과거의 상처를 꺼내게 하는 이유도 여기 있습니다.

그렇지만 상처의 기억이 아주 없어지는 건 아닙니다. 상처의 기억은 '물건'처럼 되어버립니다. 우리는 '사물'로서 내 안에 박힌 '상처의 기억'을 평생 끌어안을 수밖에 없죠. 상처의 기억은 부서운 형벌처럼 죽을 때까지 나와 함께합니다.

　이러니 헤어지고 난 뒤에 다시 사랑할 엄두가 날 리 없습니다. 지난날의 아픔은 마치 꺼지지 않은 숯불처럼 여전히 가슴에 남아 있으니까요. "무의식은 시간을 모른다"고 프로이트는 말했습니다. 그 말이 맞는다면, 이별하며 무의식중에 받은 상처는 시간이 간다고 없어지지 않을 겁니다. 시간이 훌쩍 지나 누군가를 새로이 만나고 사랑을 시작하더라도, '그때'가 문득 떠오르면 기겁하게 될 것입니다. 상처가 어느 정도 치유가 되었다고는 해도 (그 사람에 대한 기억이 없어지지 않았는데 누군가를 만난다는 건) 상대에게 예의가 아닌 것 같습니다. 어쩔 수 없이 곁에 다가온 상대를 밀어내고 고개를 돌린 채 도망치듯 사랑의 감정을 덮어버립니다.

미련,

사랑만큼 중요한 이별하는 일

세상에 사랑에 대한 책은 많지만 이별에 대한 책은 별로 없습니다. 사랑의 이벤트는 차고 넘치지만 이별행사는 찾아보기 힘듭니다. 애도하는 일은 우리의 삶과 그만큼 동떨어져 있습니다.

이별하고 나서 애도하기를 우리는 배워야 합니다. 애도는 '죽음'을 맞이한 상대를 떠나보내는 일입니다. 일본의 사상가 가라타니 고진은 '죽음'의 의미를 이렇게 설명합니다.

죽음이란 단순히 생물적인 죽음이 아니라 사회적인 승인에 의해 존재하는 것이다. 장례는 죽은 자를 정리하고, 그가 없는 세계를 만들기 위해 행해진다. 그러므로 죽은 자가 영혼으로 머물며 산 자를 원망한다는 생각은 그 나름대로 근거가 있다. 죽은 자를 애도하는 것은 특별히 그 죽은 자를 생각하는 것이 아니라 그 사람의 부재 때문에 불안정해진 공동체를 재확립하기 위해서고, 그 사람을 잊고 추방하기 위한 것이다.

가라타니 고진, 「윤리21」

　장례식을 통해 그 사람이 죽었다는 사실을 받아들이고 그가 없는 세계를 만들어내듯, 그 사람에 대한 애도는 그 사람이 이제 내 곁에 없다는 사실을 받아들이고 그가 없는 세계를 만들어내는 일입니다. 당신에게 쏟던 기운을 내게로 되돌리면서 당신과의 관계가 '죽었다'는 사실을 인지하고 감각하는 작업이죠. 장례식을 치른다는 건 고인을 떠나보내며 남은 사람들이 살아가기 위한 방법이듯, 애도 또한 그 사람의 부재로 힘겨워진 자신을 추스르는 방법입니다.

　그렇지만 장례식과 애도는 조금 다르죠. 장례식을 치른다는 건 그 사람을 영영 보지 못한다는 확정이 있지만 헤어진 그 사람과는 어쩌다 다시 마주칠 수도 있습니다. 같은 세상에 살다 보면 이리저리 소식이 들려오게 되어 있습니다. 그 사람은 유령처럼 나를 떠돌 수밖에 없죠. 그 사람은 추방되었지만 추방되지 않았습니다. 그 사람을 내 안에서 죽이지만 얼마든지 손을 뻗으면 닿을 것 같은 느낌이 듭니다. 애도가 슬플 수밖에 없는 이유죠. 죽지 않은 사람을 죽은 사람처럼 보내줘야 하니까요.

　장례식에서 유가족이 목메어 통곡하듯, 애도를 할 때면 눈물샘이 고장 난 듯 눈물이 흘러나옵니다. 앞으로 당신 때문에 아파하지 않고자 남은 울음을 다 짜내야 합니다. 헤어진 것도 슬프지만, 앞으로

미련,

는 당신을 위해 아플 수도 없다는 사실이 나를 더 슬프게 합니다.

새로운 '나'가 탄생하며 서로 하나가 아닌 둘로서 세상을 살아가게 된 기적이 사랑이었다면, 이별은 '둘로서의 나'가 죽는 일입니다. 내 안에 머무르던 당신을 내 손으로 죽인다는 사실에 눈시울이 뜨거워집니다. 나 또한 당신 안에서 잊히리라는 사실에 더불어 가슴이 미어지죠. 내 안의 당신을 장례 치르며 당신을 죽이고 당신 안에서 죽어버린 나를 떠나보내는 일, 그게 애도입니다.

애도가 끝나고도 슬픔이 깡그리 없어지지는 않습니다. 하지만 애도가 끝나면, 나는 비로소 숨 쉴 틈을 얻습니다. 애도하면서 당신에 대한 미움과 원망은 떠나보냈지만, 당신 덕에 생겨난 고마움과 즐거움들은 남게 되니까요. 내 가슴 한쪽에는 당신의 기억들이 남아 있습니다. 그 흔적들은 내 삶에 무늬를 만들며 나를 웅숭깊게 해줍니다.

> 이젠 당신을 놔줄 테요. 당신은 내 비밀이었네. 누구라도 나를 생각할 때 짐작조차 못할 당신이 내 인생에 있었네. 아무도 당신이 내 인생에 있었다고 알지 못해도 당신은 급물살 때마다 뗏목을 가져와 내가 그 물을 무사히 건너게 해주는 이였제. 나는 당신이 있어 좋았소. 행복할 때보다 불안할 때 당신을 찾아갈 수 있어서 나는 내 인생을 건너올 수 있었다는 그 말을 하려고 왔소.
>
> 신경숙, 『엄마를 부탁해』

이제 곁에 없지만 당신은 내 안에 쉼터로 자리잡습니다. 그 쉼터에서 잠깐 쉬며 누군가를 새로이 맞이할 힘이 생깁니다. 이렇게 당신을 놔주지만, 당신과 함께했었다는 놀라운 사실은 사라지지 않고 울긋불긋 추억으로 아롱지니까요.

이별을 잘해내면, 사랑을 더욱 헤아리게 됩니다.

미련,

모든 사랑은 첫사랑

사랑이라 불리는 환상에는 누구나 쉽게 빠져들 수 있습니다. 그러나 이별은 누구나 쉽게 할 수 있는 것이 아닙니다. 문어발처럼 여러 사람들과 밀고 당기며 '어장 관리'를 하는 바람둥이라도 진정한 사랑을 했다면 이별의 아픔을 피해갈 수 없습니다. 진정 마음을 나누고 사랑을 했다면 이별이라는 그물에 걸려 옴짝달싹 못하기 마련이지요.

지난날 상처에 붙잡혀 있다 보면 누군가를 만나고 싶더라도 마음을 활짝 열지 못합니다. 사랑하기에도 모자란 시간에 이러지도 저러지도 못하면서 세월만 아깝게 흘려보냅니다. 나이가 들수록 성격은 강팔라지며, 상처를 받지 않고자 상대에 대한 경계는 더 앙칼져갑니다. 누군가를 사랑할 때의 떨림은 무척 그립지만, 헤어질 때의 아픔이 자꾸 생각나며 마음의 벽이 나날이 높아갑니다. 나이가 들수록 우리는 누군가에게 마음을 열지 못하고, 마찬가지로 누군가의 품속으로 뛰어들지도 못하죠.

시인 기형도도 호되게 이별을 경험한 모양입니다. 사랑을 잃기 전에 함께하던 밤들과 겨울안개들, 촛불들과 흰 종이들, 그리고 눈물들과 열망들을 뒤로한 채 장님처럼 더듬거리며 문을 걸어 잠그니까 말이죠. 그는 빈집에 갇혔다고 가슴 시린 시를 씁니다.

사랑을 잃고 나는 쓰네(…)
장님처럼 나 이제 더듬거리며 문을 잠그네
가엾은 내 사랑 빈집에 갇혔네

기형도, 「빈집」, 『입 속의 검은 잎』 중에서

어지간한 사람이 아니고서는 넘보지 못할 정도로 마음의 문을 두껍게 걸어 잠그면, 누구도 얼씬 못할뿐더러 자기 또한 누군가에게 다가가지 못합니다. 사람이 그리워 요리조리 곁눈질을 하더라도 자신의 빈집 안에 갇혀 있으면 결코 사랑을 할 수 없지요.

기운을 내야 합니다. 가슴에 여전히 아픈 흉터가 있을지라도, 조심히 마음의 문을 열어야 합니다. 다시 상처받고 몇 달을 울고불고 할지라도, 사랑의 실패에서 뭔가 배워야 합니다.

그래야 다음 사랑을 더욱 슬기롭고 아름답게 할 수 있습니다. 적어도 그러리라는 희망이 생깁니다.

사랑 때문에 다시 후회의 올가미에 걸릴 수도 있습니다. 그러나

미련,

후회에서 벗어날 수 있는 기회 또한 사랑이 열어줍니다. 마음의 빗장을 닫으면 얼마 동안은 속이 편하고 상처를 덜 받을지 모릅니다. 그러나 가슴에 남은 상처를 씻을 기회는 닫힙니다. 사람은 새로운 만남을 통해서만 지난날의 상처를 치유받으며 더 건강한 존재로 거듭납니다. 이별하고 난 뒤 자기만의 세계에 웅크리면 자유와 기쁨은 영영 다시 만날 수 없습니다.

시대와 인생을 내가 고르지는 않았지만, 일단 태어난 이상 내 삶은 나에게 달렸습니다. 인생과 사랑이 내가 하는 노력만큼 이뤄지지는 않더라도 내가 삶의 주인공이라는 사실은 변하지 않습니다. 결과가 어떻든 나는 최선을 다해야 합니다. 할 수 있는 만큼 애를 써야 합니다. 뜻하지 않게 찾아오는 이별에 삶이 송두리째 뽑혀나가는 아픔이 있어도, 그 아픔 또한 인생의 중요한 밑거름입니다.

상처는 우리의 힘입니다. 인간은 상처를 통해 새롭게 주체가 될 수 있습니다. 이별을 잘 겪어내면 사람은 강해집니다. 그리하여 우리의 영혼은 눈물을 머금고 새로이 날개를 펍니다.

누가 어느 날인가 밖에서부터 그렇게 상처를 내며 통로를 열어주지 않는다면, 우리가 어떻게 밖으로 내다볼 수 있겠는가? 상처가 없다면 세계를 전부 다 소유한 자의 고독 속에서 죽는 일만이 남을 것이다. 그러므로 아마도 상처받을 수 있다는 것은 밖으로 나갈 수 있는 가능성을 지닌다는 것, 존재의 저편으로 갈 수 있다는 것, 즉 구원

받을 수 있는 가능성을 지닌다는 표식일 것이다.

서동욱, 『차이와 타자』

니체는 『짜라투스트라는 이렇게 말했다』에서 "삶이여, 다시 한 번"이라고 썼습니다. 고통으로 얼룩진 인생이었지만 그럼에도 니체는 삶 자체를 긍정하려 했습니다. 일상은 따분할 정도로 반복되지만 따지고 보면 단 하루도 똑같은 날이 없죠. 끝없이 차이가 생기면서 하루하루는 다 유난한 순간입니다. 나날이 새로운 시간들이 찾아옵니다. 그래서 니체는 결코 절망하지 않고 삶을 긍정할 수 있었죠.

우리도 외쳐야 합니다.

"사랑이여, 다시 한 번."

잠깐이라도 마음의 창을 열고 눈부신 사랑의 햇살에 몸을 맡겨보세요. 사랑은 그동안 보지 못했던 삶의 진실을 볼 수 있는 기회입니다. 세상은 절망의 시궁창이나, 우리는 그 자리에 주저앉지 않고 온 힘을 다해 사랑을 희망해야겠죠. 헛된 희망은 저 멀리에 있어서 영영 다다르지 못하겠으나, 참된 희망은 뒤돌아봤을 때 나타나는 우리의 자취니까요.

세상에 똑같은 사랑은 없습니다. 모든 사랑은 다 자신만의 알록달록한 빛깔을 품습니다. 아무리 많은 사람을 만났더라도 지금 사람과의 만남은 처음일 수밖에 없죠. 모든 사랑은 닮았지만 모든 사랑은 서로 다릅니다.

미련,

모든 사랑은 첫사랑입니다.

사랑은 우리에게 속닥입니다. 온 힘을 다해 꽃 한 송이가 피어나듯 우리도 있는 힘껏 나를 넘어 타자에게로 나아가야 한다고, 인생이 고통이지만은 않고 얼마든지 아름다울 수 있는 이유도 사랑 때문이라고!

사랑을 배우면서 긍정할 때, 슬픔과 후회의 고랑에서 빠져나와 기쁨과 자유의 고원으로 오를 수 있게 됩니다. 늘 첫사랑을 하면서!

9 — 스킨십,
본능으로의 회귀

……하지 마. 안 돼.

여자11이 몸을 움츠렸다. 멋쩍어진 남자09가 자세를 고쳐 앉았다. 쓸쓸한 후회가 찾아들었다.

요즘 들어 스킨십 때문에 갈등 상황이 종종 발생하곤 한다. 더 깊은 스킨십을 원하는 남자. 어느 선을 넘어서면 본능적으로 경계하는 여자. 겸연쩍은 순간이 지나가면 둘 사이가 서먹해지는 것은 어쩔 수 없었다. 남자는 남자대로 자신이 너무 함부로 행동했던 것 아닐까 후회되었다. 여자는 여자대로, 모태신앙이라는 신념만 내세우며 남자에게 너무 매정하게 굴었던 것은 아닌지 헷갈렸다.

간만에 절친을 만난 여자11, 예의 '갈등 상황'에 대한 고민을 슬며시 털어놓았다. 그런데 여자12 역시 반갑게도, 자기도 그와 비슷한 고민을 한다며 고개를 끄덕이는 것이었다.

"처음에는 그런 생각까지 들더라. 남자들의 머릿속은 하나같이 스킨십으로 가득한 것인가. 그런데 넌 어떠니? 너도 그런 적은 없어? 남자친구 몸을 만지고 싶다거나."

여자11이 고개를 갸웃거렸다.

"글쎄…… 만지고 싶다기보다 손을 잡고 있으면 따뜻한 기분이 들기도 하고……."

"그치? 나도 그래. 누구나 다 그럴 거야. 그래서 고민이 되는 거지. 진도를 더 나가고 싶긴 한데 어느 정도가 좋을지, 이렇게 해도 되는 건지. 그렇다고 계속 거절만 하기도 미안하고."

"맞아."

여자11이 한숨을 쉬었다.

"내가 그렇다니까. 거절하고 나면, 너무 미안해지는 거야. 얼굴을 볼 수가 없을 정도라고. 그 사람이 좋은데 어떻게 해야 할지 모르겠어."

"나도 그래. 참 어렵다. 그치?"

성욕의 여성화

'사랑이 없다'고 생각하면 내키는 대로 관계를 맺을 수도 있습니다. 철학자 쇼펜하우어의 말마따나 '유전자를 남기라는 종족의 목소리'가 내 안에서 나를 뒤흔들고, 그에 따라 움직이는 꼭두각시놀음이 사랑의 민낯일 수도 있습니다.

엎어치나 메치나 사람과 사람이 벌이는 관계는 고만고만하니, 진지하게 사랑을 생각할 시간에 한 번이라도 더 즐기라는 유혹이 넘실거리는 사회입니다. 특히나 유흥지에서 만나는 남자들은 첫눈에 반했다는 둥 달착지근한 떡밥을 날리며 손쉽게 관계를 맺고 즐기죠. 여자들은 사랑을 '성욕 처리'로 써먹는 남자들에게 신물을 내며 이렇게 푸념합니다.

남자들은 다 똑같다. 기회만 있으면 어떻게 저 여자랑 한번 자볼까 하는 궁리밖에 하지 않는 주제에 급할 때마다 비밀병기처럼 사랑을

스킨십,

들이댄다. 사랑하니까 키스해야 하고, 사랑하니까 만져야 하고, 사랑하니까 안에 들어가게 해달라고 당당하다 못해 뻔뻔한 요구를 할 수 있도록 하는 것. 사랑! 피가 한곳으로 몰려 갑갑한 느낌을 해소하고 싶은 몸의 욕망이 도대체 사랑이랑 무슨 관계라는 건지 이해할 수 없다.

정이현, 『낭만적 사랑과 사회』

사랑과 성은 떼려야 뗄 수 없지만, 자기 안에서 회오리치는 욕구를 달래고자 허리띠 푸는 걸 사랑이라 할 수 있을까요? 많은 이들이 발끈해서 외치겠죠. 그건 사랑이 아니라고. 육체를 사랑에서 뺄 수 없지만 육체관계가 사랑의 전부는 아니라고.

사랑과 성욕을 대하는 몸가짐에 관한 한 남자와 여자 사이에는 분명한 '차이'가 있습니다. 그 차이에도 불구하고, 예전에는 여자가 남자의 욕망에 맞춰야만 했죠. 아직 마음의 준비가 안 되었건만 불쑥 다가오는 남자를 받아들여야 했습니다. 그러나 여성의 교육수준이 높아지고 성 평등의식이 갖춰지면서, 여자의 기분과 욕망에 남자가 박자를 맞추는 사회 흐름이 생겨났습니다.

이제 함부로 자신의 성욕을 표현하면 '성희롱'으로 잡혀 들어가니, 남자는 여자가 바라는 '관계 맺기'를 익힐 수밖에 없습니다. 여자의 바람이 실린 성 예절이 사회에 퍼져 나가고 이에 맞춰 남자가 자신의 성욕을 자제하고 다스리게 되니, 성욕이 여성화된다고 할 수 있겠습니다.

> 더 많은 여성들이 자신의 성 및 생식권을 요구하고, 페미니스트들의 의제를 정하기 위해 국내 및 국제회의에 참석하고, 여성문제를 놓고 정부를 상대로 로비활동을 벌이고, 사무실과 가정에서의 성적 비행에 의문을 제기하고, 법정에서 성희롱 재판을 승리로 이끎에 따라 성 관습이 바뀌고 있다. 남성들은 사무실과 학교, 대학교, 데이트 장소, 저녁만찬 테이블, 그리고 침실에서, 세계 어디 할 것 없이 성 예절에 있어서 여성의 관점을 더 많이 반영하고 있다. 여성들이 성욕을 여성화하고 있는 것이다.
>
> 헬렌 피셔, 『제1의 성』

여자도 남자의 취향과 욕구를 헤아려야 하나, 오늘날엔 남자가 더욱 애를 써서 여자를 이해하고자 해야 합니다. 수천 년 이상 여자가 남자에게 맞춰주었다면 이제는 남자가 여자에게 맞춰야 하는 시대가 되었죠. 성욕이 여성화됨에 따라 남자가 여자를 더 이해하고자 애를 쓸 수밖에 없는 분위기입니다. 이제 자기 하고 싶은 대로 하려는 남자는 아무도 만나려 하지 않으니까요.

남성중심사회에서 남자가 여자의 감성과 정서를 이해하기란 매우 어렵습니다. '목적'을 중시하고 '접촉'에만 눈독을 들이는 남자와 달리, 여자는 상대방과 사랑을 확인하는 '과정'을 중시하고 접촉

스킨십,

보다 '교감'을 더 중요시합니다. 남자는 이 차이를 잘 모르는 데다 배우지도 못해서 왜 여자친구나 아내가 토라지는지 이해하지 못합니다. 여자에 대한 이해를 높여야 한다고, 이 시대는 남자들에게 요구하고 있지요.

남자들로서는 다소 억울한 면도 없잖아 있겠으나, 성욕의 여성화는 남자들도 반길 일입니다. 성욕에 휘둘리지 않고 분위기와 정서, 친밀감과 대화를 기쁘게 누릴 기회가 열린 셈이니까요. 사랑하는 사람과 처음 손을 잡을 때의 떨림을 남자들도 기억합니다. 그 기억을 일상에 보편화시키는 일이 남자들의 과제입니다. 이 과제를 해낼 때, 기존의 남성성과는 다른 새로운 남성성으로 진화할 때, 여자들의 정서를 이해하고 사랑을 나눌 수 있는 가능성을 얻습니다. 여자의 행복은 남자를 만졌다는 접촉 그 자체에 있지 않으니까요.

차마 믿지 못할 일이었습니다. 그리고 점점 제게로 다가서는 당신을 느낄 수 있었습니다. 한동안 어떤 일도 손에 잡히지 않았습니다. 또 스스로도 갈피를 잡을 수 없었어요. 꿈에서 도망치는 소녀처럼 저는 수없이 뒷걸음질을 쳐야 했고, 그러면서도 점점 당신의 손을 잡기 원하는… 성숙한 여자가 되어갔습니다. 비록 긴 시간은 아니었지만, 제게는 끝없는… 꿈과 같은 시간이었습니다. 설사 이 삶이 끝난다 하더라도 당신과 함께 걷던 길을… 내 손을 잡아주던 당신의 손을 저는 영영 잊을 수 없을 것입니다. 당신과 함께 바라보던 고궁의 담도… 그때의 노을과 떠 있던 구름도… 우리가 듣던 노래와 한 모금의 맥주도… 역시나 불을 밝힌 한 마리의 목마처럼 영원히 제 주위를 돌고 또 돌 것입니다. 그 순간순간마다 제가 얼마나 행복했는지 아마 모르실 거예요.

박민규, 「죽은 왕녀를 위한 파반느」

스킨십,

플라토닉 러브는 실패할 수밖에 없다

인생에서 가장 행복한 때는 언제일까요? 아기일 때가 아닌가 싶습니다. 사람은 타인과의 접촉을 통해서 행복을 느끼는데, 아기는 시도 때도 없이 수많은 사람의 손길과 사랑 어린 눈길에 둘러싸이잖아요. 엄마와 아빠가 하루에 몇 시간씩 업고 어르고 만져주면서 사랑을 전하고, 지나가는 아주머니나 할아버지들도 아기를 보면 코를 콕콕 건드리거나 하도 조그매서 아직 다섯 개로 갈라진 것 같지도 않은 앙증맞은 손가락을 잡아줍니다.

아이는 젖으로만 크지 않습니다. 자신을 들여다보는 밤하늘의 별빛 같은 눈빛을 마시고 봄비 같은 촉촉한 어루만짐을 먹으며 봄바람처럼 귓전을 맴도는 말들을 삼키며 자라죠. 솜털이 뽀송뽀송한 아기는 행복하겠다는 다짐이나 행복하다는 의식도 없는데, 자주 맑은 웃음을 터뜨립니다.

심리학자 스피츠는 '아기들을 보호하고자 어른들과 떨어뜨려놓을수록 아기들이 건강하지 못하게 된다'는 것을 간파했습니다. 고약한 병균이 옮지 않도록 보호시설에 격리한 뒤 알맞은 음식과 깨끗한 옷, 따뜻한 잠자리를 제공했지만 오히려 많은 아기들이 시름시름 앓다가 죽었습니다. 옹알거림에 귀기울여주고 볼을 꼬집어주며 안아주고 업어주고 발가락을 간질여주는 '접촉'이 있어야만 아기가 살 수 있다는 뜻이죠. 고아원을 가보았나요? 가련한 아이들이 대놓고 매달리며 접촉을 갈구합니다.

접촉의 소중함을 우리는 본능으로 알고 있습니다. 누군가 멀리 여행을 가거나 어딘가로 떠나 한동안 못 보게 될 때, 그냥 손을 흔든 뒤 돌아설 수도 있지만 그 사람을 안아주면서 잘 갔다 오라고 속닥이게 됩니다. 아이들을 보면 괜히 머리라도 쓰다듬게 되고, 누군가의 그렁그렁한 눈을 본다면 나도 모르게 찡해지면서 손을 뻗어 그 사람의 눈물을 닦아줍니다. 모르는 사람일지라도 사고가 나서 충격에 빠진 이를 보면 와락 끌어안게 되는데, 이런 행동은 인간이 진화하면서 발전시킨 아름다운 본능인지 모릅니다.

아파서 병원에 갔을 때도 마찬가지입니다. 의사가 아픈 부위를 한 번 만져주지도 않고 진료기록부만 넘기며 몇 마디 물어보다가 나가라고 하면 화가 치밀기 마련입니다. 아플 때면 어디가 아픈지 무슨 처방을 해야 하는지도 알고 싶지만, 내 아픔을 알아주는 따뜻한 눈길과 몸을 어루만져주는 손길도 갈구하게 되는 법이니까요. 몸이 쑤시고 찌뿌드드할 때, 감기 기운이 있거나 몸살이 올 것 같을

스킨십,

때, 사랑하는 사람이 다가와 괜찮으냐며 어깨를 주물러주고 손을 어루만져준다면 훨씬 빠르게 회복됩니다. 예전에 할머니들이 "할머니 손은 약손"이라며 손주들의 배를 문질러주던 일은 나름 괜찮은 치료법이었습니다.

이처럼 인간은 '접촉 욕구'를 가지고 있습니다. 접촉을 통해 애착을 배우고 접촉을 통해 뇌에서 '거울신경세포'가 발달합니다. 이로써 다른 사람의 감정을 헤아리고 자신의 감정을 전하는 방법을 알게 됩니다. 아기들은 그저 먹고 싸고 울어대는 애물단지가 아닙니다. 자신의 감정을 자신의 방식으로 표현하며 상대의 표정에 반응하고 소통하는 하나의 인간입니다. 아기들은 부모가 곁에 없으면 두려워울지만, 다시 등장해 안아주면 안정을 느낍니다. 늘 함께할 순 없지만 이러한 '과정'을 통해 아기는 커갑니다. 만남과 헤어짐을 거치며 아기는 '믿음'을 배웁니다. 이런 애착관계를 통해 상대방의 감정을 느끼고 자신의 감정도 표현하게 되죠.

물론 인간은 자라면서 줄기차게 변합니다. 그러므로 육아기의 경험을 절대시해서는 안 됩니다. 하지만 절대 얕봐서도 안 됩니다. 아기에게 사랑과 관심을 주지 않는 것은 일종의 학대입니다. 몸과 몸의 어루만짐을 받지 못하고 자란 아이는 거울신경세포가 발달하지 않으며 공감능력이 떨어질 수밖에 없죠. 북중미 원주민들은 아이가 기어 다니기 전까지 어른들이 돌아가며 업어주고 만져주고 보듬어줍니다. 밤낮없이 1년 가까이를 말이죠. 이런 문화 속에서 자란 원주민들은 애정과 정성 속에서 세상을 인식하기에 평화와 사랑이 일상에 배어 있었고, 서구인들과 달리 자연과도 교감하면서 한평생을 건강한 자아로 살 수 있었습니다.

아이를 낳고자 하는 사람이라면 자신이 한 인간을 기르고 키울 '준비'가 되었는지를 반드시 돌아봐야 합니다. 성숙하지 못한 어른이 양육한 아이의 앞날이 밝을 리 없죠. 오늘날 '딱한 괴물'들이 어마어마하게 늘어난 것도 가정과 사회에서 베풀어야 할 애정과 접촉이 옅어지고 있는 현상 때문일 것입니다. '사이코패스'의 어린 시절을 뒤쫓아 올라가면, 대개 차디찬 가정환경이 똬리를 틀고 있습니다.

사람은 몸의 존재입니다. 몸과 몸을 비비고 가까이 하지 않으면 감정도 흐트러지기 마련입니다. 눈에서 멀어지면 마음도 멀어지는 이유가 여기에 있죠. 멀리 떨어진 채 "우리의 사랑은 영원해"라고 아무리 뇌까려도 사랑은 식어갈 수밖에 없습니다. 플라토닉 러브가 어여쁠 것 같아도 접촉이 없는 사랑은 이뤄지기 힘듭니다.

사랑하면 자연스레 그 사람의 몸을 만지고, 내 몸을 상대에게 맡기게 됩니다. 알몸이어도 스스럼없이 서로가 서로의 몸을 책임지고 어루만집니다. 접촉을 통해 우리는 애착관계를 가집니다. 생생함, 팔딱거림, 기쁨, 즐거움, 살맛을 얻지요. 사랑하는 사람들이 예뻐지고 멋져지는 까닭도 사랑받음과 사랑함으로 말미암아 몸의 흐름이 원활해지기 때문입니다. 그래서 사랑하면 건강해지죠.

동물 다큐멘터리를 보면 서로 털을 어루만져주거나 이를 잡아주

스킨십,

면서 접촉하는 장면이 많습니다. 인간도 똑같이 몸을 가진 존재이기 때문에 동물들과 같은 욕망을 가지고 있죠. 인간이라는 동물이 복잡한 언어를 구사하며 더 뛰어난 두뇌를 가졌다고는 하지만 그 밑바탕엔 '동물성'이 그대로 자리하고 있습니다. 21세기라 해도 인간의 본성에는 변함이 없습니다. 인간도 다른 동물들처럼 접촉이 있어야만 살 수 있습니다. 그래서 서로 어루만지고 비비고 쓰다듬어야 합니다. 그래야 살 수 있죠. 누군가 만져주지 않으면, 한여름의 숙주나물처럼 쉬어버리게 됩니다.

사랑받지 못한 상처를 치유하는 터치

사랑에 빠지면, 평소 삼갔을 이상한 짓을 자꾸 하게 됩니다. 초등학교 고학년 때부터 이미 부모님의 손을 잡지 않고 다녔건만, 연인의 손이라면 한여름에 땀띠가 날 정도로 깍지 낀 채 거리를 거닙니다. 놀이공원에 가서 어린아이처럼 솜사탕을 먹고, 가위 바위 보를 하면서 계단 오르내리기를 하거나, 혀 짧은 말투를 쓰면서 겨끔내기로 어리광을 부리거나, 괜스레 엄살을 부리며 호~ 해달라고 칭얼대거나, 멀쩡히 잘 걸을 수 있는 여자친구를 업고는 땀을 뻘뻘 흘리거나, 하여튼 별쫑난 짓들이 한두 가지가 아니죠.

사랑은 시간을 되돌립니다. 나이 먹은 이들을 난데없이 아이로 만들죠. 연인들은 아기처럼 시도 때도 없이 서로를 물고 핥고 빱니다. 혀를 뒤엉켜 침을 나누고 입술이 부르틀 정도로 상대를 물고, 한 번 입술이 붙으면 자석이 붙은 듯 좀처럼 떨어지지 않습니다. 아기들이 장난감을 온종일 물고 빠는 것에 비할 정도죠.

스킨십,

그저 앞으로만 나아가는 시간의 절대적인 힘은 누구도 어찌할 수 없지만, 연인들은 시간의 불가역성에 맞섭니다. 서로 쓰다듬고 몸을 마주치면서 순간 세상을 정지시키고, 더 나아가 자신들 스스로 아이가 되면서 시간을 거꾸로 돌리죠. 사랑을 하면 정말 젊어집니다!

이런 '퇴행'은 끝내 엄마에게로 되돌아갑니다. 아기가 엄마 자궁에서 '나'라는 의식도 없이 그저 엄마와 한 몸으로서 행복했던, 그 시절까지를 불러냅니다. 자궁이라는 '완벽한 세계'에서 우리는 안전하게 살았죠. 그 시절이 의식으로 기억나지는 않지만 무의식으로 우리에게 남아 있고, 우리는 연인과의 애무를 통해 종종 아기 때로 돌아가곤 합니다. 사랑에 빠지면 생각이나 욕망뿐 아니라 몸짓과 몸놀림까지 진짜 아기처럼 됩니다. 애인에게 "아기야", "베이비"라고 하는 데는 나름 이유가 있는 셈이죠.

뒤에서 남자가 꼭 안아주면, 그 사람의 눈빛이나 표정을 보지 못해도 포근함이 나를 감싸 안고 있음을 느낍니다. 마치 자궁 속 아기가 엄마의 얼굴이나 눈짓은 못 보지만 따뜻함이 자신을 감싸 안고 있음을 느끼듯 말이죠. 남자도 여자의 행복감을 아는지, 꼭 끌어안은 뒤 몸을 좌우로 움직이며 자궁의 리듬을 만들어내기도 합니다.

자궁은 우리에게 영원한 고향이죠. 열 달이 되어 고향밖으로 나올 때 아기는 설레겠지만 한편으론 큰 충격을 받습니다. 기독교 경전의 에덴동산에서 쫓겨나는 이야기도, 완벽한 장소였던 자궁에서 나가게 된 아기의 심정이 신화로 나타났다고 읽어낼 수 있습니다. 게다가 요즘엔 의식이 많이 바뀌어서 그러지 않은 곳이 많다고 하지만, 숨을 쉬게 한답시고 엄마 몸에서 밖으로 갓 나온 아기의 엉덩이를 후려쳐 울리는 일이 여전히 벌어지고 있습니다. 태어나자마자 인간은 세상의 폭력과 공포 속에서 울부짖을 수밖에 없습니다. 그러니 자궁이 얼마나 그립겠습니까.

> 잃어버린 자궁의 아늑함을 보상받기 위해 아기는 어머니의 다독거리는 소리와 접촉과 친밀함을 듬뿍 요구하게 된다. (…) 가장 이상적인 어머니의 포옹 방법은 아기의 신체 표면을 가능한 한 많이 자신의 몸에 닿게 하면서 호흡을 즐길 수 있도록 껴안는 것이다. 아기를 포옹하는 것과 단지 들고 있는 것은 엄청난 차이가 있다. (…) 어머니는 전혀 의식하지 못하면서도 아기를 부드럽게 움직이기 시작한다. 이는 아기를 달래는 강한 효과가 있는데, 그래도 울음이 그치지 않을 때는 어머니가 일어서서 아기를 팔에 껴안고 앞뒤로 서서히 움직인다. (…) 그 이유는 태어나기 전에 아기가 경험했던 일종의 리듬을 모방하기 때문이라고 생각된다.
>
> 데스몬드 모리스, 『인간의 친밀 행동』

세상 밖으로 나온 아이는 자궁의 포근함이 그립다고, 그때처럼

스킨십,

나를 무조건 사랑해줘야 한다고 울어댑니다. 엄마로부터 분리된 경험은 아기에게 어마어마한 불안으로 다가오죠. 분리가 불안을 일으킵니다. 아기는 어떻게든 자신이 누렸던 그 안락함을 찾고자 버둥거리며 엄마 품을 찾습니다. 이때 실컷 어루만져주고 사랑해줘야 합니다. 그렇지 않으면 아이는 무의식중에 세상을 공포로 받아들이게 됩니다.

정신분석학적인 방법을 통해 어린 시절로 돌아가면, 많은 이들의 무의식 속에 '사랑받지 못해 화가 났거나 슬퍼하는 아기'가 있습니다. 이런 사람들은 훗날 별것도 아닌 일에 화를 내거나 갑작스레 울음보를 터뜨리거나 심장이 찢어지는 고통을 겪습니다. 내가 왜 이러는지 '의식의 나'는 알 수 없지만 '무의식 속의 나'는 여전히 울고 있습니다. 사랑받지 못해 상처받은 아이가 내 안에서 흐느끼기 때문에 누군가와 관계 맺음에 어려움을 겪게 됩니다.

그래서 사랑이 필요하죠. 사랑은 시간을 거꾸로 돌립니다. 놀랍게도 사랑은 '지금의 나'가 '그 시절의 나'를 끌어안아 토닥이도록 해줍니다. 누군가를 만나 사랑을 담뿍 주고받으며 둘이서 같이 '아름다운 회귀'를 할 때 사람의 정신은 튼튼해집니다. 누구나 갖고 있던 열등감과 상처가 치유되기 때문이죠.

연인이 생기면 우리는 두런두런 이야기를 나누면서 그가 모르는 나의 어릴 적 이야기를 해줍니다. 이처럼 나의 과거를 언어화하는 동안, 지난날 기억조차 버거웠던 아픔들은 수그러듭니다. 그리고 어느덧 당차게도 나는 나의 과거까지 사랑하게 됩니다. 애인과 함께 기억을 나누는 과정에서 상처는 치유되고 사랑은 깊어집니다.

스킨십,

키스, 너와 나의 거리가 없어지는 기적

드라마나 영화를 보면 키스 장면을 예쁘게 찍으려고 무척 공을 들입니다. 그래야 사람들의 눈길을 사로잡고 가슴을 두근거리게 하면서 입소문을 낼 수 있거든요. 그래서 별별 키스가 다 나오고 사람들 사이에서 유행되기도 합니다.

영화 〈마이 블루베리 나이트〉의 마지막에, 자고 있는 상대에게 다가가 얼굴을 엇갈린 채 입맞춤을 하는데 상대는 꿈속에서 입을 맞추는지, 졸고 있다가 입맞춤에 깨어났는지, 조는 척하며 입을 맞추는지 알 수 없는 애매한 장면이 나옵니다. '어떻게 바라보든 입맞춤은 이토록 강렬한 욕망'이라며 왕가위 감독이 관객에게 윙크를 하는 듯합니다.

대중매체에선 입맞춤을 황홀하게 그려내고 있지만 입맞춤은 아리땁기보다 몹시 야릇합니다. 누군가의 침방울이 조금만 튀어도 다들 질겁하고 침 튄 사람은 얼굴이 빨개지며 미안해지는데, 어찌된

일인지 입 맞출 때 서로의 침이 흐르며 섞이는 건 즐기니까요. 그렇다면 '침'이란, 더럽다기보다는 내 안의 가장 내밀함으로 상대와 나 사이가 어떤지를 보여주는 리트머스 시험지 아닐까요? 사랑하는 사이에선 침이 '꿀'이 되지만 그렇지 않은 이들의 '분비물'은 내 안으로 들어와서는 안 되는 '독'이 됩니다. 연인의 침을 꿀이라 일컬어도 그리 어색하지 않은 까닭은 꿀처럼 끈적끈적하고 달갑게 사이를 엮어주기 때문입니다.

사람과 사람 사이에는 노상 '거리'가 있습니다. 그리고 이 거리가 가깝냐 머냐에 따라 어떤 사이인지가 드러나죠. 이 거리는 마음의 거리이기에 앞서 몸의 거리입니다. 낯선 사람이 불쑥 내 몸 가까이에 자신의 몸을 붙일 때 우리는 언짢음을 느끼는데, 이는 사람과 사람 사이에 지켜야 할 거리를 그 사람이 어겼기 때문입니다.

이 거리는 쉽사리 좁혀지지 않습니다. 인간관계가 오랜 시간에 걸쳐 조금씩 가까워져가는 것은, 사람 사이에 '거리를 두고자 하는 몸가짐'이 거의 본능에 가깝기 때문입니다. 의식적으로는 누군가를 냉큼 내 곁에 두려 해도 몸이 따르지 않는 것입니다. 자신도 그 사람을 원하지만, 그가 다짜고짜 옆으로 다가오면 몸은 절로 그 사람을 밀쳐냅니다. 데이트를 하면 손을 잡고 포옹을 하고 뽀뽀를 하고 입을 맞추는 나름의 '진도'가 있습니다. 이미 수많은 연인이 이 같은 진도에 따라 서로의 거리를 차근차근 줄여왔습니다.

스킨십,

거리는 역시, 삼십 센티미터쯤? 거리 좁히기가 간단한 게 아니다. 하지만 옆에 앉은 건 처음이다. 옆자리라는 게, 앉아 있기만 하면 되는 데도 쉬운 것만은 아니었군. 온몸이 긴장되지만 절대 티를 내서는 안 된다는 것. 끊임없이 '첫'과 '처음'이 생겨나고, 그리고, 결코 쉽지 않은데도 불구하고 간절히 원하게 되는 일들이 계속 이어지는 것, 이것이 뭘까. 여행? 모험?

은희경, 『소년을 위로해줘』

관계와 권력, 지위에 따라 사람과 사람 사이 거리는 달라집니다. 어린 시절에 친구들과 허물없이 뒤엉킬 때를 제외하고, 사회에서 사람과 사람이 만나면 서로의 처지나 위신에 따라 대하는 몸가짐이 달라지죠. 우리의 거리 감각은 때와 장소, '상대방이 누구냐'에 따라 바뀌게 됩니다. 특히 연인들은 사람과 사람 사이의 거리를 없애려고 노력하는 사람들입니다. 어떤 이들이 '하룻밤 만리장성'을 쌓고자 모험하는 이유도 거리를 빨리 줄이고 싶기 때문이죠.

입맞춤은 우리 둘 사이에 거리가 없다는 상징행위입니다. 입맞춤을 할 때 불현듯 '나'라는 자의식이 없어집니다. 너와 나 사이의 거리가 잠깐이라도 사라지죠.

물론 처음에는 그저 좋아서 입술을 포갭니다. 그러다 입맞춤이 끝나고 이전의 거리감이 새삼 느껴지며 '방금 우리는 하나였다'고 돌아볼 때, 비로소 우리 사이에 거리가 없어졌음을 알게 됩니다. 지

금의 단절감이 방금 전의 일체감과 비교되며, '하나 된 느낌'에 다시
빠져들고자 두 번째 입맞춤을 합니다. 너와 나 사이에 있을 수밖에
없는 거리감이 순간 없어지고 너와 나는 황홀하게 하나가 됩니다.
그렇기에 연인들은 쉽사리 입을 떼지 못합니다. 입맞춤 자체가 즐겁
고 아찔한 데다 입맞춤이 끝나고 나서 눈이 떠지면 '나의 밖'에 당신
이 있음을 느끼기에, 우리는 입을 떼자마자 가쁜 숨을 들이마시며
다시 서로의 입술로 다가갑니다. 연인들은 키스를 통해 '말없는 계
약'을 맺습니다. 그리고 서로를 '아름답게 고문'합니다.

> 복잡한 사랑의 언어 가운데, 입술이 닿았을 때 입술로만 할 수 있는
> 말이 있다. 그것은 키스로 봉한 말없는 계약서다. 섹스는 그것 자체
> 가 핵심이고 뼈대며, 낭만과는 거리가 멀다. 그러나 키스는 욕망의
> 극치고, 시간이 걸리는 일이며, 연애의 달콤한 수고 가운데 영혼을
> 확장시키는 행위다. 키스하는 동안 몸은 떨리고, 기대는 점점 높아
> 진다. 그러나 키스는 감정과 정열을 더욱 고조시킬 뿐, 욕구를 채워
> 주지는 않는 아름다운 고문이다.
>
> 다이앤 애커먼, 『감각의 박물학』

　너무도 아름다운 고문이라서 그런지, 때로는 누군가와 입 맞추는
상상만으로도 붕 뜬 기분이 되면서 잠깐이나마 '나'를 잊게 됩니다.
키스는 혀라는 여권을 내밀고 같이 떠나는 '순간여행'입니다. 비밀

스킨십,

의 동굴 안으로 들어가자 느닷없이 낯선 세계로 연결된다는 상상 속 이야기처럼, 우리는 서로의 입을 통해 일상과는 아주 다른 시공간을 만나게 됩니다. 다른 사람들과는 나눌 수 없는 둘만의 비밀스러운 우주가 펼쳐지며 자신들만의 세계가 끈끈하게 이어지죠.

입맞춤은 나밖에 모르는 나를 넘어서 누군가를 받아들이는 '숭고한 행위'입니다. 상대의 침마저도 달콤하게 받아들일 만큼 나의 위생, 청결, 안전, 이기심은 속절없이 무너지죠. 그래서 입맞춤은 황홀합니다. 이전까지는 전혀 못 느꼈던 뭔가가 내 안에 들어오면서 낯익으면서도 낯선 느낌이 불거지니까요. 입을 맞추면 새로운 세상이 열립니다. 입맞춤은 굳게 닫혀 있던 우리 영혼을 여는 비밀번호이자 나도 모르는 내 안의 세계를 일깨우는 주문입니다.

> 나에게 입을 맞춰다오. 두 입술이 두 입술 위에 포개진다. 즉 우리는 열린다. 우리들의 '세계'가 구축된다. 그리고 안에서 밖으로, 밖에서 안으로 가는, 우리들 사이의 움직임에는 한계가 없다. 끝이 없다. 어떤 잠금 장치도, 어떤 출구도 결코 멈출 수 없는 교환이다. 우리들 사이의 집에는 벽도, 울타리도, 유통의 언어활동도 없다. 너는 나에게 입맞춤한다. 이 세계는 너무나 방대해서 지평선도 없다.
>
> 뤼스 이리가라이, 『하나이지 않은 성』

편견,
사랑을 아프게 하는 것

'남자는 어떠해야 한다' 는 선입견이 남자10은 싫었다. 모름지기 남자라면 활동적이어야 하고, 여자의 사랑을 얻어내는 데 망설임이 없어야 한다는 등의 고정관념들. 학생 때부터 남자10은 그러한 사고방식에서 많이 벗어난 편이었다. 그 탓에 샌님 소리도 들었다. 자신에게 무슨 문제가 있는 건 아닌지 고민스럽기도 했다. 연애가 잘될 리 없었다. 유난히 섬세하고 여성적인 남자10을 두고 여자들은 '귀엽다' 고 말했다. 그러나 귀여운 남자의 매력에는 한계가 있었다.

'여자는 어떠해야 한다' 는 선입견이 여자13은 싫었다. 좋아하는 마음이 생겨도 남자가 먼저 다가오기를 기다려야 하고, 여자에게 내숭은 필수라는 연애 공식도 진저리가 났다.

어느 토요일, 여자13은 한 대형서점에 들렀다. 서점 안을 기웃거리다 한 남자와 눈이 마주쳤다. 웬일인지 가슴이 뛰었다. 남자의 손에 들린 두 권의 책이 마음에 작은 파문을 일으켰다.

세상에 사랑에 대한 책은 많지만 이별에 대한 책은 별로 없습니다. 사랑의 이벤트는 차고 넘치지만 이별행사는 찾아보기 힘듭니다. 애도하는 일은 우리의 삶과 그만큼 동떨어져 있습니다.

이별하고 나서 애도하기를 우리는 배워야 합니다. 애도는 '죽음'을 맞이한 상대를 떠나보내는 일입니다. 일본의 사상가 가라타니 고진은 '죽음'의 의미를 이렇게 설명합니다.

『이갈리아의 딸들』, 『남자의 탄생』.

남자는 인문사회과학 분야에 있었다. 여자13은 책을 둘러보는 척하면서 남자의 옆모습을 힐끔거렸다. 다부진 입매며 반짝이는 눈빛까지, 제법 진지한 사람 같았다. 그러다가 몇 차례 눈이 마주치기도 했다. 이상하게 울렁이는 마음을 진정시킬 겸 여자는 화장실로 갔다. 거울 속 자신을 들여다보았다. 그리고 용기를 내듯 싱긋 웃어 보였다.

아까부터 한 여자가 자신을 예의 주시하고 있다는 것을 남자10은 느낀다. 눈이 두어 번 마주치기도 했다. 나에게 관심이라도 있는 것일까? 에이 설마. 내게 그런 일이 생길 리가……

그때였다. 누군가 나직하게, 그러나 분명한 목소리로 남자10을 불렀다.

"저기요."

운동화에 청바지, 수수한 옷차림의 여자13이 앞에 서 있었다.

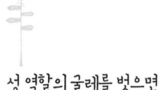

성 역할의 굴레를 벗으면

브라질의 교육사상가 파울로 프레이리는 "지식인들은 날마다 계급적인 의미의 자살을 꾀하지 않으면 안 된다"고 말했습니다. 남성학자 정유성은 이 글귀를 빌어 이렇게 말합니다.

"남성들은 날마다 젠더적 의미의 자살을 꾀하지 않으면 안 된다."

남성 스스로 성 역할을 허물어야 한다는 이야기입니다. 남성이 스스로 문제의식을 가지지 않는 한, 자신의 불행에서 빠져나오기 어려우니까요.

남성중심문화가 드리운 그늘은, 여자들은 말할 것도 없고 남자들마저 마구 집어삼킵니다. 남성이 지배하는 문화 속에서 수많은 불행한 일들이 벌어졌죠. 가부장의식, 권위주의, 위계서열, 복종강요, 성차별, 소통불가와 감정 부재까지. 남성중심문화에 저항하지 않는 한 남자들은 '불쌍한 꼰대'가 될 수밖에 없습니다. 남자가 스스로 남성성에 비판의식을 갖지 못할 때, 행복을 누리기는커녕 여성이나 사회

편견,

약자들에게 자기 불행을 떠넘기면서 악다구니를 벌이게 됩니다.

지금은 고지식하고 꽁해 보이는 남자들도, 어렸을 때는 소녀들 못지않게 말 많고 감수성 예민한 '소남'이었습니다. 그러던 소남이 감정을 누르고 참으라는 '사회화'를 겪으면서 시나브로 자신의 감정을 표현하는 데 어색해지고 무뎌졌습니다. 그래서 남자들은 아프면 아프다고 말도 못 하는 지경에 이르렀습니다. 누군가와 만나서 대화하는 데도 영 서투릅니다. 남자들끼리 모이면 술을 마셔대는 까닭도 맨정신으로는 할 이야기가 없거나 깊이 대화할 줄 모르기 때문입니다. 남자들끼리의 모임이 여자들끼리의 모임보다 칙칙하고 포근하지 않은 이유는 상대의 이야기를 들어주고 자신의 생각을 터놓는 '대화의 기술'이 몸에 배어 있지 않기 때문입니다.

남자는 자신의 삶을 이야기로 풀어내면서 푸지게 수다 떠는 능력을 잃어버렸습니다. 강한 척, 과묵한 척하다가 자기만의 언어를 잃어버렸죠. 그래서 남자들은 자신의 무엇이 문제인지 왜 불행하게 사는지조차 가늠하지 못합니다. 눈높이를 나란히 하는 대화를 해본 적이 없다보니 자신의 감정을 표현할 언어능력을 상실하고 만 것입니다.

우울하게도 많은 남자가 남자다움이라는 멍에를 명예로 여기며 으스댑니다. 그래서 명랑했던 아이가 딱딱하게 굳은 인상의 아저씨로 변합니다. 남자들은 어린 시절을 짐짓 덮어두는 게 아니라 통째로 잊어버립니다. 자신의 어린 시절과 단절된 채 성인이 되기에 정신이 건강할 턱이 없습니다. 자신에게 어울리지 않는 '남자 연기'를 하며 살아가니까요. 눈물이 말라버린 남자들은 웃음도 메마릅니다.

수많은 남자가 "남자다워야 한다"는 강박에 시달립니다. 남자다움에 닦달당한다는 것은 '남자다움은 억지로 만들어지는 것'이라는 이야기입니다. 다시 말해 남자들이 남자다움을 연기한다는 뜻이죠. 그래서 남자다움은 시대에 따라 달라지고 여성과의 관계 속에서 바뀝니다. 여기에 희망이 있습니다. 남자와 여자의 관계가 달라질 때, 밋있음의 뜻도 달라지고 그에 따라 남자들의 삶도 달라집니다. 남자들은 자기 삶을 되살피고 밉광스러운 남자다움을 뒤집으며 가까운 사람관계를 바꾸어내야 합니다.

성 평등 사회가 될수록 남성들은 그동안 누리던 권력을 빼앗기는 느낌을 받습니다. 그러나 따져보면, 그 전보다 훨씬 더 살기 좋은 세상이라는 것을 알게 됩니다. 남자들이 도맡았던 책임과 의무를 여성들과 같이 나눌 수 있으니까요. 남자다움에서 벗어나, 수컷으로서만이 아닌 한 인간으로서 자기다움을 드러내며 살아갈 수 있으니까요.

인간과 인간으로의 관계를 여자들과 맺으면서, 남자들은 지금보다 더 싱그러운 나날을 보낼 수 있습니다. 성 역할의 얽매임에서 자유로워질 때, 인간은 인간으로서의 자율성과 놀라움을 느낄 기회를 얻을 수 있고 행복해질 수 있습니다.

스스로에게 인간 존재로서 풍요롭고 자율적인 삶을 살아갈 수 있도록 허용하기만 하면 된다. "과연 나는 내 성 역할을 제대로 성공적

편견,

으로 해내고 있는가?" 그런 물음들을 잃어버린 사람만이, 성들 사이에서 각 개인 안에서 존재하는 심도 깊은 대극을 충만한 생산력으로 체험할 수 있을 것이다.

에리히 프롬, 『여성과 남성은 왜 서로 투쟁하는가』

성 역할에 대한 강박을 벗어버릴 때 남자와 여자 사이는 달라집니다. 각자의 욕심을 채우기보다, 한 번 더 서로의 심정을 헤아리고 함께 책임과 의무를 나누어야 합니다. 그래야 감정노동을 같이하는 짜릿한 관계가 될 것입니다.

눈송이처럼 너에게 가고 싶다

아직도 수많은 연애가 각본대로 돌아갑니다. 남자가 먼저 들이대면 여자가 '간'을 보며 받아줄지 내칠지를 결정하죠. 남자의 정성에 여자도 마음을 주며 사랑이 시작되지만 시간이 갈수록 남자의 마음은 시들시들해지고 여자는 그런 남자에게 더욱 집착하게 됩니다.

이런 연애와 이별의 상투성에서 벗어나기 위해서라도 여자들은 적극성을 보여야 합니다. 지난날처럼 여자들에게 경제권이 없거나 남성의 보조 취급받던 시대가 아닙니다. 세상이 돌이킬 수 없이 바뀌었습니다. 이제 앞으로 나아가야 하겠죠. 어떻게 관계를 맺고 어떻게 살아가야 할지 정해진 게 없는 오늘날, 상큼한 관계를 상상하고 현실에서 성큼 나아가야 합니다. 과거로 돌아가는 길은 끊겼습니다. 뒷걸음질칠 수 없죠. 용기를 내서 자신이 가고 싶은 길로 발을 내디딜 수밖에 없습니다.

편견,

우리는 멈춰서야 할 교차로에 이르게 되었을 때 그 사람은 오르막길과 내리막길 가운데 어느 쪽을 택하고 싶으냐고 물었다. 갑자기 몸을 돌려 그 사람에게 키스했다. 나는 그 순간이 내 인생에서 진정한 갈림길이었음을 깨달았던 것이 틀림없다. 우리의 길이 높게 되어 있든 낮게 되어 있든 거기서부터 우리는 함께 여행했다. 이것은 내게 정말 놀라운 방향 전환이었다.

헬렌 니어링, 『아름다운 삶, 사랑 그리고 마무리』

'정복욕'에 취한 구시대의 남자들에겐 여자들의 적극성이 고깝겠지만, 성 평등의식을 배우며 자란 신시대 남자들은 용기 있는 여자를 훨씬 더 매력적이라고 느낍니다. 인간은 여자나 남자나 누군가 자신에게 '호감'을 보이면 기분이 좋을 수밖에 없지요. 고백을 받으면 여자들의 기분이 좋아지듯, 남자도 마찬가지입니다. 마음을 내보이는 상대에게 인간은 쌀쌀맞게 굴 수 없지요.

여자들의 적극적인 다가섬에 남자들이 아직은 좀 쭈뼛거릴지 모릅니다. 그러나 속으론 두 손을 들어 반기고 있습니다. 여자에게 다가가 마음을 얻기까지 정복하는 즐거움도 있겠지만, 거절당할지도 모른다는 두려움도 가지고 있거든요. '처음 만남'을 위해 남자가 가지는 감정노동을 여자와 나눌 수 있다면, 둘 사이의 애정관계가 훨씬 더 촉촉해질 것입니다. 또한 '시간이 갈수록 남자의 정성이 뜸해지는' 기존의 연애각본과 다른 줄거리를 써내려갈 수 있겠지요.

잃어버린 어린 시절의 감성을 남자들이 되찾아야 하듯, 여자들도 그동안 눌러두었던 자기 목소리를 꺼내야 합니다. "여자는 어떠해야 한다"는 틀에 갇혀 내보이지도 못했던 목소리, 내 안에서 진짜 하고 싶은 바를 알려주는 목소리, 내 삶을 이끌어주고 내 삶을 살맛 나게 해주며 후회하지 않도록 도와주는 목소리, 그 목소리를 되살려야 하죠. 그때 여자의 삶은 기쁨이 됩니다.

목소리를 해방시킨다는 것은 자신을 해방시킨다는 의미이다. 이러한 해방과 더불어 우리는 자유롭게 말하거나 침묵할 수 있게 된다. (…) 태어날 때 천부적으로 주어진 '본래의 목소리'는 투명해서 내면의 정서와 사고를 묘사가 아니라 즉각적이고 직접적으로 드러내준다. 이를 통해 그 사람의 목소리가 아닌 그 사람 자신이 전달된다고 한다.

캐롤 길리건, 『기쁨의 탄생』

여자로 살다 보면 "어디 여자가……", "넌 여자잖아", "여자니까"라는 편견들이 마음을 움츠러들게 만들죠. 그래서 마음에 드는 사람이 있더라도 손을 내밀지 못했습니다. 그러면 안 된다고 배웠으니까요. 여자는 '자신이 사랑하는 남자가 아니라 자신을 사랑해주는 남자를 만나야 행복하다'는 믿음을 강요받아왔습니다.

그러나 성별을 떠나 우리는 어느 누구와도 같지 않은 '나'입니다.

편견,

여자 흉내만 내다간 하고자 하는 바는 이루지 못 한 채 세월만 흘러 가버립니다.

내 마음을 나타내지 못하다가는, 영영 자신의 마음을 내보이지 못 한 채 누군가가 다가와 주기만을 기다리는 '수동적 존재'로 전락 할 수 있습니다.

기다림이 지긋지긋하다면 용기를 내야죠. 자기 마음을 열어 보일 때 상처를 받을 수도 있지만 상대의 마음으로 들어갈 수도 있습니다. 어떻게 될지는 아무도 모릅니다. 중요한 건 지금 슬기와 용기, 끈기와 온기를 갖고 내 삶의 주인으로서 내가 하고 싶은 바람을 나타내는 것입니다. 참된 만남을 꿈꾸며 최선을 다하는 일입니다.

망설이고, 두려워하다 결국 멈추어버렸다. 그가 멀어져가고 있었다. 난 멍하니 선 채 꿈의 한 조각이 사라지는 장면을 바라보았다. 뭔가 굉장한 게 일어날 수도 있었는데, 난 생각했다. 아니 그러기를 바랐는데, 그런데 아니었다. 결국 아무 일도 일어나지 않았다. 우리의 삶이 겹쳐졌던 유일한 조각이. 이렇게 쉽게 사라져버리다니. 그런 일은 흔히 벌어지는 일이 아니란 걸 나는 알고 있었다. 그렇다면? 난 그 조각을 움켜잡아야 한다는 걸 깨달았다. 완전히 사라지기 전에, 그 전에, 손을 뻗어야 한다. 그 조각에 찔려 상처를 입게 되더라도, 그건 나중의 일이었다. 중요한 건 지금이다. 이, 순간, 닿을 수 있는 거리에서 그가 나를 부르고 있다는 것, 그것뿐이다. 난 내가 해야 할 일을 알았다.

김사과, 『풀이 눕는다』

사랑하는 사람에게 들이는 애정은 행복한 노동입니다. 이러한 감정노동을 통해 우리는 사랑이라는 무대에 올라 춤추는 발레리나와 발레리노가 됩니다. 만남이 깊고 진할수록 삶이 고즈넉해지고 살맛 나게 됩니다.

데이트할 때 떨리는 마음으로 손을 잡듯, 남자와 여자는 서로를 깊이 끌어안습니다. 더불어 고민하면서 서로를 존중하며 아름답게 어우러지는 세상이 되어야 합니다. 역할극의 배우로서 연기하는 것이 아니라 자신을 드러내야 합니다. 서성대지 말고 서로의 삶으로 뛰어들어 녹아들어야 합니다. 이것이 우리가 꿈꿔야 하는 사랑입니다.

편견,

틀을 깨려면 용기가 필요해

만남처럼 설레는 순간이 없습니다. 나와 다른 사람이 있다는 사실, 그 사람에게 자꾸만 끌리고, 틈만 나면 그가 생각나고, 그가 어떤 사람일지 상상하고 그를 알아가는 즐거움, 정말이지 가슴 두근거리는 시간이죠. 떨림 안에는 두려움과 불안감이 즐거움 못지않게 자리합니다. 누군가와 만나서 사랑하는 일은 삶의 중요한 선택입니다. 시간이 지난다고 거벼워지지 않는 삶의 무게입니다. 이처럼 만남은 묵직한 기쁨입니다.

그런데 사랑이라는 낱말은 시끌벅적한데, 사랑 자체에 대한 고민은 흔치 않은 것 같습니다. 사부자기 사랑을 말하고 사랑 때문에 펑펑 울지만, 정작 사랑이 무엇이고 왜 그렇게 사랑을 하는지 생각하는 사람은 많지 않습니다. 아무렇지 않게 사랑이라는 말을 내뱉고 속살거리는 가운데, 어떤 울림도 낳지 못하는 텅 빈 언어들이 우리 삶을 파고듭니다. 상처를 받지 않고자 발버둥칠수록 안타깝게도 외로움이 상처보다 더 심해집니다. 살과 살의 부대낌은 언제부턴가 현실의 문제를 잠깐이나마 잊거나 피하기 위한 마약처럼 이용되고 있습니다. 이윤기의 영화 〈러브 토크〉에서 배종옥과 박진희는 그런 모습을 잘 보여주죠.

> 침대에서 그녀를 안으면서 그는 이렇게 말하곤 했다. 미안해. 사는 게 지겨워서 너한테 자꾸 화를 내게 되는 것 같아. 널 사랑해. 알지? 나한테는 너뿐이야. 그의 머리통을 안으며 그녀도 뇌까렸다. 나도. 그러고는 다음 순간 문득 그들은 둘 다 사랑한다는 말의 뜻에 대해서는 생각해본 지 오래되었음을 깨달았다.
>
> 은희경, 「그녀의 세번째 남자」, 『타인에게 말 걸기』 중에서

다들 사랑을 놓치지 않기 위해 발을 동동 구르지만 서로가 어우러지면서 나아지는 만남은 드뭅니다. 사랑이 함께 삶의 논을 일구는 '경작'이라기보다 누군가와 겨루는 '경기'가 되어버렸기 때문이죠. 경기에는 규칙이 있을 수밖에 없듯 연애에도 주어진 역할이 있습니다. 사람들은 그에 맞춰 욕망하고 정해진 대로 움직입니다.

한마디로 연애는 '가면극'입니다. 그 많고 다양한 여성이 일단 '여자'라는 탈을 쓰기만 하면 '적절하게 튕기고 적절하게 당기는' 깍쟁이가 되듯, 남성도 성 역할에 따라 하나같이 과묵하고 든든한 남자 구실을 보여줘야 합니다. 남자들이 여자 앞에 서면 허세를 부

편견,

리는 이유입니다. 연애라는 영역 안에서 남자의 역할은 이미 정해져 있으니까요.

사람들의 만남엔 '정해진 틀'이 있습니다. 끝없이 반복되는 짝짓기의 규칙들과 굳어진 역할극이 우리를 지배하고 있어요. 내 선택 같고 내 취향 같지만 돌아보면 내 욕망과 기호는 남들의 것과 거의 똑같습니다. 내가 이효리를 좋아하고 내가 원빈에 끌리는 것 같지만 내 감정과 감각은 '정해진 틀'에 찍혀 나온 것과 같습니다. 너무도 빤한 데이트 코스와 연애 진도 방식 그리고 판에 박힌 결혼식을 한 번 보세요. 우리의 사랑과 만남이 얼마나 별 볼 일 없는지를 보여주는 증거들입니다.

개성이랍시고 겉치레만 요란한 채 자신의 취향을 존중해달라고 하지만, 알고 보면 그마저도 이해관계와 사회구조에 따라 찍혀 나오는 꼴입니다. 이런 '불편한 진실'을 기껍게 받아들일 사람은 아무도 없습니다. 그래서 필요한 것이 낭만입니다. 하루하루 도시의 불빛에 취해 어제 같은 오늘을 보내고 오늘과 같은 내일을 맞을 우리에게, 낭만은 지금의 우울과 피로를 잠깐이나마 씻어줄 '구원'이니까요.

사람들이 진부한 가면극을 따라 하는 것은, 가면극을 펼쳐야 낭만이 생긴다고 우리의 감각이 믿기 때문입니다. 촛불시위는 싫지만 촛불 이벤트를 벌이고, 어렵게 모은 돈을 얼토당토 않은 명품 구입에 날려야 사랑을 받아들일 수 있는 시대로 접어들었습니다. 주말이면 으레 영화관에 가고 멋진 곳에 가서 저녁을 먹어야 제대로 데이트하는 느낌이 듭니다. 사람이 몰리는 곳일수록 사람들이 더욱 몰리게 됩니다. 거기에 가야만 사랑을 느낄 수 있으니까요.

낭만으로 이뤄진 사랑은 현대사회가 만들어낸 발명품입니다. 그래서 아무리 애인을 갈아치워도 뭔가 허전하고 알 수 없는 헛헛함에 시달릴 수밖에 없습니다. '희생하고 순정하는 여자'와 '강하고 열정 넘치는 남자'라는 각본 안에서 꼭두각시 노릇을 하느라 바쁘니까요.

뭔가 행복하지 않다면 자신이 믿고 있는 낭만을 손질할 필요가 있습니다. 청순한 외모로 남자로부터 무조건적인 사랑을 받는 여주인공과 망설임 끝에 부모의 반대를 무릅쓰는 남주인공. 연속극의 공식처럼 되풀이되는 지긋지긋한 문법들은 대중의 상상력을 닭 몰이 하듯 몰고 가다 못해 아예 이성과 감각까지 망가뜨리고 있습니다.

> 낭만적 사랑이 위험한 까닭은 그것이 특히 여자들을 피해자로 만드는 경우가 많기 때문입니다. 또 낭만적인 사랑은 많은 문학 작품들, 드라마들에서 보이듯이 여성을 이상화하는 경향이 있기 때문에 불평등한 권력관계를 볼 수 없게 만듭니다.
>
> 김신명숙, 『김신명숙의 선택』

낭만조차 자본에 주물려져 사람들을 지배하는 시대라지만, 그럼에도 여전히 사람 사이엔 '낭만'이 남아 있습니다. 만남을 통해 예전과 다른 '바뀜'이 있을 거라는 기대 때문입니다. 그렇다면 낭만을 내

편견,

다버리지는 않되, 낭만이라는 조개껍데기 안의 진주를 찾아야 하겠죠. 자신들도 미처 몰랐던 서로의 잠재성이 피어나는 만남, 그것이 진주입니다. 그때 사랑은 인생을 뒤바꾸는 사건이자 힘이 됩니다.

둘이 만나 하나가 되는 것이 아닌, 둘이 손을 마주잡음으로써 헤아릴 수 없는 존재로 뻗어 나가는 것. 이것이 진짜 꿈꿔야 할 사랑 아닐까요?

사랑은 인생을 구원할 수 있다

철학자 에피쿠로스는 "너는 무엇을 먹고 마실까보다 누구와 먹고 마실까에 대해 생각해야 한다"고 힘주어 말했습니다. 그렇습니다. 우리 삶은 무엇을 먹고 마시는지가 아니라 누구를 만나고 어울리느냐에 따라 바뀝니다. 그런데 점심에 뭘 먹을지 주말에 뭘 할지 궁리하는 사람은 많은 반면, 누구와 함께할지를 깊이 생각하는 사람은 없는 것 같습니다. 평소 먹던 이들과 또 먹고, 평소 만나던 사람과 또 만나면 되니까요. 끼리끼리 모이면서, 삶도 그렇게 제자리를 맴돕니다.

저마다 자신의 삶을 개선하고 싶어하지만 쉽게 바뀌지 않습니다. 사람관계가 그대로이기 때문입니다. 사람은 낯섦과 부닥쳐야만 아집이 깨지면서 말랑말랑해집니다. 잘 모름이라는 덩굴에 걸리고 처음 겪음이라는 걸림돌에 넘어지는 과정을 겪으며 마음이 열리고 부드러워지고 튼튼해집니다. 낯섦과 부대끼면서 나는 나를 옭아매던

편견,

자의식을 털어내죠. 이런 과정에서 정신이 낭창낭창해진 사람은 자기 안의 팔딱거림을 북돋우며 '자신이 어디에 있는지 어디로 가고 싶은지'를 찾아냅니다.

팔팔하게 살기 위해서 우리는 일부러라도 낯섦을 삶에 끌어들여야 합니다. 낯섦 가운데 으뜸은 사랑입니다. 사랑만큼 싱그럽지만 생뚱맞고 벅차지만 흥겨운 사건도 없습니다. 놀랍게도 사랑에 빠진 사람은 상대를 몇 시간씩 기다리면서도 조금도 지루해하지 않습니다. 그 사람을 생각만 해도 얼굴에서 빛이 뿜어나옵니다. 상대가 좋아하길 바라며 깜짝 선물을 챙기기도 하고, 자신의 마음을 담은 편지를 쓰느라 밤을 지새우기도 합니다. 그 사람이 자신을 더 좋아하길 바라며 자신을 가다듬는 과정에서, '나'는 새로운 '나'로 달라지죠.

사랑은 어마어마한 사건입니다. 사랑하는 사람은 얼굴색이 달라집니다. 감추려 해도 얼굴에서 뿜어지는 빛의 밝기가 바뀝니다. 그야말로 사람이 확 바뀌고 삶이 확 달라지죠. 나 자신이 몰랐을 뿐 내 안에 꿈틀대던 엄청난 기운이 이때 비로소 솟아나옵니다.

사랑할 때, '나'는 전혀 새로운 '나'로 탈바꿈합니다. 규범과 규칙에 얽매이고 목적과 성과만을 따지던 나에서 벗어나 나만의 나, 하고 싶은 바를 따르면서도 남들과 잘 어울릴 줄 아는 나가 되죠. 사랑을 잘하면 이전의 나는 헝클어지고 바스러집니다. 반면에 조금 더 편하고 자유로운 사람으로 변합니다. 이런 현상을 뇌과학에서는 변연계 교정이라고 합니다.

사랑하는 사람들은 서로의 마음을 교정한다. 한쪽의 마음이 상대방을 변화시키는 것이다. 우리가 포유동물인 동시에 뉴런의 존재라는 이중의 자격으로 물려받은 이 놀라운 유산을 우리는 변연계 교정(limbic revision)이라고 부른다. 정의하자면 우리의 유인자가 어떤 변연계의 통로들을 활성화시키고 뇌의 정밀한 기억 메커니즘이 그것들을 강화시킴에 따라, 그로 인해 사랑하는 사람들의 정서가 개조되는 작용을 가리킨다.

토머스 루이스 외, 『사랑을 위한 과학』

인간뿐 아니라 모든 생명체는 같은 공간 안에 있으면 서로 영향을 주고받습니다. 특히 포유류는 변연계 공명(limbic resonance)을 하죠. 교향곡을 연주할 때 여러 악기가 고유의 소리를 내면서도 시시각각 자신의 소리를 줄이기도 하고 키우기도 하면서 색다른 어우러짐을 자아내듯, 변연계를 가진 포유류는 함께 있다는 사실만으로도 서로의 변연계가 울리면서 색다른 반응을 빚어냅니다. 눈이 마주쳤을 때의 느낌을 떠올리면 변연계 공명이 더 잘 와 닿습니다. 눈과 눈이 마주쳤을 때, 내 안에서 어떤 울림 같은 게 생겨납니다. 그의 눈빛은 내 안에 들어와 내 몸과 뇌를 바꾸는 빛이 됩니다. 공명을 통해 우리는 조정됩니다. 사람이 바뀝니다.

흔히들 '누군가와 눈이 맞아 모든 게 바뀌었다'고 합니다. 말 그대로 누군가를 만나 같이 시간을 보내면 우리는 달라집니다. 이상은

편견,

의 〈비밀의 화원〉은 사랑이 빚어내는 변화를 노래하죠. 사랑에 빠지면 "하루하루 조금씩 나아"집니다. "그대가 지켜보니"까요. 한마디로 이런 기분이 들죠.

난 다시 태어난 것만 같아
그대를 만나고부터

그래서 뇌과학자들은 이렇게도 말합니다.
"현재의 우리와 미래의 우리는, 우리가 누구를 사랑하는가에 어느 정도 좌우된다."
누구를 만나느냐에 따라 내 몸과 마음이 달라집니다. 그동안 잊었던 감성이 되살아나 이성과 어우러집니다. 덕분에 나는 '지금으로선 어림잡을 수 없는 사람'이 되죠. 누에고치가 나비로 바뀌듯, 사랑을 하면 아예 사람이 달라집니다. 그러니 우리는 자기실현을 위해서라도, 예술 같은 삶을 살기 위해서라도, 좋은 사람들을 만나 뜨겁게 사랑해야 합니다. 너를 통해 내가 몰랐던 나를 만나게 되니까요.
진짜 사랑을 하면, 만남을 통해 가려졌던 기운이 드러나고 닫혀 있던 과거마저 열립니다. 그리고 미래가 달라집니다.
나는 나를 잘 모릅니다. 나의 오늘에 어떤 미래가 숨어 있을지 알지 못합니다. 나는 감춰진 보물창고이며 그 열쇠는 사랑입니다. 용기를 내어 사랑하면 우리는 푸르디푸른 사람이 됩니다. 사랑은 내 안의 욕망을 깨우는 마법의 주문처럼 나를 지금과 다른 사람으로 바꿔주죠.

자기 잘난 맛에 살고 화가 치밀면 다 내뱉어야 직성이 풀리던 사람이 한결 나긋나긋해지면서 굼슬거운 사람으로 거듭나고, 뱃심이 약해 도통 남 앞에 나서지 못하던 이가 여러 사람 앞에서 당신을 사랑한다고 공개고백까지 하게 되는 변화. 사랑은 번개처럼 들이닥쳐 그동안의 나를 쪼개버리고 불사르면서 전혀 다른 나로 만들죠.

옴니버스 영화 〈도쿄!〉에서 봉준호 감독은 이런 과정을 그려냅니다. 누군가와 문득 마주쳐 사랑이라는 감정이 샘솟을 때, 은둔형 외톨이조차도 용기 내어 세상 밖으로 나와 이전과는 전혀 다른 주체가 되는 기적을 보여줍니다.

사랑을 통한 변신이 손쉬운 일인 것은 아닙니다. 캄캄한 어둠을 헤매며 외로움을 품어 안고, 그마저도 어루만지는 사람만이 해낼 수 있습니다. 자신의 삶을 정말 사랑했기에 곰은 쑥과 마늘만 먹는 고통을 견디면서도 사람이 되기를 기다렸고, 마침내 사람으로 변할 수 있었습니다. 자신의 삶을 옹글게 짊어진 사람만이 사랑을 몽글게 마련할 수 있습니다. '나를 에워싼 우리'를 깨부수고 절절하게 '더 큰 우리'를 바랄 때, 사랑이 생겨날 수 있는 판이 펼쳐집니다.

끊임없이 자의식을 털어내고, 용기를 갖고 성 각본에서 벗어나야

편견,

합니다.

나의 테두리를 넘어서 그 사람에게로 건너가고자 안간힘을 쓰며, 그 사람이 다가오고 싶은 사람이 되고자 애면글면 애쓸 때, 그때 우리 사이에 무지개가 맺힙니다.

11 강박,
연애를 권하는 사회

하루에도 몇 차례씩 전화통화를 할 만큼 가까운 여자14와 여자15는 요즘 거의 똑같은 문제로 고민 중이다. '남자가 없다'는 것. 그래서 외롭다는 것.

여자15는 말끝마다 한숨을 내뱉듯 중얼거린다.

"그래봐야 남자친구도 없는데 뭘……."

이런 넋두리를 들을 때마다 여자14는 참 안타깝고 애처롭다. 자신이 아는 한 여자15는 외모며 학벌이며 성격이며 뭐 하나 빠지지 않을 만큼 괜찮은 친구다. 그런데 단 하나 '남자가 없다'는 것 때문에 스스로 이런 박탈감에 시달려야 하다니.

여자14 또한 마찬가지다. 몇 달 전 남자친구와 헤어지고 나서, 하는 일마다 허전해 도통 즐거움을 찾을 데가 없는 그녀였다. 남자친구란, 애인이란, 삶에 행복을 더하는 요소가 아니라 '삶의 거의 모든 가치'를 판가름하는 무엇이란 말인가.

그 까닭에 여자14와 여자15가 요즘 공들이고 있는 것이 바로 소개팅이다. 더 늦기 전에 좋은 남자 만나야 한다는 주위의 등쌀에 떠밀려 최근 1년 사이에 30번도 넘게 소개팅을 했다. 그러나 소개팅이 좋은 관계로 연결될 확률은 매우 낮은 모양이다. 여태 아무런 소득(?)이 없으니 말이다.

늦은 밤. 어두운 하늘을 바라보며 여자14는 생각한다. 이 사회에 연애귀신이 떠돌고 있는 게 아닐까. 보이지 않는 연애귀신이 나를 안달하도록 만드는 게 아닌가. 연애를 하지 못하면 귀신이 등 뒤에 다가온 것처럼 으스스 몸이 떨리고, 바람에 날리는 가랑잎처럼 이 사람 저 사람 사이를 정신 나간 듯 왔다 갔다 하게 되니까. 나는 정말 사랑이 하고 싶은 걸까?

연애가 커다란 권력을 주는 시대

한동안 뜸하던 친구에게 간만에 연락이 오면 남자친구와 헤어졌다고 찡얼거리는 경우가 대부분입니다. 그러면 친구의 이별담을 들어주어야 합니다. 그러다가 또 다른 남자친구가 생기면 다시금 연락이 뜸해지죠.

여자 친구들이 모이면 흔히 연애에 대해서 이야기합니다. 만나서 하는 이야기라곤 남자친구와 사귀면서 생기는 어지러움과 괴로움, 기쁨과 즐거움이 대부분이지요. 연애할 때의 아찔함을 나누고 싶기에 친구들과 수다를 떠는 것이겠지만, 한편으로 친구들에게는 그만한 정성을 쏟은 적이 없음을 생각하면 가슴 한쪽이 스산해지죠. 그동안 함께해온 소중한 친구들의 꿈과 삶에 대해선 별 관심이 없다는 듯, 연애가 세상에서 가장 중요하다는 듯, 서로 앞다투어 남자에 대해서만 미주알고주알 노닥거리는 자신의 모습을 되돌아보게 되는 것이지요.

강박,

서구산업화와 이른바 근대화의 결과, 직장과 가정이 분리되고 남자와 여자의 성 역할이 구분되면서 여자는 사랑에 매달리고 남자에 기대며 아이를 낳아 키워야 한다는 신앙은 마치 자연법칙처럼 사람들을 지배해왔습니다. 여자에게는 사랑이 전부라고 선언하는 깃발이 지금도 도처에 펄럭이고 있습니다. '여자라면 남자의 보호를 받으며 남자들을 뒷바라지하고 세상에 지친 남자를 다독이면서 가정을 지켜나가라'고 은연중에 배웠던 기억이 혹시 없으신가요. 19세기 역사학자 쥘 미슐레는 이런 글을 써서 당시 젊은이들의 존경을 받았습니다.

바로 이것이 여자의 사명이자(대를 잇는 것 이상으로), 남자의 마음을 되살리는 것입니다. 그에게 보호받고 부양받는 그녀는 그를 사랑으로 부양합니다. 사랑이야말로 여자의 천직이고 또 그녀의 유일한 본질입니다. 여자가 지상의 모든 험한 일을 할 수 없도록 하는 자연의 법칙은, 바로 그 천직을 지키도록 하려는 것 때문입니다. 남자의 일은 돈을 버는 것이고, 여자의 일은 쓰는 것입니다.

쥘 미슐레, 『여자의 사랑』

그러나 성별 이분법이 소의 코뚜레처럼 갑갑하고 몸서리치게 싫은 여자들은 역사상 늘 있었습니다. 여자들이 왜 이처럼 남자에게 기대고 남성중심적으로 살아야 했는지에 대해 밝혀진 것은 여성운동이 일어난 이후입니다. 여러 요인이 있겠지만 사회경제 구조적 이유가 가장 큽니다. 세상이 남성중심이기 때문에, 여자들이 돈과 지위를 얻으려면 남자를 통해야만 했거든요. 남자들이 세상을 얻고자 자신과 싸우고 남들과 엉키면서 나아가는 반면, '여자의 적은 여자'라는 말이 나올 만큼 여자들은 남자를 두고 여자와 싸울 수밖에 없었죠.

여자들이 스스로 삶을 열어가기 힘든 남성중심사회이다 보니, 여자들은 몸소 뭔가를 하면서 자신의 꿈을 키우기보다 남자의 인생에 자신을 맡기고 남자들 뒤치다꺼리하는 데 족하며 살았죠. 또 사회는 여자가 관계 맺고 있는 남자들, 아버지와 남편과 아들이 어떤 위치에 있느냐에 따라 여자를 평가했고요.

요즘도 아줌마들이 남편 승진과 아이 대학에 치맛바람을 날리는 것은, 따지고 보면 남편이나 자식이 어떠냐에 따라 여자의 가치가 판가름나기 때문입니다. "내 남자의 능력이 바로 나의 능력"이라고 생각하는 여자가 드물지 않죠.

심지어 서구에서는 여자가 결혼하면 남편의 성을 따릅니다. 이처럼 여자는 주체라기보다는 남자에 종속된 객체로 취급되어왔습니다. 한국에서는 결혼한다고 성을 갈지는 않습니다. 하지만 성 자체가 남성중심으로 이어진다는 것을 생각하면 가부장제라는 해묵은 권력체제가 동서양을 막론하고 오랜 세월 이어졌음을 알 수 있습니다.

강박,

마르크스의 단짝이었던 엥겔스는 『가족, 사유재산, 그리고 국가의 기원』에서 모권사회였던 인류사회가 가부장사회로 바뀐 걸 두고 "여성의 세계사적 패배"라고 썼습니다. 남성지배사회에서 여자들은 남자들에게 예뻐 보여야 합니다. '어떻게 보이느냐'가 중요한 것입니다. 그래서 여자들은 여자의 눈이 아닌 남자의 눈으로 자신을 쳐다보죠. 길거리에서 남자는 여자를 보고 여자도 여자를 보는 것은 이 때문입니다.

남성과의 관계에 따라 구분한다는 것은 남성 입장에서 여성을 본다는 것을 의미한다. 이런 평면적인 여성의 경험과 목소리는 들어갈 틈이 없다. 여성은 스스로가 자신의 몸을 어떻게 인식하는지, 나이가 들어가는 몸의 변화를 어떻게 받아들이는지, 자신이 원하는 것이 무엇인지 말하지 못하면서 남성의 시각으로 다른 여성을 바라보고 자신을 바라본다.

정해경, 『섹시즘: 남자들에 갇힌 여자』

여자들이 나이 드는 것을 무서워하고 아줌마 되기를 싫어하는 까닭도 남성중심사회에서 여자의 평가 기준이 '얼굴과 몸매'이기 때문입니다. 남성중심사회에서 여자들은 나이가 들수록 상품가치가 떨어지죠. 감가상각이 두려운 여자들은 한 살이라도 젊을 때 잽싸게 남자를 잡아 '안정'을 구하려고 안간힘을 쓸 수밖에 없습니다. 남자를 중심으로 자신의 욕망과 생활이 구성될 수밖에 없기에, 남자친구가 생기면 친구들에게 들이는 정성이 당연스레 줄어듭니다. 그래서 관계도 소홀해집니다. 서글프지만 남성중심사회에서 살아남으려는 여자들의 현실이라고 할 수 있습니다.

그럼에도 몇 가지 의문이 생깁니다. 오늘날 사회는 나름대로 성평등을 이루었는데, '여자는 어떠해야 한다'는 고정관념도 깨졌으며 굳이 남자에게 기대지 않아도 살아가는데 큰 지장이 없는 여건이 갖춰졌는데, 어째서 여전히 많은 여자는 자신의 꿈이나 삶보다 '남자'와 '외모 가꾸기'에 더 큰 비중을 두고 있는 것일까요? 남자에 기대지 않더라도 얼마든지 즐겁고 재미있게 살 수 있는 시대이긴 하지만, 그럼에도 '남자'와 '외모 가꾸기'는 여전히 다른 가치들을 제치고 여자의 삶을 결정짓는 2대 요소입니다.

그런가 하면 남자들도 '연애'와 '여자'에 모든 걸 바치며 이를 인생의 으뜸가는 가치로 여기게 되었습니다. 남자들 역시 다른 것은 눈에 차지 않죠. 오로지 '괜찮은 여자와 연애하다 결혼하여 잘사는 일'이 꿈이 되었을 만큼, 사랑은 이 시대를 가로지르는 화두가 되었습니다. 세상이 낭만화된 것일까요?

인간은 자신의 기운을 남들과 나누고 세상에 쏟으며, 수많은 사람과 영향을 주고받으며 얼키설키 살아갑니다. 남들과 어울리며 살때 여러 감정이 생기고 여러 규범도 생겨나는데, 오늘날엔 '연애와 사랑'이 가장 커다란 권력을 가지죠. 충, 우애, 우정, 효, 신의, 정의,

강박,

자유, 평등, 성공 등도 여전히 중요하지만 사랑만큼 중시되진 않습니다. 그 아무리 많은 걸 얻었다 하더라도 사랑을 하지 않고 있다면 모든 게 허망하다고 느끼니까요.

사랑은 언제나 어느 시절에나 중요했지만 오늘날만큼은 아닌 것 같습니다. 들불처럼 번진 이 사랑의 열병은 무엇을 의미할까요?

어쨌거나 사랑은 필요하다

사람은 누구나 행복하게 살고 싶어합니다. 이토록 아등바등 일하는 이유도, 행복해지고자 함이죠. 훌륭한 사람이 되려면 먼저 훌륭함이 뭔지 알아야 하듯, 행복해지려면 먼저 행복이 뭔지 알아야 합니다.

행복은 사람마다 다른 꼴로 자리매김하지만 그 뿌리는 모두 사랑에 닿아 있죠. 세상의 바다는 사랑 때문에 흘린 눈물로 만들어졌는지도 모릅니다. 사람들의 모든 행동에는 사랑을 바라며 부르는 손짓이 숨어 있죠. 우리가 극락, 천당, 이데아를 상상할 수 있는 것도 현실에서 사랑을 체험해봤기 때문입니다. 사랑하는 사람과 만나고 함께할 때, 기적처럼 지상낙원이 열립니다.

사랑 없이는 살 수 없는 존재가 사람입니다. 사랑 없는 인생은 텅빈 상자나 다름없죠. 누군가를 참되게 만났을 때의 기쁨은 세상 어느 것에도 견줄 수 없습니다. 단어만 보더라도 삶과 사람과 사랑은 뿌리가 같습니다. 사람으로 사는 일이 삶이고, 그 삶이 사랑이죠. 그

강박,

러니 삶의 핵심은 사랑입니다. 사랑이 우리 삶의 줄거리죠. 어디에 살든, 어떤 문화권이든, 나이가 어떠하든 마찬가지입니다.

> 낭만적인 사랑. 도를 지나친 사랑. 홀린 사랑. 그것을 어떻게 부르든 모든 시대와 모든 문화권의 남자와 여자는 이 거역할 수 없는 힘에 넋을 빼앗기고, 괴롭힘을 당하고, 당황해왔다. 사랑하는 것은 인간 모두에게 보편적인 것이다. 그것은 인간 본성의 한 부분이다. 게다가 이 마술은 똑같은 방식으로 우리 모두를 방문한다.
>
> 헬렌 피셔, 『연애본능』

우리는 모두 사랑하고 싶어하고 사랑하며 살아갑니다. 우리는 누군가와 지지고 볶으며 뒤엉켜 살 수밖에 없고, 서로의 체온에 기대어 이 시대를 지나가는 세상의 여행자들입니다. 섭씨 36.5도만으로 살기에는 세상은 너무나 추운 곳이죠. 살면서 점점 무거워지는 외로움도 사랑만이 이겨낼 수 있습니다. 사랑하면 삶의 맛이 달라집니다. 사랑으로 제풀에 일어나는 풋풋함이 없다면 우리 삶은 얼마나 팍팍할까요.

생각만 해도 웃음이 나오고 기분이 두둥실 떠오르는 것, 사랑.

내 삶이 외롭고 부질없게 느껴지는 까닭은 아직 너와 참된 만남을 하지 않았기 때문입니다. 사람들은 누구나 참된 만남, 참된 사랑을 바랍니다. 나의 존재는 너의 존재로부터 떼려야 뗄 수 없습니다.

너와 내가 만나 와락 솟구치는 뜨거운 사랑을 우리는 간절히 원합니다. 너가 있어야 내가 있고, 내가 있다면 너가 있죠. 신학자 마르틴 부버는 『나와 너』에서 말했습니다.

"나는 너로 인하여 '나'가 된다. 모든 참된 삶은 만남이다."

이것이 상처를 받더라도 우리가 사랑하려는 이유입니다. 너와의 참된 만남 없이 나는 결코 존재할 수 없습니다. 내가 행복하려면 나만의 세계가 아닌 둘의 세계를 열어야 합니다. 만남을 통해 둘의 세계를 빚어내고자 애끓고 애써야 사랑이죠.

사랑은 이득만 취하려는 관계 속에서는 이뤄지지 않습니다. 상대를 통해 잇속을 챙겼다면 상대는 나 때문에 손실을 입는 셈이거든요. '나와 너'라는 존재의 관계가 아니라 '득과 실'이라는 관계라면, 이는 금세 깨지게 마련입니다.

안타깝게도 '나와 너'의 관계를 지켜가는 사람은 드뭅니다. 사랑하는 사람이 있다는 존재감만으로 행복하지 못하는 이유는 무엇일까요? 나이가 들어 현실을 알아갈수록 요모조모 따지는 가짓수가 늘어갑니다. 사랑이 밥 먹여 주느냐는 말을 거침없이 내뱉고 성욕에 따라 움직이는 자동인형처럼 살아가기를 마다치 않습니다. 누군가 다가오면 매서운 바람이 불어닥친 것처럼 옷깃을 여미고 목도리를 동여매고 한없이 따지고 재면서 거리를 두죠. 이런저런 욕망과 조건으로 질퍽거리는 생활 안에서 사랑이 병들어가고 있습니다.

그래서 그럴까요? 도시의 밤거리는 무섭고 외롭습니다. 어디를

강박,

가도 사람들은 차고 넘치지만 나 혼자 덩그러니 어둠 속에 있다는 생각을 떨칠 수 없습니다. 아무리 이곳저곳을 싸돌아다니고 수많은 사람에 둘러싸여 있어도 쓸쓸함이 밀려들고 외로움에 젖어듭니다. 오지은의 〈인생론〉에 나오는 노랫말처럼 고독한 고양이과 사람들도 혼자가 좋을 리는 없습니다.

인도의 승려 샨티데바가 쓴 『입보리행론』에 다음과 같은 말이 나옵니다.

"수천의 생을 반복한다 해도 사랑하는 사람과 다시 만난다는 것은 드문 일이다. 지금 후회 없이 사랑하라. 사랑할 시간은 그리 많지 않다."

인생은 사랑만 하기에도 턱없이 모자란 시간입니다. 사랑할 말미가 얼마 남지 않았는지도 모릅니다. 곁에 있는 사람을 한 번이라도 더 따뜻한 눈빛으로 봐야 합니다. 지금 후회 없이 사랑하고 있습니까?

풍요 속에 빈곤한 사랑

외로움. 이 말만큼 오늘날 우리 모습을 딱 꼬집는 단어도 없을 듯싶습니다. 다들 어김없이 애정사업을 벌이고 인맥관리를 한다고 애쓰지만, 뒷모습에 내려앉은 외로움은 나날이 다락같아집니다. 어깨 위에 올라탄 외로움이라는 녀석이 물먹은 솜처럼 무겁기만 합니다. 그탓에 어깻죽지가 뭉치지 않은 사람이 없지요. 아프게 굳어버린 목덜미는 삶의 힘겨움이자 외로움입니다.

외로움은 인간의 숙명인지 모릅니다. 그렇다 해도 오늘날의 외로움은 너무 심합니다. 옛날에는 '공동체'가 있어서 옆집에 숟가락이 몇 개인지 알 만큼 사람 사이가 가까웠습니다. 이웃사촌들이 서로의 뭉친 어깨를 주물러주었습니다. 때론 지나치게 끼어들어 성가시더라도, 그 살가움만큼은 푸근했지요. 그러나 어쩔 도리 없이 저마다 뿔뿔이 쪼개져서 옆집에 누가 사는지조차 알지 못하는 요즈음입니다. 공동체는 먼 옛날이야기처럼 아련해졌죠.

강박,

시대가 달라지고 여건이 바뀌었으니 옛날 공동체를 되살려야 할 이유는 없습니다. 그렇지만 지난날을 팽개치거나 잊어버리는 대신, 옛 공동체를 꼼꼼히 살피고 곰곰이 생각할 필요는 있을 것입니다. 타인과의 끈적거림이 싫다며 공동체 밖으로 나온 사람들. 누구와도 엮이려 하지 않고 자유롭게 흩어진 것까지는 좋았지만, 홀로 싸늘해져 갑니다. 서구화는 거추장스러운 인습을 벗어던지고 홀로 설 자유를 낳았지만 동시에 서로를 돌보지 않는 추위까지 낳았습니다. 사람들은 홀가분하기보다는 점점 시큰시큰함을 느낍니다.

두근거림은 자신의 바람이 세상에 실리면서 어떤 뜻이 생겨난다는 신호이자 삶을 살맛나게 하는 양념인데, 갈수록 두근거림이 줄어듭니다. 그저 죽지 못해 살아가는 기분입니다. 일상에서 두근거림을 얻을 수 없기에 일탈을 해서라도 잠깐이나마 두근거리고자 몸부림을 칩니다. 삶의 의미가 물거품이 된 사람에게 남은 건 자기 삶을 잊게 해주는 물장난뿐입니다.

나이가 들어 '일탈'하고 '불륜'을 저지르는 까닭도 그만큼 삶에 즐거움이 없기 때문일 것입니다. 술을 많이 마실수록, 이리저리 한눈을 팔수록 우리 삶은 추레해집니다. 그럴싸하게 세련된 표정으로 오늘을 살아가는 사람들. 그 표정은 모두에게 강요된 '가면'이 되고 사회는 '가면무도회'가 되어갑니다.

누구나 만날 수 있는 자유가 있고 덕분에 애인후보들이 수두룩하지만, 얄궂게도 우리는 사람들 틈바구니에서 가면을 쓴 채 고독해지고 있습니다. 외로움이 철썩철썩 파도쳐서 힘들고 괴롭지만, 나는 사람들 앞에서 강한 척 아무렇지도 않은 척해야 합니다. 인류사를 통틀어 가장 많은 사람과 어울리며 복잡하게 살아가는 오늘날. 거리를 걷고 지하철을 타고 버스를 기다릴 때 수많은 사람과 어깨를 부딪치며 지나쳐 가지만, 사람과 사람 사이는 그 어느 때보다 멀기만 합니다.

그래서 많은 사람을 알고 지내지반, 누군가와 깊은 관계를 맺지는 못하죠. 얼기설기, 엉성하게 쳐진 줄들에 엉킨 채 우리는 오늘도 빈 술잔을 앞에 두고 외로움에 부대낍니다. 사람과 사람 사이가 이렇게나 허전하지만 남들 역시 다 외롭게 살기에 겉으론 덤덤한 척 하루하루 견딥니다. 그런 일에 우리는 이미 익숙해졌죠. 아는 사람은 수두룩한데, 막상 깊이 아는 사람은 없습니다. 사회학자 게오르그 짐멜은 현대 문화의 특성을 이렇게 말했습니다.

매우 피상적인 인간관계는 현대 문화의 특수 개념인바, 바로 이러한 관계를 가리켜서 '아는 사이'라고 부른다는 점은 의미심장하다. 이런 의미에서 사람들이 서로 '안다'는 것은 잘 안다는 것이 전혀 아니다. 다시 말해 개인의 고유한 인격을 잘 안다는 것이 아니라 단지 상대방의 존재를 알고 있음을 의미할 따름이다. 사람들은 어떤 특정인을 안다고 말함으로써, 아니 심지어 잘 안다고 말함으로써, 그와 원래 친밀한 관계는 아니라는 점을 매우 분명하게 밝히는 셈

강박,

이다. '서로 잘 안다'고 할 때, 그 아는 정도는 상대방의 있는 그대로의 내면의 모습이 아니라 그가 다른 사람과 세상에 대해 드러낸 측면과만 관련된다.

게오르그 짐멜, 『짐멜의 모더니티 읽기』

현대인의 도시생활은 화려한 듯 보이지만 외롭습니다. 전화기엔 수많은 전화번호가 저장되어 있지만 서로의 마음속엔 진심이 없거든요. 다들 속을 감춘 채 대외용으로 보이는 모습만을 접촉하면서 그 사람을 안다고 착각하는 것이 바로 현대인입니다.

외로움이 세상맛이고 사람살이 아니겠느냐며 청승을 역성드는 사람도 있습니다. 그러나 누군가와 가슴과 가슴으로 만나는 방법을 까먹었기에 삶이 이토록 을씨년스러워진 건 아닐까요? 남이 울먹일 때 손수건을 내밀지 않았기에, 남 또한 내가 외로울 때 손 잡아주지 않는 것이 아닐까요?

'나'가 '남'에게 데면데면한 만큼 '남'들도 '나'에게 건성으로 대할 수밖에 없습니다. 나는 남들에게 남이니까요.

모두 각개전투 하듯 경쟁하고, 나 또한 정신없이 뜀박질하고 있습니다. 그렇기 때문에 사랑이 더 간절합니다. 무엇 하나 의지할 것 없는, 지켜야 할 가치가 사라진, 앞으로 어떻게 살고 어디로 가야 할지 모르는 안개 속처럼 희뿌연 시대입니다. 너라도 '내 편'이 되어줘야 합니다.

정성과 관심을 듬뿍 퍼주며 하염없이 믿어주는 드라마 속 주인공이 멋진 까닭은 그런 사랑이 불가능해진 현실 때문입니다. 나만을 바라보고 언제나 내 편을 들어주며 끝없이 참아주고 사랑해주는 영화와 드라마 속 등장인물을 만나기가 힘든 세상 탓입니다.

외로운 시대의 사랑은, 그나마 숨통을 틔워주는 산소 노릇을 합니다. 인간은 혼자서는 살 수 없기에 사랑을 통해 외로움과 힘겹게 싸워나갑니다.

우리는 사랑을 찾아야 합니다. 사랑이 없으면 새로 빚어내고 만들어야 합니다.

강박,

연애를 위한 연애는 위험하다

외로운 현대인을 위해 연애는 신흥 종교로 우뚝 솟았습니다. 종교(宗敎)가 글자 그대로 세상의 으뜸가는 가르침이자 세상을 이해하는 원리라면, 연애야말로 이 시대 최고의 종교입니다. 어떤 하나의 종교가 유일한 가르침으로써 지구마을을 지배하지 않는 상황에서 사랑이라는 종교는 모두를 엄한 근본주의자로 만듭니다. 이념이 사라진 시대에 사랑이 최후의 이념이 되어버린 것입니다.

두 사람이 하나의 개인으로 마주 서 있는 현대사회에서 사랑이라는 이 세속적인 신흥 종교는 가정의 사생활 속에서, 이혼 변호사 앞에서, 결혼생활 상담소에서 끊임없이 벌어지고 있는 투닥거림들을 통해 격렬한 종교적 논쟁이 되어버렸다. 사랑에 대한 갈망은 현대의 근본주의가 되어버린 것이다. 거의 모든 사람들이, 심지어 근본주의적 신념에 반대하는 사람들마저 이러한 갈망에 굴복하고 있다.

> 사랑은 종교 이후의 종교이며, 모든 믿음의 종말 이후의 궁극적 믿음이다.
>
> 벡 부부, 『사랑은 지독한 혼란: 그러나 너무나 정상적인』

사랑은 종교를 참 많이 닮았습니다. 인간이 인간으로서 살아갈 때 인간은 단 한 명의 예외도 없이 외롭고 괴롭습니다. 외로움과 괴로움에 녹초가 된 우리는 지푸라기를 잡듯 뭔가 기댈 곳을 찾습니다. 그래서 종교가 생겨나죠. 인류사 어느 문명에서건 종교가 인간들의 삶에 바짝 붙어 있었던 것은 이 때문입니다. 종교가 사람들에게 큰 힘이 되어주고 있다는 건, 한편으로 그 사회가 자못 고통스러운 곳임을 드러내죠.

종교가 하던 기능을 오늘날엔 사랑이 갈음하고 있습니다. 많은 이들이 사랑을 통해 위로받고 힘을 얻죠. 지치고 고달플 때, 연애하면서 우리는 고통을 견뎌내고 삶의 의미를 찾습니다. 종교든 사랑이든 이전까지와는 전혀 다른 삶을 살면서 행복해지라고 우리를 손짓합니다. 사랑과 종교를 통해서 '새사람'이 되는 일도 흔합니다. 종교가 상처받고 두려워하는 사람들을 토닥이며 끌어안듯 사랑 또한 인생의 아픔들을 드러내어 치유되도록 해줍니다. 이처럼 종교와 사랑은 쏙 빼닮았습니다.

연애는 종교행사가 되고, 이때 불문율로 교리가 생겨납니다. 바로 내 옆에 있는 이 사람만을 사랑해야 하며 다른 사람을 섬겨서는

강박,

안 됩니다. 그 밖에도 사귀는 사람 사이에 지켜야 할 의무가 많습니다. 그런데 이런 구속에 불편함을 느끼기보다 기꺼이 즐기며, 비종교인들과 구별해가며 자신들만의 유대를 단단히 하는 것까지 사랑은 종교를 빼다박았죠.

그런데 다른 종교와 달리 사랑교는 선택하지 않을 자유가 없습니다. 사람은 태어나는 순간 사랑교 모태신자가 되거든요. 사랑교는 지구동네를 휩쓴 최강의 종교로 자리매김했습니다. 종교사회에서 비신자로 살아가는 건 외롭고 괴롭습니다. 온통 사랑교 교인들뿐이니까요. 비신자는 배신자처럼 되어버립니다.

이러다 보니 사랑이라는 종교행사를 치르지 않는 사람들, 주말에 데이트가 없거나 하다못해 소개팅 건수라도 없는 사람들은 꿀꿀해질 수밖에 없습니다. 그 시간에 꼭 이성을 만나지 않아도 되건만, 책을 볼 수도 있고 친구와 산에 오를 수도 있으며 오랜만에 부모와 같이 산책을 하거나 모처럼 낮잠을 즐기면서 느긋하게 주말을 보낼 수 있건만, 자신만이 소외된 듯 뭔가 허전함에 사로잡힙니다.

사랑교 신도로 넘쳐나는 이 세상에서 대중매체들은 '짝이 없으면 불행한 것'이라고 소리칩니다. '손잡고 영화관에 가는 청춘남녀들을 부러워하고 솔로인 자신을 부끄러워하라'며 윽박지르죠. 이러니 솔로는 저절로 움츠러들고 '내가 어디 문제가 있는 것 아닌가' 시름에 잠기게 됩니다.

그런가 하면 (주말마다 교회에 가서 성실히 예배를 드린 신도가 일상에서는 늘 탐욕에 휘둘리듯) 사랑교인들 또한 아무리 열심히 연애를 해도 자기 삶에 딱히 도움이 안 될 때가 많습니다. 사랑교의 광신도가 되어 열심히 사랑했건만, 지나고 보니 과연 뭘 했나 싶을 때도 수두룩하죠. 남들에게 꿀리지 않고자, 남들에게 과시하기 위해서, 비신자가 되지 않고자, '연애를 위한 연애'를 하기 때문입니다.

당신이 정해진 의식을 따르며 사랑교 신자 노릇을 하는 까닭은, 정말 사랑해서가 아니라 마주치고 싶지 않은 문제를 조금이나마 잊을 수 있기 때문 아닌가요? 내 삶에 어떤 말썽이 났는데, 우리는 연애를 아편처럼 '자신을 속이고 잠깐의 떨림에 만족'하기 위해 이용하면서 진짜 문제를 회피하고 있는지도 모릅니다. 프랑스의 여성학자 보부아르는 『제2의 성』에서 "자기 스스로를 정당화할 수 없는 여자들이 종교와 나르시시즘 그리고 사랑을 통해 자신을 정당화하고자 한다"고 주장했습니다.

인류 역사에서 수많은 종교가 민중에게 힘이 되기는커녕 권력자들과 짬짜미를 하면서 뒤틀린 세상을 유지해왔듯, 사랑교 또한 오늘날 우리의 눈을 가리고 귀를 막는 구실을 하고 있는지도 모릅니다.

강박,

'왜 연애 안 해요'라는 불편한 질문

이른바 '깔때기 이론'을 곳곳에서 만납니다. 사람들이 모이면 처음엔 이런저런 이야기를 하지만, 결국은 '연애와 사랑' 이야기로 흐르게 된다는 이론이죠. 개성 강한 현대인들이 정치·사회·경제에 대해 공통된 의견을 나누기란 그리 쉽지 않은 데다, 이야기를 꺼내더라도 밑천이 금세 거덜납니다. 하지만 연애라는 멍석이 일단 깔리면 모두의 눈에서 빛이 나고 분위기도 시부저기 야들야들해지지요. 오래전 경험담부터 시작해서 어디서 주워들은 남의 연애 이야기까지 곁들이면 시간이 어떻게 흘러가는지 잊기 일쑤입니다.

사랑의 깔때기는 수많은 사람을 빨아들입니다. 세상에 온통 연애 깔때기만 꽂히다 보니 연애를 못 하면 나만 못난이가 되는 것만 같습니다. 온 세상이 장마라 온통 눅눅하고 꿉꿉한데 혼자 보송보송할 수 없거든요. 원치 않아도 물기가 배어듭니다. 똑같은 노래와 연속극이 지겹다고 하면서도 (어딘지 거대한 깔때기가 존재하는 것처럼) 사랑의 담론에 휩쓸리게 되는데, 바로 이게 '권력'이라고 역사철학자 미셸 푸코는 주장합니다.

권력은 무언가를 억압하거나 지배하는 것만이 아닙니다. 푸코에 따르면 무언가를 하도록 만들며 사회를 돌아가도록 만드는 '전략' 같은 것입니다. 결국 권력은 청와대와 검찰청, 국세청, 경찰청이나 국방부에만 있지 않고 여기 아래에서부터 나온다고 푸코는 주장합니다. 한마디로 권력은 도처에 있습니다. 일상 모든 곳에 권력이 있으며, 그 권력들이 우리를 어떤 모습으로 몰아갑니다.

> 권력은 아래로부터 나온다. 곧 지배하는 자와 지배받는 자 사이의 전체적인 이항 대립, 위에서 아래로 그리고 또 사회체의 밑바닥에 이르기까지 점점 더 국한된 집단들에 영향을 미치는 그 이원성이 권력 관계의 원리에 일반적 모체로서 자리 잡고 있는 것이 아니다. 그보다는 생산기구, 가족, 국한된 집단 제도들 안에서 형성되고 작용하는 다양한 세력 관계가 사회체 전체를 가로지르는 매우 폭넓은 분열 효과에 대해 받침대의 역할을 떠맡는다고 추정해야 한다. (…) 강력한 지배는 이 모든 대결 상황들의 강도를 지속적으로 유지하는 주도권의 결과다.
>
> 미셸 푸코, 『성의 역사 1: 앎의 의지』

우리는 매순간 권력을 경험합니다. 인터넷을 서핑해도, 잡지를

강박,

펼쳐도, 거리를 걸어도, 친구를 만나도, 온통 누가 누구랑 연애한다는 이야기에, 어떻게 해야 사랑받을 수 있으며 어떻게 해야 상대의 마음을 훔칠 수 있다는 등의 이야기로 야단법석이지요. 이러니 매순간 '연애하고 싶은 욕망'이 생길 수밖에 없죠.

연애하라고, 지금 사랑해야 할 시간이라고 여기저기서 외쳐댑니다. 우리는 그 소리에 반응하며 움직이지 않을 수 없습니다. 지금 연애할 짬이 안 날 만큼 정말 바쁘더라도, '연애할 형편이 안 된다고 핑계 대는 건 아닌지' 스스로를 의심하게 됩니다. 우리는 원치 않더라도 '연애소비의 주체'가 되어버립니다. 사랑의 이데올로기는 우리를 호명하고, 우리는 그에 따라 사랑에 목숨 바칠 애정남녀가 됩니다.

프랑스의 철학자 알튀세르가 「이데올로기와 이데올로기적 국가기구」에서 주장하듯, 길거리에서 "저기요" 소리가 들리면 우리는 뒤를 돌아보게 됩니다. 이런 부름이 개인을 주체로 바꾸듯, 대중매체나 대중문화 속에서 "연애를 해야 한다"고 외치는 소리로 말미암아 우리는 연애의 주체가 되죠. 그래서 열심히 연애기사를 클릭하고, 사람들을 만나 서로의 연애 경험을 묻곤 합니다. 더불어 "왜 연애를 안 해요?"라며 이곳저곳에서 옆구리를 찔러댑니다. 그리하여 우리는 빼도 박도 못한 채 호명을 받고 연애의 주체가 됩니다.

이즈음 사회에 깔린 연애강박은 정신분석학으로도 읽어낼 수 있습니다. '연애를 해야 한다'는 초사아의 다그침 때문에 우리는 연애를 할 수밖에 없죠. 초자아는 바깥에서 나에게 들어와 나를 꾸짖으며 복종시키는 '내 안의 무엇'입니다. 예컨대 아무리 부모가 삐뚤어져 있어도 부모 말을 거스르면 죄의식을 느끼거나, 배고픔에 괴로워하면서도 음식을 먹지 못하도록 막는 '나'가 초자아입니다. 스스로 뭘 하게 하거나 하지 않도록 닦달하며 명령하는 '나'가 초자아죠.

초자아는 오늘도 내 안에서 나를 괴롭히며 공격합니다. "연애해. 연애하라고!"

그래서 누군가 '만나는 사람 있느냐'고 물어볼 때, 없다고 대꾸하는 나 스스로가 뭔가 부끄러워집니다. 남들은 즐기는데 나는 그렇지 못하다는 생각에 괴로워집니다. 델리 스파이스의 〈차우차우〉는 너에게 푹 빠져 있다는 노랫말이지만 '너의 목소리'를 초자아로 읽어내면 소름이 끼칩니다.

> 너의 목소리가 들려
> 아무리 애를 쓰고 막아보려 하는데도

이 두 가사만 줄기차게 되풀이되는 것도 초자아스럽습니다. 초자아는 조금도 봐주지 않고 강박적으로 자아를 몰아세웁니다. 자아는 괴로울 수밖에 없죠. 아무리 애를 쓰고 막아봐도 초자아의 목소리가 들리니까요.

우리는 초자아의 명령에 따라 으레 몇 주 전부터 주말 약속을 미

강박,

리 잡아 뮤지컬을 보거나 교외로 드라이브를 갑니다. 그렇게 뭔가 번지르르한 것을 해야 직성이 풀립니다. 소개팅을 하거나 결혼정보 회사의 문을 두드려서라도 연애를 해야 하며, 하지 않으면 죄의식을 느끼는 지경에 이르렀습니다. 자유로운 사회라고 하지만 정작 우리는 통제를 당하고 있는지도 모릅니다. 연애에 대한 편집증, 조건에 대한 강박증, 남과 쉴 새 없이 비교하며 생기는 분열증, 뭔가 불안하고 답답한 우울증을 우리는 갖고 있습니다.

연애를 못 해도 고통스럽고 연애를 해도 행복하기 힘든 이유가 여기에 있습니다. 세상은 이처럼 '자유로운 감옥'인지도 모릅니다.

푸코는 『감시와 처벌』에서 이렇게 말했습니다.

"감옥이 공장이나 학교, 병영이나 병원과 흡사하고, 이러한 모든 기관이 감옥과 닮은 것이라고 해서 무엇이 놀라운 일이겠는가?"

12 운명,
사랑은 늘 시시하게 시작된다

여자17에게.

안녕, 잘 지내지? 그 먼 나라에서 공부는 잘 되고 있니? 늘 그립고 보고 싶다.

요즘 여자18을 자주 만나. 네가 없어 아쉽기는 하지만, 그래도 우리 삼총사의 우정이 깨져서는 안 되잖니.

너도 알지? 여자18이랑 나랑 연애관이 다르다는 거.

내가 옛날부터 남자들을 많이 만나는 편이었잖아. 밀당 좋아하고, 마음에 안 들면 바로 차버리고. 그에 비하면 여자18은 참 나랑 다른 거 같아. 너도 알잖아. 지금까지 무려 10년을 한 사람만 만나고, 지금도 남자친구가 너무 좋다고 하는 거.

"넌 질리지도 않냐?"

며칠 전에 내가 살그머니 물었더니 걔가 이러더리.

"사실 예전처럼 떨리지는 않지. 하지만 편안하고 좋아."

어쩌다 여자18과 그 남자친구를 같이 만날 때면, 우리 옛날에 시장에서 사 먹던 잔치국수가 생각나. 간이 너무 세지도 않고 그렇다고 맹탕도 아니면서 담백한 그 국수! 두 사람이 마주보고 웃는 걸 보면, 서로에 대한 믿음 같은 게 느껴져.

나도 나이가 들었나 봐. 요즘은 지난날의 연애들을 자꾸 돌아보게 돼. 스치듯 만난 남자들까지 치면 전부 몇 명인지 모르겠네. 그래도 다시 그 시절로 돌아가 사랑하고 싶은 만남은 없는 것 같아. 물론 좋았던 기억도 많고 애틋한 추억도 많지만, 그런데도 뭔가 부족해.

요즘 들어 집에도 점점 눈치가 보이네. 엄마는 '이제 시집이나 가라'고 하고. 그런데 죄송하지만, 그냥은 결혼할 수 없을 것 같아. 우리 부모님도 그렇고 직장 상사들 봐도 결혼은 사랑의 무덤인 것 같아. 아이 때문에 어쩔 수 없이 사는 부부들이 그렇게 많더라고.

두서없이 써봤어. 이만 줄일게.

곧 방학이니 한국에 들어오겠구나. 공항에서 두 팔 벌려 맞아줄게.

그때까지 건강하고.

-여자19가

사랑을 망가뜨리는 적들

사랑을 망가뜨리는 적들이 여럿 있습니다. 그 가운데 하나가 시간도둑들입니다. 시간도둑이란 상대방의 귀중한 시간을 훔치는 사람이죠. 될성부른 상대의 앞날을 가로막고 손아귀에 주무르려고 하는 망나니들입니다. 하루하루 새로움을 일궈야 하는 사람의 등에 업혀서 삶을 힘겹게 만드는 개차반이죠. 자신과 상대의 미래를 먹어치우는 배불뚝이가 시간도둑입니다.

시간도둑과 관계를 맺으면 만남이 오래갈 수 없습니다. 서로의 시간을 깎아먹다 보면 사랑의 감정은 쉬 바닥을 드러내니까요.

조금만 둘러보면, 사랑이라는 이름으로 시간을 도둑질하는 사람들을 얼마든지 볼 수 있습니다. 상대의 오늘에만 눈이 팔려 그 사람의 내일을 미처 보지 못하고 지레 짓누르는 경우들 말입니다. 얼핏 봐서는 알 수 없지만, 시간도둑들은 즐거움에만 골똘하면서 자신의 정체를 드러냅니다.

운명,

시간도둑들은 서로 다름을 견디면서 일상을 같이하는 '가까운 관계'를 맺기보다 그저 재미에만 몰두하고 쾌락에만 골몰하는 '장거리 관계'를 즐겨 맺습니다. 그러다가 즐거움이 사라지면 곧장 관계를 내던져버립니다. 누군가와 부대끼는 괴로움을 아우르면서 함께함의 즐거움을 모색하기보다 껌을 씹듯 단물만 쪽 빨고 뱉어버리죠. 우리가 외로움에 두려워 떠는 것은 시간도둑들과 연애하면서 사랑이 쉽사리 '쓰레기'가 되어버렸기 때문입니다. 영국의 사회학자 지그문트 바우만은 현대인의 관계에 대해 이렇게 말했습니다.

> 그러므로 '장거리 관계'의 '감정적 회피'는 늘 곁에 있는 것('출석 지상주의'라고 할 수 있는)에 비해 뚜렷한 장점이 있다. 파트너들은 '지겨운 일(말다툼, 상대의 말 들어주기)은 회피하고 즐거운 일(섹스, 잡담)만 할' 수도 있다. 그러나 즉석에서 시작되고 빨리 소모되며 원할 때는 폐기되는 파트너 관계에도 부작용이 있을 수 있다. (…) 당신의 인생에서 타인이 없다는 끊임없는 결핍감, 사별의 아픔과 유사한 공허함과 외로움으로 괴로워하는 것이다.
>
> 지그문트 바우만, 『쓰레기가 되는 삶들』

편하게 재미만 보려는 건 사랑이 아닙니다. 약삭빠른 욕심이고 얍삽한 수작일 뿐이죠. 누군가를 사랑하는 일은 무던히 힘겹습니다. 내 뜻대로만 되지 않는 상대와 마주치는 현기증을 이겨내며 둘의 삶을 함께 만들어가야 하니까요. 나 혼자 내키는 대로 하지 못하고 자신을 다스리면서도 서로 챙겨야 하니까요.

상대에 대한 배려로 자신의 자유가 줄어드는 느낌이 들지 모르지만, 도리어 '둘의 시간'을 자아낼 때 자유로움은 더욱 커집니다. 자유로움은 모든 걸 자기 맘대로 할 수 있다는 뜻이 아닙니다. 내가 결정하지 않고 모든 게 결정되어 있다면 나는 자유롭다기보다 정해진 대로 나풀거리는 허수아비일 뿐입니다. 자유롭다는 건 뭔가 내 뜻대로 착착 돌아가지 않아서 어긋남과 어려움에 부딪칠 때마다 '선택'과 '결단'을 할 수 있다는 뜻입니다. 자유로운 사랑은 아무것에도 얽매이지 않는 사랑이 아닙니다. 끝없이 나타나는 갈림길에서 최선을 선택하고 여러 걸림돌에 넘어져도 다시 일어나 자기 삶을 일구어가는 사랑입니다. 고비가 찾아와도 사랑의 고삐를 놓지 않는 관계입니다.

나는 누구와 언제 만나 어떻게 사랑하게 되리라고 결정되어 있지 않습니다. 정해지지 않은 자유, 모든 것이 이뤄질 수 있다는 놀라움과 아무것도 이뤄지지 않을 수도 있다는 두려움 사이에서 우리는 고민하고 참아가면서 누군가와 관계를 엮어나갑니다. 이 과정이 '자유'입니다. 그래서 자유는 결코 단출할 수 없습니다. 고민과 책임이 따르거든요. 자유의 묵직함을, 우리는 사랑을 이뤄나가는 과정에서 배웁니다.

그러나 사랑이 편하지 않다는 사실을 시간도둑들은 받아들이지

운명,

않죠. 이들은 사랑의 환상에 빠져 헤프고 헐겁게 만나곤 합니다. 갈수록 만남이 얇아지고 기념일은 짧아지죠. "작작 좀 하라"는 주변의 비난을 귓등으로 흘리고는 즐거움이 생기는 대로 쪽쪽 빨아먹는 관계를 사랑이라고 착각합니다. 즐거움만 먹어치우고 설거지는 내팽개치죠.

쿨한 사랑은 가라!

'쿨'한 사랑이 꽤 유행(?)했지요. 끈적끈적한 관계보다는 즐기다가 감정이 식으면 깔끔하게 제 갈 길 가는 관계가, 좋을 땐 만나다가 싫어지면 휙 돌아서는 관계가 우리 일상을 파고들었죠. 몇 번 호감을 표현했다가 상대의 반응이 미적지근하면 "너 말고 만날 사람 많다"고 감정을 쉽게 정리하는 사랑을 쿨하다고 하지요.

우리는 쿨하게 사랑하고 쿨하게 헤어집니다. 그런데 쿨한 사랑을 하면서 행복한 사람은 드뭅니다. 수많은 사람들 틈바구니에서 누군가 가볍게 만나며 알량한 관계를 맺는 건 '진짜 사랑을 하지 못 할 때' 나타나는 증상들이니까요. 쿨한 사랑에 몰입할수록 나의 삶은 추워집니다. 유통기한이 짧은 쿨한 사랑은 우리 사랑이 얼마나 볼품없어지고 같잖아졌는지를 고발하는 현상입니다.

쿨한 사랑은 우리가 원해서 이뤄진 만남의 형식이 아닙니다. 사회에서 강제된 결과죠. 이른바 신자유주의 바람이 불고 사회에 안정

운명,

이 사라지면서 쿨한 사랑이 나타났습니다. 어떤 믿음도 없고, 한 치 앞의 미래도 내다볼 수 없으며, 이제는 자본가조차도 세상이 좋아지리란 희망을 갖지 않는 시대에 절망과 냉소의 몸짓으로 쿨한 사랑이 빚어졌습니다. 어느 날 또 무슨 경제위기가 터져서 대량해고나 구조조정이 몰아칠지 모르는 불안이 쿨한 사랑을 낳았습니다.

그래서 쿨한 사랑은 비정규직을 뽑듯 누군가와 관계를 맺고, 문자로 해고를 통보하듯 누군가와 헤어집니다. 유하 감독은 영화 〈하울링〉에서 남편이 이나영에게 '이혼하자'고 문자로 통보하는 장면을 넣었지요. 함께 살 부비며 산 사람과 문자 한 통으로 헤어지는 시대가 들이닥쳤습니다. 오늘날 경제의 오랜 불안이 사람의 관계 속으로 감정으로 옮겨갔죠. 사랑한다고 고백하더라도 그 뒤에는 "지금은 사랑해, 하지만 나중엔 어떻게 될지 몰라. 너도 알잖아?"라는 스산한 그늘이 드리워져 있죠. '영원히 사랑하겠다'거나 '평생 네 곁에 있겠다'는 말에 오히려 손발이 오글거리는 요즈음입니다.

사랑이 영원하리라고는 아무도 믿지 않습니다. 그런 말은 부담되니까 그저 지금에 몰두하자고 쿨하게들 이야기하죠. 사랑을 제대로 시작하기도 전에 끝을 준비합니다. 그냥 즐겨야 세련되게 보입니다. 시대가 어느 땐데 아직도 사랑타령이냐며 사랑을 깔봅니다. 다 성욕이고 호르몬 작용이라면서 아직도 사랑에 설레어하는 이들을 손가락질하며 비웃는 사람들도 있습니다. 사랑에 대해 차가운 웃음을 흘려야 정말 잘나가는 현대인이 되기라도 한다는 듯, 어차피 썩어 없어질 몸뚱이니 쿨하게 즐기자고 깐죽대죠. 자신의 사랑이 '짝퉁'이 되는지도 모른 채.

> "난 이제 연애 같은 거 안 해." "못 하는 게 아니고?" 나는 할 말을 찾아보지만 마땅한 말이 생각나지 않는다. 나는 연애를 안 하는 걸까, 못 하는 걸까.
> "복잡하게 생각하지 말고 그냥 니처럼 즐겨. 좋아하면 자고 싫으면 때려치우고. 어차피 진지하게 만나는 거나 엔조이로 만나는 거나 결혼 안 하면 똑같은 거 아냐?"
>
> 고예나, 『마이 짝퉁 라이프』

사랑의 냉소주의자들은 사랑의 낭만주의자들보다 삶이 한결 가볍지만, 그만큼 더 가여운 것 같습니다. 그들은 자신의 만남을 그저 '성욕처리 과정'으로 추락시킵니다. 사랑이라 불리는 우상을 박살내면서 자기의 감정까지 작살냅니다. 목욕물을 버리면서 아기까지 버리는 꼴이죠. 그래서 현대인들의 심장은 싸늘하게 식어갑니다. 쿨한 사랑은 현대인의 멋들어진 관계가 아니라 결국 '사랑이 망가진 결과'니까요.

이 시대의 사랑은 모험이 아니라 보험이 되고 말았습니다. 대책 없이 술렁이고 일렁이는 시대이기에 우리는 안전한 곳을 찾아 몸을 사립니다. 조건을 따지고, 자신의 몸값에 맞는 사람과만 관계를 가

운명,

지려는 것도 이러한 까닭이죠. 가뜩이나 흔들리고 불안한데 사랑마 저 불안해서는 견딜 수가 없죠. 내 삶을 살다가 당신의 삶 속으로 들 어갈 때 멀미가 납니다. 모든 게 불안한 이 시대에 이런 시차를 견뎌 내기란 몹시 어려운 노동입니다. 자신과 다른 타자를 아우르며 함께 하기란 너무 고됩니다.

사랑이 어려워진 것은, 내 마음을 드러내고 차이를 받아들이는 모험을 할 만한 '삶의 여유'가 사라졌기 때문입니다. 사랑의 모험은 이미 끝났습니다.

그렇지만 안정을 추구하는 것은 인생을 밥맛없게 만듭니다. 밥맛 없게 쭉 살아도 괜찮다면 앞으로도 쿨하게 살아야겠죠. 그렇지 않다 면, 자기 삶에 헛헛함이 회오리친다면, 그동안 해왔던 쿨한 사랑은 그만두고 사랑을 재발명해야 합니다.

사랑에 대한 생게망게한 달뜸도 아닌, 사랑에 대한 쓴웃음도 아 닌, 사랑으로 우리의 삶을 살맛 나게 빛내는 관계를 만들어내야죠.

갈수록 사랑이 불가능해지는 시대입니다. 사랑이 가능했던 적은 인류 역사상 없었는지도 모릅니다. 그렇다고 한숨만 쉬고 있을 수는 없습니다. 여태 살면서 겪어왔듯 내 마음은 내 뜻대로 움직이지는 않습니다. 그러나 당신과 함께라면, 나를 가다듬으며 사랑에 대한 생각을 바꿔낸다면, '사랑의 가능성'이 열립니다.

연애를 지긋이 진하게 오래하는 사람들이 있습니다. 얼마나 애를 쓰면서 감정과 관계를 지켜가는지를 살피면 내단하나는 탄성이 나옵니다. 누군가는 징그럽다고 비아냥거리겠지만, 사실 '깊고 오랜 사랑'은 가장 아름답고 짜릿한 관계입니다. 허무와 불안으로 범벅된 세상에서 '참된 사랑'은 우리 삶에 의미를 불어넣어 줍니다.

　나의 춤과 너의 춤이 어우렁더우렁 어우러지는, 그런 춤사위들로 사회가 이전과는 달라질 것입니다. 그때 우리도 '사랑의 춤'을 출 수 있는 춤판이 열리겠죠. 사랑의 춤을 결코 포기하지 마시길!

운명,

사랑은 우연에서 운명을 만드는 모험이다

누구나 마음속 깊은 곳에서 '새로운 사건'을 기다립니다.

하루하루 되풀이되는 반복을 끊어내며, 이전과 같지 않은 커다란 변화가 일어나기를 바랍니다. 그러나 '사건'은 저 혼자 일어날 수 없습니다. 누군가와 만나야만 일어나죠. 당신과 내가 만나야 사건이 일어납니다. 우리 삶이 찐덥고 뿌듯한 까닭도 수많은 만남 덕분입니다. 앞으로 다가올 만남에 대한 기대로 우리는 희망을 포기할 수 없습니다.

우리 삶에 생겨나는 숱한 사건들 가운데 으뜸은 사랑입니다.

그런데 사랑이라는 사건은 우연하게 이뤄집니다. 우리는 몇 날 몇 시에 누구를 만나 사랑해야 한다고 '명령'을 받거나 어떻게 사랑하라는 '숙명'을 타고나지 않았죠. 누구를 만나 사랑하는 일은 늘 우연입니다. 그래서 놀랍습니다. 서로 다른 둘이 만나 사랑을 하니 말이죠. 그러나 그렇기 때문에 불안합니다. 이 모든 게 우연하게 이뤄졌으니, 조금만 바람이 불어도 흩어지는 벚꽃처럼 내 손을 벗어날 것 같습니다.

그러므로 우리는 '우연의 사랑'을 '운명의 사랑'으로 바꿔야 합니다. 잠깐 곁에 머물다 사라지는 관계가 아니라 한평생 사랑을 나누는 영원한 관계를 바라야 합니다. '한 사람을 어떻게 평생 좋아하느냐'는 이죽거림이 절로 생겨나는 오늘날, 우리는 냉소를 떨쳐내며 '불가능한 사랑'에 도전할 필요가 있습니다.

사람은 짐승이 아닙니다. 손을 잡고 세상으로 나아가는 주체와 주체가 사람입니다. 사람은 홀로 주체가 되지 않습니다. 성욕을 채우고자, 외로움을 떨치고자 남을 도구 삼는 건 짐승과 다름없습니다.

사람은 사랑을 해야 사람이 됩니다. 알랭 바디우는 진짜 사랑을 할 때, '인간 동물'에서 '인간'이 된다고 했습니다. 본능이라 불리는 수많은 유혹과 성욕에 취해 흐느적거리는 인간 동물에서 벗어나, 사랑을 삶의 진리로 만들 때 인간으로 주체화된다는 것입니다.

사랑 자체는 진리가 아닙니다. 사랑이라는 사건으로 둘의 관계를 충실하게 이어갈 때, 진리가 됩니다. 우연일 수 있었던 마주침이 운명이 되는 것입니다. 불장난이 아니라 내 삶의 용광로를 만드는 일입니다.

인간 동물에서 벗어나 인간으로 사랑하려면 성욕 해소를 목적으로 한 관계나 이해득실의 관계가 아니라 인격의 관계를 맺어야 합니다. 혹하여 뒤엉키는 일은 다른 동물들도 다 합니다. 인간도 동물의

운명,

한 종인지라 번식기가 끝나면 남남이 되는 다른 동물들처럼 자칫 성 본능에 취한 채 살기 일쑤입니다. 성욕에 휘둘리는 인간 동물의 삶이 아니라 사랑으로 풍성한 인간의 삶을 살아야 합니다. 그러려면 성욕에 자신의 삶을 내둘려서는 안 됩니다.

상대에게 폭 빠지는 낭만은 사랑의 첫걸음입니다. 아직 사랑이라 하기는 어렵지요. 사랑은 끌림이나 좋아함처럼 단순한 감정이 아닙니다. 의지와 존중이고, 책임과 인내이며, 관심과 노력이자, 헌신과 정성입니다. 사랑이라는 말에 애탐만 있고 애씀이 없으면, 이것은 성욕과 다를 바 없어집니다.

사랑은 황홀경이 끝나고도 눈보라에 맞서 마주잡은 두 손을 놓지 않고 이겨내는 '뭉근함'입니다. 세상을 장밋빛으로 물들이던 호르몬 분비가 그친 뒤 사랑의 관계를 이어가기란 힘들지만, 그래도 힘들게 노력해야 합니다. 콩깍지가 벗겨지고 나서도 관계의 콩밭에 사랑의 콩을 뿌리고 김매고 거두는 끈덕진 정성, 이것이 사랑입니다.

사랑에 관한 사유에서 불가사의한 것은, 바로 '사랑을 완수할 그 기간'에 관한 문제에 있다. 예컨대 흥미로운 사실은 '사랑이 시작되는 순간의 황홀감'에 관한 문제가 아니라는 점이다. 시작되는 그 순간의 황홀감은 분명 존재한다. 그러나 우리가 사랑이라고 부를 수 있는 것은 무엇보다도 '지속되는 하나의 구축'이 되어야 한다는 것이다. 사랑은 끈덕지게 이어지는 일종의 모험이라고 할 수 있을 것이다. 모험적인 측면은 사랑에 필요한 것이겠지만, 한편, 그렇다고 해서, 사랑의 끈덕짐이 무시될 수 있는 것은 아니다. 최초의 장애물, 최초의 심각한 대립, 최초의 권태와 마주하여 사랑을 포기하는 것은 사랑에 대한 왜곡일 뿐이다. 진정한 사랑이란 공간과 세계와 시간이 사랑에 부과하는 장애물들을 지속적으로, 간혹은 매몰차게 극복해나가는 그런 사랑일 것이다.

알랭 바디우, 『사랑예찬』

우리는 알고 있습니다. 모든 만남을 다 사랑이라고 할 수 없음을. 우리는 알고 있습니다. 서로 힘들여 애쓰고 노력해서 관계를 이어나가야 진정한 사랑임을.

알고 있는 행복과 사랑을 자기 삶에서 만들어내야 합니다. 상대가 춤출 수 있도록 멍석을 깔아주고, 노래를 불러주고 같이 춤도 추고, 상대의 가슴에서 움틀 싹들을 믿고 기다려줄 수 있어야 합니다. 때로는 부채질도 해주면서 이마에 흐르는 땀을 닦아줘야 합니다. 고생이 이만저만 아니겠지요. 오늘 상대의 속으로 들어가 오늘을 더불어 사랑하고, 새로운 내일을 함께 일궈가는 몸짓이 사랑이니까요. 자신과 딴판인 사람을 품어내면서 함께 손잡고 걸어가야 합니다. 그래서 웬만한 뚝심과 슬기로움이 없으면 제대로 사랑을 해내기 어렵습니다.

입으로 먹고 항문으로 배설하는 것이 생리이며, 이는 결코 인간적

운명,

이라 할 수 없다. 그에 반해 사랑은 항문으로 먹고 입으로 배설하는 방식에 숙달되는 것이다. 그것을 일방적인 구호나 쇼맨십으로 오해하는 짐승들!

이성복, 『네 고통은 나뭇잎 하나 푸르게 하지 못한다』

입으로 먹고 항문으로 내보내는 것이 편하고 자연스럽지만, 사랑은 반대로 '항문으로 먹고 입으로 내보내는 일'에 익숙해지는 일이라고, 그것이 인간의 사랑이라고 시인은 이야기합니다. 짐승들과 달리 본능을 거스르며 나보다 상대를 먼저 생각하고 위하는 일이 인간의 사랑이죠.

사랑은 편하지 않습니다. 여러 시련이 따릅니다. 그럼에도 충실하게 관계를 지켜갈 때, 이런저런 문제가 불거지며 아픔이 우박처럼 떨어질지라도 서로를 믿으며 관계를 충실하게 이어나갈 때, 그것이 비로소 사랑입니다.

사랑은 그저 누군가와 만나 서로에게 빠져드는 감정이 아닙니다. 관계를 지켜가는 노력입니다.

그래서 사랑은 비효율적이고 비합리적입니다. 재거나 따지지도 않으며, 한 사람을 가슴에 품고 무언가 돌아오기를 바라지 않으며, 서로 내주며 평생 함께하니까요.

그런데 놀랍게도, 누구나 한 번쯤은 이런 '미친 것 같은 일'을 해보고 싶어합니다. 또한 실제로 '미친 사랑'을 하는 사람들은 쭉 있었습니다. "사랑해"라고 말할 때, 단지 지금만 사랑한다는 뜻이 아니라 정말 '영원히' 사랑하겠다며 우연의 관계가 아닌 운명의 사랑을 자아내는 사람들은 언제나 있었습니다.

사랑이 거래가 되고 그저 성욕에 취한 몸놀림처럼 취급받는 오늘날, 진짜 사랑을 하고 싶다면 힘들더라도 '불멸의 사랑을 하는 사람들의 마음가짐'을 배워야겠지요. 시련이 찾아와도 두 손을 마주잡고 시련 속에서 희망을 일구어야 합니다. 그때 연인이 탄생합니다.

운명,

'살'에 말을 엮어 사랑을 이어가기

연인이 되기 위해 우리는 누군가에게 매혹을 당해야 하죠. 매혹이란 '수동성'입니다. 상대의 매력에 내가 넘어가는 것이니까요. 물론 능동성 매혹도 있습니다. 매혹된다는 건 상대의 매력을 내가 알아보고 느끼는 일이지요.

누군가에게 매혹되어 사랑을 하게 될 때, 나는 내 안에서 뿜어져 나오는 능동성의 힘을 느끼게 됩니다. 당신에게 매혹되어 내 안에 넘쳐나는 사랑을 당신에게 주니까요. 그 능동성에 상대 또한 매력을 느끼게 되고, 서로 매혹당한 우리는 둘의 세계를 만들어냅니다.

참된 의미에서 타인에게 매혹되는 정신은 언제나 자기가 매혹되는 타자에 대한 주체적인 평가와 판단에 기초해서만 매혹되는 것이기 때문이다. 정신이 주체적으로 평가하고 판단할 수 있는 한, 그는 결코 전면적인 수동성에 빠질 수는 없다. 하지만 매혹되는 정신은 능

동적으로 평가하면서 동시에 수동적으로 사로잡히는 것이니, 바로
여기서 능동성과 수동성이 만나 참된 서로주체성에 이르는 길이 열
리는 것이다.

김상봉, 『서로주체성의 이념』

서로의 존재에게 매혹되어 참만남을 하면 두 사람 다 주체성에
이를 수 있겠지요. 그러나 세속에서 우리는 상대의 존재 자체에 매
혹당하기보다 외모에 매혹당하기 일쑤입니다. 외모에 대한 매혹은
시간의 이슬을 맞으면서 눅눅해지고 빛이 바래기 마련이죠. 사랑의
충실성을 지켜가고자 마음먹어도 몸과 맘은 내 뜻대로 안 됩니다.

살에 대한 매혹은 금세 부패하죠. 매혹되었던 상대의 살이 고깃
덩이처럼 보이기 시작합니다. 살에 반하고 취해서 시작한 관계엔 어
김없이 권태가 찾아옵니다. 둘의 관계는 민숭민숭 무덤덤해지고 무
뎌지며 메말라가죠. 그러다 서로를 끔찍하게 여기고 몸서리치면서
이별에 이릅니다.

영원의 사랑을 하려면 살의 관계에 말을 섞어야 합니다. 살의 즐
거움은 인생에서 소중한 즐거움이겠으나 살의 매혹은 길래 못 갑니
다. 사랑을 '살'로만 이어가려고 하면 머잖아 고깃덩어리에 눌리는
기분이 됩니다. 로만 폴란스키 감독의 〈비터 문〉이나 오시마 나기사
감독의 〈감각의 제국〉은 살에서만 비롯된 달콤한 정열이 일어났을
때 어떤 파국이 오는지를 잘 보여주죠. 권태의 나락으로 굴러 떨어

운명,

지지 않고 훗훗한 평화를 삶에서 일구고자 한다면, 살에만 취하지 않고 말로 엮은 관계가 되어야 합니다.

> 말은 워낙 사랑의 구성 성분이고 그 내력에서 뺄 수 없는 동반자이지만, 살의 매력이 드센 연애의 초기에는 그 가치를 제대로 깨닫지 못하는 법이다. 그러나 연인의 살이 익고 고기(肉)로 느껴질 때에도, 그 고기를 다시 살로 되돌리는 법은 오직 말밖에 없다. (나는 다른 글에서 그것을 '존재론적 측은지심'이라는 개념으로 몇 차례 해명한 바 있다.) 인간의 사랑은 워낙 어리석은 짓이긴 하지만, 무릇 사랑의 현명함을 가꾸려는 이들이라면 살과 말이 섞이는 묘경(妙境)의 이치에 세심해야 한다.
>
> 김영민, 『동무와 연인』

사랑은 우정과 달리 육체의 관계가 밑받침이 됩니다. 몸과 몸이 부대끼며 어우러져야 사랑이죠. 그렇지만 사랑이 몸을 부대끼는 이글거림에 그친다면 한낱 발정에 지나지 않게 됩니다. 발정을 열정으로 '문명화'시키는 힘이 '말'에 있습니다. 우리가 사람으로 살면서 이토록 사랑에 고민하고자 애쓰는 이유도 문명의 힘입니다. 동물들은 본능에 따라 행동하지만 사람이니까 생각하고 행위합니다. 인간은 몸으로만 사랑할 수 없습니다. 사람을 사람답게 하는 '말'이 사람 사이의 사랑엔 꼭 있어야 합니다.

'살'에 '말'의 자음 ㅁ을 붙이면 '삶'이 되듯, 사랑이 '살의 관계'가 아니라 '삶의 관계'가 되려면 말이 필요합니다. 살만 통하는 사이가 아니라 말까지 통하는 사이일 때 진정한 연인이 됩니다. 당신과 나의 말이 섞어들면서 아름다운 생각들을 빚어낼 때, 살을 부비고 만지듯 말이 서로의 영혼을 문지를 때, 무엇과도 비교할 수 없고 어느 것과도 바꿀 수 없는 행복을 느낍니다. 대화는 살의 쾌락과는 또 다른 오르가슴을 자아냅니다.

권태를 느낀다는 건 둘 사이를 이어주는 말이 끊겼다는 증거입니다. 할 말이 없을 때, 이야기를 해도 빤한 내용들만이 맴돌 때, 거북하고 서먹서먹함이 둘 사이에 뭉그적거리며 똬리를 틀죠. 세상을 까먹은 채 살에만 집착하면 아무리 살이 향긋하고 황홀하다 하더라도 권태의 늪에 빠져들 수밖에 없습니다. 권태에 빠지지 않으려면 서로의 말에 귀 기울이고 같이 뜻을 빚어내야 하지요. 뜻을 만들어 함께 바라볼 때 권태를 몰아낼 수 있습니다. 감정의 변덕에 따라 들쭉날쭉한 관계가 아니라 신의(信義)로 맺어진 튼튼한 연인이 되어야 합니다.

신의란 지속적인 흐름 속에서 움직이고 살아가는 인간 영혼의 상태다. 하지만 신의는 동시에 이 영혼의 상태에 힘입어서 초개인적인 사회적 관계성이 지니는 안정성을 획득하며, 또한 삶에 대해서 그 의미와 가치로서 내용을 부여해준다.
게오르그 짐멜, 『짐멜의 모더니티 읽기』

운명,

사랑은 결코 혼자서만 잘한다고 이뤄지지 않습니다. 호흡이 중요하고 신뢰가 필요합니다. 신의는 나와 너라는 '개인의 관계'를 넘어 '안정성'을 줍니다. 신의가 사랑에 어우러질 때 관계는 훨씬 그윽해집니다. 믿음과 뜻으로 맺어진 사랑은 가벼운 연애와 다릅니다.

나의 '애씀'과 그 사람 또한 나에게로 넘어오려는 '애탐'이 마주치면서 오랜 시간 차곡차곡 신의가 생겨날 때, '나와 너'가 '우리'로 바뀌며 참사랑이라는 꽃망울을 터뜨립니다. 신의가 있어야만 3인칭 '그'가 2인칭 '당신'을 넘어 1인칭 '자기'가 됩니다. 타인이 나처럼 느껴지는 신비한 경험을 하게 됩니다. 그대를 사랑하는 건 바로 나를 사랑하는 일이 되고, 우리는 '둘의 나'가 됩니다.

무엇이 더 행복한지 아는 사람은 불행을 일부러 고르지 않죠. 진정한 연인 사이가 되면 많은 사람을 만나 몸을 비벼대는 것보다 단 한 사람을 신의로 만나 뜻을 키우며 사랑하는 일이 얼마나 더 소중하고 귀한지 깨닫습니다. 숱한 스침이 아니라 참된 만남을 원하게 되죠.

작가 장영희는 말했습니다.

"별이 아무리 많아도 하나뿐인 태양만큼 밝지 못합니다. 아무리 많은 사랑을 알아도 단 한 사람을 진정으로 아는 것만큼 삶에 기쁨과 의미를 주지 못합니다."

말과 살이 함께 엮어들면서 날마다 새로움이 펼쳐지는 사랑! 그 감격을 어찌 다 전할 수 있을까요. 비바람을 견뎌낸 꽃은 탐스럽고 아름답습니다. 사랑의 말, 말의 사랑을 머금은 수많은 꽃망울이 우리 삶에 피어나기를!

인간이라는 게 무엇인지 처음으로 알았고, 사랑이라는 게 무엇인지 처음으로 알았기 때문입니다. 사람과 사람이 어떻게 서로 존중하고, 존댓말을 쓰면서 떨리는 마음으로 사랑할 수 있는지 처음 알았기 때문입니다.

공지영, 『우리들의 행복한 시간』

운명,

두 사람이 함께 짓는 건축술

사랑은 사람 안에서 샘솟아서 사람을 사람답게 만들어주는 기운입니다. 생명까지 만들 정도로 세상에 없던 것을 있게 하며, 새로운 사건을 일으키는 힘이죠. 그렇기에 사랑의 흐름을 잘 타면 삶이 변하고 사회가 달라집니다.

사랑에 빠진 사람들을 보면 얼마나 반짝이는지요. 사랑은 세상에 둘러쳐진 그 많은 한계를 뛰어넘어 새로운 삶을 열어가게 합니다. 나이, 국경, 인종, 문화 등등 사람을 가르고 나누었던 금들이 사랑 앞에선 더없이 초라해집니다.

사랑은 자신의 뜨거움으로 상대의 삶에 꽃을 피워내는 일입니다. 이 뜨거움은 마구 타오르는 불길이라기보다 봄날의 따사로운 햇살과 같습니다. 사랑은 상대의 조건에 따라 생겨나는 욕망이 아닙니다. 상대의 목마름을 씻어주고자 자기 안에서 솟아나는 샘물입니다. 사랑은 여건 때문에 빚어진다기보다는 자기 안에서 용솟음쳐야 합니다. 그 용솟음이 상대의 용솟음과 만나 세상을 촉촉하게 적셔야 합니다. 그게 사랑입니다.

사랑은 상대와 나 사이에서 새로움을 불러일으키는 폭풍입니다. '나'는 알 수 없는 '남'에게로 끝없이 나아가는데, 남에게로 나아가려고 하는 '두 나'가 마주하는 사건이 사랑입니다. 무엇 때문이라는 이유가 있어서 사랑을 하는 게 아니라 사랑 속으로 뛰어들겠다는 마음가짐이 중요한 이유죠. 누군가에게 사랑할 만한 조건이 있어서 사랑한다면, 그건 거래일 따름입니다. 그래서 사랑은 힘듭니다. 대충 설렁설렁 사는데 살랑살랑 봄바람이 불어올 리 없습니다. 책임감을 가지고 '남'을 자기 안에 맞이하고자 채비하는 사람만이 사랑을 해낼 수 있습니다.

사랑하는 두 사람은 새로움을 창조합니다. 생성이 없으면 사랑이 아닙니다. 미처 몰랐던 미래가 자기 안에서 생겨나야 사랑입니다. 상대를 갖거나 얽어매고 끼어들어 하나하나 따지기보다, 서로서로 날로 자유로워지며 뭉근하게 새로워지는 일이 사랑입니다. 나 스스로도 자신을 사랑하며 홀로 섰는데, 그대 덕분에 자신을 더 아끼고 잘 알게 되어야 사랑입니다. 자기 사랑이 넘쳐 옆 사람을 적시고 세상까지 끌어안아야 사랑입니다. 자기 삶뿐만 아니라 둘레를 뒤흔들어야 사랑입니다.

어떤 이들은 아직도 사랑이 소유나 쟁취라고 믿습니다. 그들은 세상이 떠드는 소리를 앵무새처럼 따라 읊거나 자신이 믿고 싶은 걸

운명,

되뇌일 뿐입니다. 이처럼 아무리 이야기해도 사랑은 끝내 손에 잡히지 않는 파도와 같습니다. 사랑에 대한 지식도 중요하지만 그 물결을 외울 필요는 없습니다. 그 흐름에 뛰어들어 자맥질하는 법을 배워야 합니다. 서로 다른 물결이 만나 물살을 일으키고 어우르며 깊고 그윽하게 흘러가는 강물처럼.

> 자기 자신을 타자에게 열어 보이기, 즉 내가 합류적 사랑(confluent love, 각기 따로 흘러오던 두 개의 지류가 합쳐져 하나의 강물이 되어 흐르듯, 두 사람의 정체성이 과거에는 각기 달랐음을 인정한 위에서 다가오는 미래의 시간을 향해 사랑의 유대를 공유하고 새로운 정체성을 협상해 가는 그러한 사랑을 말한다)이라 부르는 조건은, 어떤 면에서 투사적 동일시의 대립물이다.
>
> 앤소니 기든스, 『현대 사회의 성. 사랑. 에로티시즘』

짝꿍의 일을 자기 일처럼 기뻐해주고, 상대방도 자유롭게 사랑할 수 있도록 지켜봐 주며, 헤아릴 수 없는 미래를 당당하게 열어가도록 보듬는 일, 그것이 사랑입니다.

사랑은 두 사람이 함께 짓는 집입니다. 둘이 지은 집에 둘만 있는 게 아니라 수많은 사람이 놀러올 수 있을 때 멋진 연인이 됩니다. 서로 다른 뿌리에서 나왔으나 같이 기대어 나란히 하늘로 뻗어나가는 연리지처럼 우리는 노력해야 합니다. 사랑이라는 집은 아무나 지을 수 있지만 누구나 잘 짓지는 못 하니까요.

사랑은 두 사람 사이에서 평등하기도 하지만 자격조건이 없다는 점에서도 평등합니다. 노인이든 청소년이든 누구나 해야 하며, 할 수 있죠. 언제 어디서 누구만 사랑할 수 있다고 그어진 한계선을 깨뜨릴 필요가 있습니다. 몇 살 때 연애하고 언제 결혼하고 언제 애를 낳는다는 등의 틀에서 벗어나야 합니다. 사랑은 모든 생명이 애씀과 애탐으로 지켜가야 하는 관계입니다. 무엇을, 언제, 어떻게 해야 한다는 구속이 아닙니다. 기꺼이 사랑의 불길로 뛰어들어 함께 삶을 달구는 사랑은 모두가 할 수 있고 누구나 해야 합니다.

아기부터 노인까지 누구나 사랑하며 살아갑니다. 방법과 모습은 제각각이지만 사랑을 구하고자, 사랑을 지키고자, 사랑을 펼치고자, 사랑을 느끼고자 사람들은 오늘도 땀 흘립니다. 이해가 되다가도 안 되고, 희망이 지펴지다가도 절망의 나락으로 곤두박질치게 하는 사랑 앞에서 우리 모두는 흔들리는 갈대일 뿐입니다.

겸손한 마음과 용기를 갖고, 사랑이라는 심연을 향해 손을 뻗어 나가야 합니다.

오랜 침묵과 외로움 끝에
한 슬픔이 다른 슬픔에서 손을 주고
한 그리움이 다른 그리움의

운명,

그윽한 눈을 들여다볼 때

어느 겨울인들

우리의 사랑을 춥게하리

정희성, 「한 그리움이 다른 그리움에게」, 『한 그리움이 다른 그리움에게』 중에서

사랑이 쉬웠다면

지금껏 사랑의 어려움에 대한, 더불어 사랑의 가능성에 대한 이야기를 했습니다. '어려움'과 '가능성'이라고는 했지만, 어려움은 너무 짙게 다가오는 데 반해 가능성은 너무 옅게 느껴집니다. 그러나 사랑이 쉬웠다면 이 책을 읽을 이유도 없지 않을까요?

사. 랑. 은. 쉽. 지. 않. 습. 니. 다.

사랑의 어려움은 우리가 더 슬기롭고 멋진 인간으로 성숙하도록 도와줍니다. 그냥 어쩔 수 없다면서 밀물처럼 들어왔다 썰물처럼 빠져나가듯, 사랑이라는 환상에 취해 평생 허둥지둥하지 마세요. 너와 함께, 사람들 속에서, 사랑을 꿈꾸고 사랑을 지피고자 할 때 삶은 더 나아집니다. 사랑은 그저 달차근하거나 쓰디쓰기만 한 감정의 사치가 아닙니다. 단맛도 있고 쓴맛, 신맛, 떫은맛, 매운맛이 골고루 담긴 실존의 경험입니다.

이 책을 통해 사랑에 대한 환상들을 조금 차갑게 짚어냈는데, 사랑을 깎아내린다기보다는 달콤한 분홍빛 포장지를 벗겨내었을 따름입니다. 사랑의 반짝임에 기뻐하되 구석에 드리워진 응달을 헤아릴 줄 알아야 합니다. 그래야 사랑을 지켜낼 수 있습니다.

환상들을 가로지를 때, 우리는 '인간의 윤리'를 만나죠. 사랑의 환상들에서 벗어나 진짜 사랑을 할 때, 나를 사랑하고 너를 사랑하고 끝내 세상을 사랑하게 됩니다.

책 한 권 읽었다고 해서 갑자기 사람이 달라지지는 않겠지요. 이 책을 통해 대번에 사랑의 전문가가 되지는 않을 겁니다. 사람관계가 단박에 아늑해지거나 살가워지지도 않을 겁니다. 내일도 어제와 그리 다르지 않을 겁니다. 세상살이에 또 치여 어푸어푸 물을 먹고 파도에 휩쓸리겠죠.

그렇게 사람들 틈바구니에서 헤매더라도 더 나은 삶을 살고자 하는 이들에게, 이 책이 작은 등대 노릇을 해주었으면 좋겠습니다.

세상을 떠다닐 때, 숱한 유혹과 끈질긴 이기심이 나를 잡아채고 우리 사랑을 흔들어댈 때, 내 마음을 나도 모르겠고 어떻게 해야 할지 막막할 때, 이 책이 작게 불 밝힌 등대처럼 여러분께 희망과 용기를 불어넣었으면 좋겠습니다.

따분하고 힘겨운 일상이지만, 누구에게나 사랑의 춤판은 마련되어 있습니다. 사랑은 당신이 진정 추고 싶은 춤을 출 수 있는 무도회의 초대장이죠. 아무 의미 없이 흘러만 가버리는 세월 속에서, 사랑은 우리를 구원해줄 기회입니다. 그 기회를 만났을 때, 부디 놓치지 마시길!

　지금까지 먼 길 오시느라 수고 많으셨어요. 언젠가 만나 사랑의 수다를 떨 날이 있겠지요. 앞으로 나아갈 당신의 길에 사랑이 함께 하기를.

▣ 오랜만에 연락을 해온 저자가 보내온 것은 청첩장이 아니라 사랑에 관한 원고였다. 사랑을 논할 만큼 나이가 든 것도 아니고, 다양한 경험자(?)도 아닌 그가 사랑을 어떻게 논할까.

그의 삶이 범상치 않다는 것을 알고 있기에 빼곡하게 이어진 일들을 뒤로 미루고 일 년 중에 가장 좋아하는 시간을 이 원고를 읽으며 보냈다.

저자는 사랑에 대해 분석하지 않고, 어려운 이론에만 의존하지도 않고, 주변의 이야기를 자신의 목소리로 나지막하게 이야기 한다. 마치 친절한 이웃처럼. 그러나 그 이웃은 단순한 이웃이 아니었다.

그는 고대 로마의 신화에서부터 철학, 문학, 사회, 정신분석, 심리, 경제학에 이르는 모든 것을 꿰뚫고 있는 아주 놀라운 현자였다.

그는 이야기 한다. 사랑조차도 경제사회학으로 풀어 나가려는 사람들에게 사랑은 거래가 아니라 함께 새로운 것을 만들어가는 일이라고. 사랑의 이데올로기에 갇혀 사랑을 잃어버린 사람들에게는 사랑은 애탐이 아닌 애씀이 있어야 뭉근한 사랑으로 피어나는 것이라고. 또 욕망에 사로잡혀 감정소비와 노동을 하는 이들에게는 서로의 감정에 빠져드는 것이 아니라 관계를 지켜가는 노력이라고 말이다.

그래서 사랑을 하면서도 허전해 하는 사람과 사랑이 두려워 아직 사랑하지 못하는 사람, 사랑을 하고 싶으나 사랑을 찾지 못하는 사람들 모두에게 사랑은 어렵기는 하지만 무한한 가능성을 열어가는 일임을 전달한다.

글 안에서 보여준 그의 지적여정과 성실함에 감탄하며, 사랑을 하며 살아가기를 원하는 이 땅의 모든 이들에게 이 책을 한번 읽어보기를 청한다.

―박남희(철학아카데미 공동대표)

▣ 사랑은 어렵다. 번번이 우리를 나가떨어지게 한다. 얄궂게도, 다시 살고 싶게 만드는 것도 사랑이다. 그러려면 무엇보다 나 자신을 알아야 하고 나의 욕구와 욕망을 파악해야 한다. 나를 모르고서는 남도 알 수 없다. 남을 사랑할 수 없다. 알다가도 모를 존재가 다름 아닌 나다. 이 책은 스스로를 발견하고 인정하게 도와주는 것은 물론, 사랑에 한 발짝 더 다가갈 수 있는 용기를 갖게 해준다. 사랑에도 연습과 공부가 필요하다. 책속에서 저자는 문학에서부터 철학, 사회학에서 뇌 과학까지의 영역을 자유자재로 가로지른다. 책을 읽다 보면 우리가 얼마나 사랑을 꿈꿔왔는지, 동시에 사랑에 얼마나 무지했는지를 깨닫게 된다. 책을 덮고 나니, 문득 사랑이 하고 싶어졌다. 이번에는 잘할 수 있을 것 같았다. 당신을 만나도 될 것 같았다. 이 묘한 두근거림이야말로 이 책이 가져다주는 가장 빛나는 미덕이다.

―오은(시인)

▣ 누구나 사랑에 대해 이야기하지만 이러한 이야기들은 모두 같지 않다. 아마도 사랑이란 가장 많은 해석을 수반하는 동시에 가장 많은 주석이 달리는 단어일 것이다. 우리는 자신 있게 사랑에 대한 자신의 용법을 상

대방에게 내어놓지만, 가끔 혹은 자주 상대방의 사랑과 나의 사랑은 같지 않다. 어쩌면 상대방을 완벽하게 이해하고 사랑하는 일은 처음부터 불가능한 것인지도 모른다. 어떤 경우 사랑은 폭력으로 돌변하기까지 한다. 사람들은 사랑의 가변적인 시간성을 망각하고, 섣불리 영원한 사랑에 대해 이야기한다. 이 책은 사랑에 대한 길잡이가 아니다. 이렇게 사랑을 하라, 저렇게 사랑을 하라는 책이 아니기 때문이다. 그러나 이 책은 우리가 이토록 서로 다른 사랑(들)을 바라볼 수 있도록 하게 한다. 우리의 사랑은 서로 같지 않지만, 우리는 사랑의 같음보다는 다름을 확인해야 한다고.

—한유주(소설가)

■ 온전한 결혼생활을 하고자 사람들은 '더 나은 반쪽(better half)'을 찾아 헤맨다. 그러나 찾아 놓은 '더 나은 반쪽' 입장에서 보면 자기 자신은 '더 모자란 반쪽'일 뿐이니 그 사랑이 길고 순탄한 리 없다. 그래서 저자 이인은 사랑을 본능이 아니라 익히고 배우는 기술이자 능력이라고 정의한다. 남자는 남성중심문화에 길들여진 '불쌍한 꼰대'가 되지 말고, 여자는 남자 등 뒤에 숨지 말라고 말한다. 이 책을 읽다보면 '더 나은 반쪽'을 찾느라 시간을 허비하느니 스스로 '더 충만한 온쪽(whole one)'이 되어야 제대로 된 사랑을 할 수 있다는 것을 알게 될 것이다.

—고은광순(명상치유 한의사)

사랑할 때 알았더라면 좋았을 것들

지은이 | 이인
펴낸이 | 고광철
펴낸곳 | 한국경제신문 한경BP
등록 | 1967년 5월 15일(제2-315호)

제1판 1쇄 발행 | 2012년 9월 5일
제1판 9쇄 발행 | 2014년 9월 26일

주소 | 서울특별시 중구 중림동 441
전자우편 | bp@hankyung.com
홈페이지 | http://bp.hankyung.com
T | @hankbp F | www.facebook.com/hankyungbp
기획출판팀 | 02-3604-553~6
영업마케팅팀 | 02-3604-595, 583   FAX | 02-3604-599

ISBN 978-89-475-2870-2 03810

값 13,000원